JN227917

おっきい彼氏とちっちゃい彼女

絶倫ヤクザと極甘過激な恋人生活

1

「はぁはぁはぁ……んっ、はぁはぁはぁ……」

軽い高揚と羞恥心(しゅうちしん)、そして甘みが溶け込んだ息遣いが、次から次へと漏れていく。

黒田(くろだ)つむぎは、自身の上に覆い被さる男の髪を指に通した。

何度か撫でていると、すっぽりと手を包まれる。彼、椎塚凪(しいづかなぎ)は優しげに目を細めて、握ったつむぎの手のひらを自身の頬に押し当てた。

「なーん？」

まるで猫の鳴くような囁(ささや)き。無防備が故(ゆえ)にかえって艶(つや)っぽく感じてしまい、ドキドキする。彼はつむぎの手のひらを頬からスライドさせると、唇に触れさせ指を絡めてきた。

「爪ちっちゃ」

凪は甘すぎて溶けそうなそのつぶやきと共に、つむぎの指先を愛おしそうに眺めつつ、軽く口付けてから、はむっと口に咥(くわ)える。自分の指先が彼の舌と口蓋(こうがい)で扱(しご)かれ、ちうちうと吸われるのを見ていると、ついさっきまで散々しゃぶられた乳首が、確かに疼(うず)いた。

「なぎ、くん……」

「なんや？」

「いれて？」

頬を染め、脚をもじつかせながら懇願すると、凪の瞳に隠しきれない喜びが灯（とも）る。

「んー？　いけるかぁ？」

だが瞳の喜びとは裏腹に、凪は言葉に躊躇（ためら）いを滲（にじ）ませるのだ。そしてその一方では、大きな手でつむぎの腰を撫で下ろし、脚の間で潤（うる）む蕾（つぼみ）を親指の腹でくにくにといじるのだから、彼の気持ちがどちらにあるのかはわかりやすい。

たまらない刺激につむぎは新たに蜜をこぼしながら、腰を揺すって催促（さいそく）した。

「おねがい、なぎくん」

そう言いながら、自分から脚を開く。

「……なら挿（い）れるぞ？」

蜜口に押し充てられた物の硬さと熱さに息を呑む。そうして彼が腰を進めた瞬間――

「い――っ!!」

身を裂く痛みに耐えかねたつむぎは、涙目になって小さな身体を強張（こわば）らせた。

「ああ……痛いな。俺が悪かった。今日はもうやめとこ。な？」

凪はつむぎの涙を丁寧に指先で拭うと、瞼（まぶた）の上に唇を押し当て、「無理することないからな」と囁（ささや）きながら頭を撫でてくれる。それがかえって申し訳ない。

自分から欲しがったくせに、できないなんて。

「ごめんね、凪くん」

うな垂れたつむぎは、凪の胸にすっぽりと収まった。そんなつむぎを、彼はぎゅうぎゅうに抱き締めて頬にキスしてくれる。

首から左胸と左腕全体にかけて昇り龍の刺青（いれずみ）のある人だけど、彼は本当に優しい。

付き合いはじめて半年。つむぎと凪は未だにひとつになれないでいる。

というのも、凪は身長一九二センチ、体重八六キロの堂々たるヘビー級。靴のサイズなんて二八センチもある。でも筋肉質でボクサー並みに引き締まっているから、体重を聞いてびっくりするくらいには細く見えた。

対するつむぎは、身長一四五センチ、体重四二キロ。中学一年生で止まってしまった成長は、涙のミニマム級。ついでにお胸の戦闘力はＣ。

身長差四七センチ。ふたりのセックスには、その体格差以前に〝巨大で根本的な問題〟が立ちはだかっていた。

「つむぎが悪いんやない。俺のがデカすぎんのや」

巨大で根本的な問題――略して巨根。

凪の恵まれた体躯には、それに釣り合うだけの恵まれた御子息が付いていたのだ。恵まれすぎた御子息の存在感は、五〇〇ミリリットルのペットボトル級、太さはつむぎの手首といい勝負である。通常時でそれなのだから、臨戦態勢ともなれば、もはや凶器。おまけに、いいか悪いかは置いておいて、つむぎは経験がない。つまりは処女。

処女が初めて受け入れるには、凪の巨根は難易度が高すぎたのだ。

「でも凪くん、つまんないでしょ？　うち……胸で挟むのもできないし……ちっぱい……」

つむぎは自分の胸を左右から寄せて、谷間を作ってみた。この申し訳程度の胸では、凪の巨根を挟むなんてとても無理だ。せいぜい押し当ててふにふに感を楽しむ程度。

（もっと巨乳だったらよかったのに……）

そうしたら、彼を喜ばせてあげられたかもしれない。

もうずっと凪が生殺し状態になっていることなんて、よくわかっているつもりだ。こうして裸で触れ合って抱き締め合うのも気持ちいいけれど、逆に欲求が昂（たか）まるのも事実。

愛し合いたい。身体の奥深くまで繋がって彼に愛されたい。彼の気持ちを受けとめたい――でもうまくできない。

すっかり落ち込んでいると、つむぎの乳房を凪の大きな手が包んできた。

「ちっぱいちゃうって。美乳やて」

そう言って触りながら励（はげ）ましてくれるが、凪の手は大きいから、胸に沿わせてもフィット感がない。はっきり言ってスカスカだ。美乳ではなく、微乳の間違いではなかろうか。

（お口でしたら喜んでくれるかな？）

そういう愛し方があることは知っている。自分からするのは初めてだけど、大好きな凪が喜んでくれるのであれば、挑戦するのも吝（やぶさ）かではない。つむぎは凪を見上げた。

「あのね――きゃっ」

切り出そうとした途端、凪がつむぎの上に乗っかり、熱く唇を重ねてきた。

「は……ん、ん……」

喰らい付くような濃密なキスに、圧し殺した声が漏れる。熱い舌が口内を這い回り、つむぎの吐息と唾液を吸い上げる。そして同時に乳首をきゅっきゅっと緩急を付けて摘まれ、身体の力が抜けてなにも考えられなくなっていく。

「はぁはぁはぁ、なぎくん……」

「とろーんなってかわええなぁ」

凪はつむぎの濡れた唇を親指で軽く拭い、じーっと見つめてきた。そして徐に身体を沈めると、少し開いたつむぎの脚の間にむしゃぶり付いてきたのだ。

「凪くんだめ——あっ！」

つむぎの制止の声と同時に、蜜口の中に凪の舌が入ってきてびくんっと仰け反る。

凪はつむぎの脚をすくい上げるようにして左右に広げ、じゅるっと音を立てて啜り、花弁をねぶりながら、間に息づく蕾を舌先で鋭く弾いた。

「はぁああんっ！」

「いい声やな」

揶揄いまじりの上機嫌な声に、カアァッと頬が染まる。自分がしようと思っていたことを逆にされる羞恥心は、つむぎの身体に如実な反応をもたらす。

凪は左手で花弁を開き、剥き出しになった蕾を右手と舌で捏ね回しつつ、撫でるような手つきで浅く蜜口に指を挿れてきた。

「だいぶ濡れてるな。指で可愛がったる」

ぬるんと中指を一本挿れられて、つむぎは「あっ」と声が上がりそうになるのを懸命にこらえた。

凪の指は太くて長い。一本挿れられただけで、内側から押し広げられる異物感に、また新しい蜜がこぼれる。

「俺の指長いから、奥まで届くやろ。ほら、ここ、奥や。気持ちええか？」

奥に届くだけじゃない。指の腹でお腹の裏側を押し上げるように擦られ、同時に蕾をちうちうと吸われる。その甘美な刺激に、お腹の奥がしきりに疼き、腰がくねり出す。

「はーっ、はーっ、あっ、ん……うん……なぎくんっ……そこ、だめ――おかし、なるぅ」

「ぴちょぴちょやな。指、もう一本いこっか」

薬指が蜜口に添えられ、中指と共にゆっくり入ってきた。

痛みはないが、みちみちと広げられる感覚が強くなって、発熱したように身体は火照り、自然と腰が迫り上がる。

「はーっ、はーっ、はーっ――……」

「結構慣らしたから、もう二本挿れんのは大丈夫になったな。前は指一本でもキツかったやん？もうちょい慣らそうな。三本いけるようになったら、だいぶ楽になるはずや。そのうちここで俺のを咥えさせたるかんな。楽しみにしとき」

「！」

「お？　締め付けやば……奥から痙攣しとうな……どうした？　〝咥えさせたる〟って言われて、俺に挿れられる想像したん？」

凪が喉の奥で嗤いながら、ゆったりとした手つきでつむぎのお腹──臍の下辺りを撫でてきた。

恥ずかしいけれど凪の言う通りだ。想像してしまう。今挿れられているのが、指じゃなかったら……彼のあの大きな物だったら……

彼とひとつになりたくて、身体はずっと泣き濡れている。あふれ出てくるこの愛液がなによりの証拠で──

「このちっちゃい身体に、俺のを奥まで咥えさす想像するだけでヤバいわ──」

手前から奥まで大きなストロークで、連続で指を出し挿れされて、ぐちょぐちょといやらしい音がする。それだけでなく、時々、奥までズンッと突き上げられて、目の奥に白い火花が散った。

「──絶対ぶっ壊れるよなぁ？」

じっと見下ろしてくる凪が甘く囁く。

つむぎはシーツをぎゅっと掴んで、耐えるように首を左右に振った。

「んぁ──あっ、う〜、は……ふーっ、ふーっ、んぉ、は……」

「おまえを女にするんは楽しいやろうな」

ずちゅっ、ずちゅっ、くちゅっといやらしい蜜音が響く。

自分が濡れていく恥ずかしさと、身体の中を掻き混ぜられる気持ちよさ、好きな男に愛されたい欲求がつむぎを昂らせ、はしたない声を上げさせる。

「ほら、俺にイクとこ見して」

くにゅっと蕾（つぼみ）を押し潰されて、子宮と脳髄（のうずい）を一直線に繋ぐように電気が走る。つむぎは上体を無理やり起こし、凪の胸に縋（すが）るように触れた。

「凪くん……凪くんっ……あぁ、きもちぃ、きもちい、そこ、だめ……そこは、だめ、だめ、ああ～ん、だめ……ひぃん」

そんなつむぎの背中を支えながら、凪は瞼（まぶた）に頬にと口付けてくる。でも責めの手を緩めてはくれない。抱き包まれているから、好（い）い処（ところ）に当たるのをずらすこともできなかった。

一方的に辱（はずかし）められていくことに無駄な抵抗をする身体と、興奮していく心のチグハグした反応が、つむぎを内側から痺（しび）れさせていく。

「凪くん、凪くん、凪くんっ、んん、ああっ！」

凪に抱かれたまま、ビクンビクンと身体を痙攣（けいれん）させて、お腹の奥のほうで絶頂を味わう。

「はぁはぁはぁ……はぁはぁはぁ……ん、はぁはぁはぁ……」

（……また……また、いっちゃった……はずかしい～）

真っ赤になってきゅっと目を瞑（つむ）る。

凪の指で絶頂するのはこれが初めてではない。挿（い）れるのはまだ無理だからと、凪が指と舌で散々嬲（なぶ）った結果、つむぎの身体は、女になるより先に雌（めす）として仕込まれてしまった。

男を知らないくせに、凪の指技と舌技に善（よ）がって、泣き喚（わめ）きながらはしたなく絶頂する雌（めす）。

「……俺の名前呼びながらイクとかたまらんわ。ほんまかわええ。見て」

凪はぬるんと指を引き抜くと、愛液でとろとろに濡れたそれをつむぎに見せ付け、わざとらしく糸を引かせた。

「や～～～～」

「可愛く言ってもあかん。見いや。濡れ方ヤバイで？　ほら」

言いながらまた蜜口を触り、中に指を沈める。お腹の裏側を擦り、指を出して愛液をなすり付けるように蕾をいじり、また中に指を挿れる。あふれた愛液が垂れて、シーツまで濡れてしまった。

恥ずかしいのに、気持ちいい。何度も何度も出し挿れされて、つむぎは凪を呼びながらまた昇り詰めた。ビクビクと身体を痙攣させ、一気に弛緩する。

「はーっ、はーっ、なぎくんの、いじわるぅ」

こんなに何度もされたら、身体がおかしくなってしまうのに。事実、つむぎのあそこは濡れっぱなしだ。もう力が入らない。

「そうかぁ？　結構優しいやろ俺」

「……やさしい……すき……」

そう、凪は優しい。昔から変わっていない。昔からずっと、つむぎにだけは優しい。

「俺も好きやで」

凪はぐったりしたつむぎをベッドに横たえると、唇にキスしながら自身の狂暴な漲りを扱きはじめた。

「は……つむちゃん……つむ……」

切なく眉を寄せ、小さく息を荒らげながら、シュッシュッとリズミカルに扱(しご)く。

ときにはつむぎの蜜口に擦り付け、愛液を亀頭に塗り付けながら自身を昂(たか)めていく。そこに少しでも関わりたくて、手を伸ばし、ちょんっと鈴口に触れると――

「っ……！」

凪がつむぎの唇に吸い付き、舌を絡めるのと同時に、熱い飛沫(しぶき)がつむぎのお腹に勢いよく迸(ほとばし)った。

ドピュッドピュッと二度、三度と分けて大量に噴出する白濁した情欲に、ドキドキする。

「は……なんやもー、びっくりするやんか。めっちゃ出たわ」

照れくさそうに笑いながら、何度も何度もキスしてくる凪が愛おしい。

愛おしいからこそ、胸が詰まる。いくら昇り詰めても満足できない。

身体は満足したかもしれないが、心はそうじゃない。つむぎがそうなんだから、凪もきっと同じだろう。ひとつになりたいのに――お互いにこんなに求め合っているのに、身体が壁のように感じる。他の人はできていることが、自分たちはこんなにも難しい。

もどかしい想いは、つむぎの小さな胸をチクチクと刺す。

「凪くん好き」

「俺もおまえが好きや。いっちゃん好きやで」

凪は猫のようにつむぎに頬ずりすると、「風呂行こうか」と抱きかかえてくれた。

◆　◇　◆

――半年前。

「あー、三〇三号室だっけ？　昨日入ってきた暴力団関係っぽい患者さんは。背中にめっちゃ刺青あるってよ。はぁ……イヤだな……トラブルなんか起こさんでほしいわぁ」

朝の申し送りで聞いた情報に、先輩看護師が眉間に深々と皺を寄せる。つむぎはパッと身を乗り出した。

「うちが行きましょうか？」

「黒田さん、いいの？」

この市民病院に入ったばかりのつむぎが積極的に手を挙げたものだから、先輩看護師が目を瞠る。

つむぎは去年まで関東の病院に勤務していたのだが、思うところがあって、幼少期を過ごした関西のこの街に、つい最近戻ってきたのだ。

地元だったから、この街に暴力団関係者がいるのは百も承知の上。普通は避けたいところかもしれないが、つむぎにはそういう忌避意識はない。むしろ相手がヤクザ者なら望むところだ。

「大丈夫ですよ」

「じゃあ、お願い」と、先輩から手術同意書やら入院説明の書類一式が入ったバインダーを受け取って、つむぎは件の三〇三号室に向かった。この部屋は個室だ。

「失礼します」

コンコンとノックしながら声をかけると、つむぎが開けるまでもなく、内側から引き戸が開く。

「あ、兄貴。看護婦が来やしたよ」
二十四、五くらいのスーツ姿の若い男がベッドサイドに顔を向ける。釣られてそちらに目をやると、カーテンに囲われたベッドの向こう側から、やたらと背の高い男がヌッと出てきた。
小柄なせいで、一六〇センチ以上の人は一律で〝大きい〟と感じるつむぎだが、この人は〝山〟だ。大きいなんてもんじゃない。

ブランド物の黒スーツに濃いグレーのシャツ。そこに濃い臙脂のタイを合わせており、その長身と、はち切れそうなぶ厚い胸板も相まって、近付き難い貫禄と重厚感がビシビシと迸っている。

見るからに只者じゃない。まぁ、相手がデカいぐらいで気後れするつむぎではないが。

「ん？　つむぎ？　あんたもしかして、白川つむぎか？」

呼ばれて男の顔をまじまじと見上げる。

長髪気味の黒髪。パラリと無造作に落ちた前髪から覗く鋭い眼差しは、力強さと色気が五分五分。高い鼻梁に一文字に引き結ばれた唇。端的に言って整った顔立ちだ。微笑みとは縁薄そうな表情筋が、今は驚きをかたどっている。

はて？　こんな図体のデカい男は知らないはずだが……。でも見覚えがあるような気もする。特に声と話し方に記憶が刺激された。

自分を気安く〝つむぎ〟と下の名前で呼び捨てる男は、親族以外ではひとりしかいない。

「……凪、くん？」

少し自信なさげな問いかけになったのは、記憶の中の彼とあまりにも違いすぎたからだ。

「おう、俺や。久っしぶりやなぁ。ええ？」

椎塚凪。あの頃は線も細くて、色白で、薄幸系美少年の名をほしいままにしていたのに、今やその面影を探すほうが大変だ。なんというフェロモンの塊。

薄幸系美少年が、野性的なイケメンヘビー級ボクサーに進化するとは、誰が予想しただろう？

でもパァッと笑った屈託のないその笑顔は間違いなく凪だ。

(凪くんだ！　うっそぉ!?　めっちゃかっこよくなってる！)

「久しぶりだね！　元気？　今はね、黒田なんだよ」

笑いながら挨拶すると、朗らかだった凪の表情が一変した。

「はぁ!?　結婚したんか!?」

「違う違う。黒田は母の旧姓なの。うちもいろいろあって。――凪くんはお見舞い？」

「あ、ああ……親父が入院してん」

「兄貴、知り合いっすか？」

病室のドアを開けてくれた若い男の問いかけに、肩の力を抜いた凪が、「ああ、小中の同級生」と頷く。それを横目で見ながら、「失礼しますね」とひと言断って、ベッドを囲むカーテンを開けた。すると、凪に負けないほど恵まれた体格の男が、ベッドを軋ませながら身体を起こしたところだった。

初老を少し超えた頃だろうか、目尻の皺が柔和に刻まれている。物越し柔らかなのに身体は鍛えてあり、少しうねりのある髪はグレージュヘア。彼がヤクザ者だと知らなければ、第一印象はダンディなイケおじだったことだろう。体型も顔立ちも凪にそっくりだ。どうりで今の凪にちょっと見覚えがあったはずだ。かつて会った彼の父親に似ているのだ。薄幸系美少年だった頃の凪と、今の凪を繋げるのは難しいが、凪の父親と今の凪を繋げることは容易だった。

「暴力団関係の患者さんって、凪くんのお父さんのことだったんですね。こんにちは。お久しぶりです。白川つむぎです。うちのこと覚えていらっしゃいます？」

軽快に笑うつむぎに、凪の父親の頬が懐かしさに緩んだ。

「ああ、つむちゃんか。久しぶりやな。あんた、ちんまいまんまじゃねぇか」

「中学生の頃から身長止まっちゃってますからねぇ。でもそのおかげで、凪くんに気付いてもらえたんならラッキーかも」

チラッと凪に視線をやると、彼の目は優しげに細まってつむぎを見ていた。

勤務中にもかかわらず、その眼差しに胸がドキドキしてくる。懐かしい以上に嬉しかった。

（本当に再会できるなんて夢みたい！）

小学四年生の頃、父親が転勤族だったつむぎが、この街に越してきたのが最初。転校してきた初日、つむぎの席の周りは好奇心を隠さない同級生でいっぱいだった。

『なーなーおまえ東京から来たんやろ？　富士山登ったことある？　俺はあんでー』

『富士山は静岡と山梨やん。こんな馬鹿ほっといて、部活なに入るか決めた？　あたしねぇ調理部なんよー。白川さんもどう？』

『わかんないことがあったらなんでも聞いてー。あとねぇ、隣のあの子には近付かんほうがええよ』

『えっ、どうして？』

今はもう顔も名前も覚えていない女子が言った最後のひと言に、つむぎは敏感に反応した。

その子は、つむぎのすぐ隣の席で本を読んでいる線の細い男の子を指差し、声を潜める。

『あんなぁ、あの子のおうち、ヤクザなんやてー。この辺じゃ有名』

それを聞いたつむぎは、嫌悪感丸出しで眉を寄せた。

『なにそれ。うち、そういうの嫌いなんだけど？』

『だよねー、いやだよねー』

ケラケラと嗤うその子を押しのけて、つむぎは隣の席の男の子に声をかけた。

『ねぇ、名前教えて？』

『……椎塚凪』

視線を本から動かしもしない素っ気ない返事だったが、応えてくれた。そのことに気をよくしたつむぎは、更に凪に近付いた。

『凪くんね。あのね、うちに学校のこといろいろ教えてくれない？　案内してよ』

ひとりを爪弾きにすることで結束を図る、一種の汚い連帯感。つむぎはそれに嫌悪したのだ。

たった今、ヤクザの家の子だと知らされたのに話しかけてくるつむぎに、凪はチラッと奇妙なものを見る目を向けてきた。

『なんで俺が……他の奴に聞きゃええやろ……』

『いいじゃん！　隣の席なんだし！　お願いっ！』

にぱっと笑ってみせると、凪は黙って目を逸らし……しばらくして頷いてくれた。

それからだった。つむぎと凪が仲良くなったのは。

それは、積極的に絡んでいったつむぎを、凪が受け入れてくれた形だったけれど、ふたりはいつもいつでも一緒にいた。学校帰りには毎日お互いの家を行き来していたから、そのときに彼の父親にも会ったことがある。

凪がヤクザの家の子というのは、ただの噂ではなく本当のことだった。でも、そんなことを気にするつむぎじゃない。

凪自身は勉強もできたし、スポーツも万能で足も速い。それに大人びていたし、おまけに見てくれは薄幸系美少年。家のことでちょっと陰を帯びているのも魅力で、密かに想いを寄せている女の子も多かったようだ。

結局周囲が、ヤクザの家の子だなんだと遠巻きにしているのは、それだけ凪が特別だったから。

近付きたいのに近付けないのを、〝あいつはヤクザの家の子だから近付かないのだ〟と酸っぱい葡萄(ぶどう)のような扱いをしていただけ。

むしろつむぎは、彼との仲を誇らしく思っていたくらいだ。中二の頃、急遽(きゅうきょ)つむぎが引っ越して疎遠になってしまったけれど……

実のところ、この街に戻ってきたのは、凪に会うのが目的だった。でも同時に、現実的には難しいかもしれないとも思っていた。最後に別れたのが十四歳のとき。あれから十一年が経っている。彼はもう、この街にいないかもしれない。いたとしても、会えるかどうかわからない。会えたとしても、忘れられている可能性だって充分にあったから。

(でも、会えた。しかもうちのこと覚えててくれた)

そのことに意味を見出したくなるのは自分だけ？

中学生の頃、つむぎは凪に恋していた。小学生の頃にはもう彼が好きだったし、なんなら出会った瞬間に一目惚れしたのかもしれない。

でもそれはつむぎの片想いではなく、凪もつむぎを想っていてくれたはずだ。

お互いにお互いのことが好きで、それに気付いているのに、言わない……言えない。中学生にありがちな甘酸っぱい恋心がもたらす微妙な空気感。それがあの頃の自分たちの間には確かにあった。伝えられないまま離れ離れになってしまったから、あの淡い恋心は、今もなおつむぎの中に、大切に仕舞われたままだ。

ずっと彼に会いたかった。忘れた日なんて一日たりともない。

彼より好きになれる男はいなかったのだ。出会う人出会う人を、無意識のうちに彼と比べる自分がいることに、つむぎは気付いていていた。

――どうしても彼がいい。

実らなかった初恋だから余計に執着しているだけかもしれないけれど、やっぱり彼のことが好きなのだ。自分が一番幸せだったときの記憶にいるのが椎塚凪。彼だった。

凪はどうだろう？　他の恋を見付けて、あのときの気持ちなんて忘れてしまった？　それとも——

（うちはまだ好きよ、凪くん……ずっとずっと好き）

秋波を送ると、気付いてくれた凪が意味深に微笑んだ。

見つめ合ってそのまま、ふたりの世界に入ってしまいそうになるのを懸命にこらえて、持ってきた書類一式を凪に渡す。

「これ、手術の同意書と入院の書類。おじさんは今日手術だから、手術の同意書のほうは早いこと提出してもらいたいの。書いてくれる？」

「親父やなくて、俺が書いてええんか？　なら今書くわ。待っといて」

そう言った凪が、見覚えのある達筆な字で書類を埋めていく傍らで、彼の父は「はー」と大きく息を吐いた。

「あのつむちゃんが看護婦さんか。俺も年取ったな。この年で盲腸なんて夢にも思わんかったぜ」

気持ちはわかる。盲腸が圧倒的に多い年代は十代だ。年齢が上がるにつれて、発生件数は下がるものだから。ぼやく凪の父親に、つむぎは体温計を渡した。

「たまにいらっしゃいますよ。でもおじさんの年齢だと、虫垂炎の検査をしたら、実は大腸がんだった……ってことのほうが多いんです。虫垂炎ならまだよかったです。——点滴見ますね。お腹の痛みは強いですか？」

「まぁまぁやな。これぐらいなら大丈夫や」

申し送りで、昨日の夜、救急車で運ばれてきたと聞いている。手術は今日の十五時の予定。それまでは、痛み止めの点滴と、一時間毎の尿量のチェックがある。

つむぎは測った体温をカルテに記入して、天使の笑顔で微笑んだ。

「おじさんの手術を担当する先生、ベテランで、めちゃくちゃ腕がいいって有名な人なんで。安心してくださいね」

「おー。まな板の上の鯉になっとくわ」

「腹掻っ捌かれてこいや、親父。——つむ、書いた」

書き終わった手術同意書に不備がないかチェックする。

「うん。これで大丈夫。入院の書類は明日でもいいからね。でも早めに出してほしいかな。パジャマと下着類はレンタルもあるの。短い入院の場合、今はレンタルで済ませちゃう人も多くて。こだわりがないなら選択肢に入れてもいいかも。洗濯もこっちでするから楽よ？」

「親父。もう全部レンタルでええやろ？　なんでもつむぎの病院に任せたらええって。つむぎもおるし。ようしてくれるって」

「ああ。それでええ、任すわ」

つむぎは普通の雇われ看護師であって、この病院の経営者でもなんでもないのだが、つむぎがいるだけで全部任せるに値するのだと言われているようで案外擽ったいものだ。

「うちがいるときは、うちを呼んでもらったらいいですよ。マメに来るようにしますから」

「つむちゃん、ありがとな。頼んどくわ」

「はーい。じゃあ、またあとで来ますね」

軽く会釈をして病室を出ると、あとを追って廊下に出てきた凪が、照れくさそうに鼻を掻いた。

「あんなぁ、俺、まだ話したいんやけど、仕事何時に終わる？」

ああ、彼から誘ってくれるなんて！　心臓が嬉々として早鐘を打つ。

「うん、うちも話したい！　十七時に終わるよ」

「そうか。俺、いっぺん帰らなあかんねんけど、ならそれぐらいにまた来るわ。つむぎ、おまえ車？」

「ううん、歩きだよ」

「なら俺、車で来るから。待ち合わせ、病院の駐車場でええか？」

つむぎが頷くと、凪は「紙、紙」と言いながらポケットを漁って、コンビニのレシートを出した。

「俺の番号書いとくわ。ペン貸して」

うさぎのゆるキャラが描かれたピンクのボールペンを渡す。凪は「相変わらずかわええ趣味やな」と笑って、電話番号を書いた紙を渡してきた。

「遅くなりそうとかやったら電話してくれ。俺、待つしさ」

「うん。ありがとう！」

待ってまで話したいと思ってくれるその真意は？

（もー、期待しちゃうぞ？）

つむぎは「あとでね」と笑って、次の病室へと向かった。

◆　◇　◆

繁華街の一等地にある雑居ビルの一室で、凪は手のひらサイズの付箋を弄びながら、コンコンとボールペンで机を叩いていた。

ここは指定暴力団・八代目汪仁会直参、椎塚組の複数ある事務所のうちのひとつだ。

椎塚組自体は指定暴力団入りしていないものの、汪仁会発足時から弟分として肩を並べている。本家の有事には、なにを置いてもすぐに駆け付ける直参組というやつだ。

関西を地盤とする汪仁会は、土地柄もあってか喧嘩っ早い。そこに割り込んで、「まぁまぁ喧嘩はよさないか」と、相手の横っ面を札束入りのアタッシュケースでドッカンドッカンと殴っていくスタイルが椎塚組だ。

凪の父親――現、椎塚組組長は、切れ者の野蛮人として名を馳せている。そんな組の次期組長である凪に求められているのは、度胸と頭。

「あのな、この債権回収、五割折半で受けるって返事してくれるか」

ピッと付箋を差し向けると、手下として使っている男が難しそうな顔をした。

「はい。でも、半分も取って相手が呑みますかね？」

依頼主は名のある企業の副社長だ。うまい話に乗せられて出資したのはいいが、うまく行かなかったと。最短で債権回収してほしいという依頼だ。ヤクザが動けば、手数料で五割折半はままある。

「呑むさ。この一億の債権回収を弁護士に頼めば、費用はそうだな……一五〇〇万くらい。でも手順を守ってやるもんだから十年はかかる。俺がやればまず半年もかからんよ。十年後の八五〇〇万と、半年後の五千万。どっちがいいかって話だ。ケツに火がついてる奴ほど飛び付くさ」

ついでにこの依頼主は、横領した会社の金を出資に回していたときたもんだ。ケツに火がついてるなんてもんじゃない。こういう地盤のある阿呆は大好きだ。いずれはこの横領についても脅（おど）し――ご相談させていただくこととしよう。

ヤクザとカタギの悪（ワル）なら、カタギの悪（ワル）のほうが断然悪いと凪は思う。

ヤクザが組の金に手を出せば、海に沈むことになるが、その点、他人の金に手を出すカタギは命なんかかかっちゃいない。最悪が屋根も壁も付いたブタ箱だ。なんとぬるいことか。だから覚悟もなく悪事に手を染めるのだ。

「頭（かしら）はその辺うまいですもんね」

「おまえやってみるか？　別にええで。なんでも勉強や。やらな身に付かんからな」

「マジですか！　やらしてもらいます！」

別に手下が失敗したとしても、凪に痛手はない。あとから出張ってぶん取ればいいだけだ。自分で動くのも嫌いではないが、そろそろ下も育ってほしい。

「おう、じゃあ、今度教えるわ。ちょっと今から電話すっから」

ひと言入れて、凪は馴染みの記者に電話をかけた。

「おー、お疲れさん。あのなぁ、悪いけど、今日会うのナシにしてもらっていいかな。ちょっと用事できたんよー」

この記者には先の依頼人の横領についてネタを売ることになっていたのだが、どうでもいいことなのであと回しにさせてもらうことにする。

白川つむぎ——今の凪の最優先だ。

〝今の〟というのは正確ではないかもしれない。凪は〝昔から〟つむぎが最優先だった。

凪の初めての友達。そして初恋の女の子。

つむぎと出会ったのは、小学四年の春。

当時の凪は〝ヤクザの家の子〟という、根も葉もありまくりの正確な噂のおかげで、それはもう盛大に孤立していた。

同級生の大半が親に「一緒に遊ぶな」「関わるな」と言い含められていたはずだ。

誰だってそうだろう。自分の子がヤクザの子と仲良くしてほしいわけがない。

普段はおとなしくしていたとしても、いつ牙を剥いてくるかわからない存在なんて、触らぬ神に祟りなし。君子、危うきに近寄らず。その点は納得だし、当時もなんとも思っていなかった。

そんなある日、転校生の女の子がやってきた。名前は白川つむぎ。東京からの転校生ということで、クラス中どころか学年中が沸いていたっけ。小柄で色白の可愛らしい女の子とくればなおさらだ。他のクラスからも見物に来ていたし、まるで珍獣扱い。

なんの因果か、その子は凪の隣の席になった。

『隣のあの子には近付かんほうがええよ。あんなぁ、あの子のおうち、ヤクザなんやてー。この辺じゃ有名』

女子の代表格だった子が、親切心からか注意事項よろしく凪のことを説明したのが発端だ。

ヤクザの子だという事実陳列罪をやられたからといって、泣きを入れるような凪ではなかったから特に気にもしていなかったのだが、そのひと言がつむぎの逆鱗に触れたのは間違いなかった。

つむぎは次の瞬間、その女子の肩を押して、派手にふっ飛ばしたのだ。そして、

『ねぇ、名前教えて？』

と、なんでもないように凪に話しかけてきた。

当時のつむぎが気付いていたかは知らないが、相手の子は尻もちを付いていたし、周りはドン引きしていたっけ。

『椎塚凪』

自己紹介した凪に、彼女は当然のように学校を案内しろと要求してきた。

転校生の彼女を案内したがる子はいくらでもいたはずだった。しかし、彼女はそれを、忠告してきた女子と共に一気にふっ飛ばしてしまったのだ。ここで自分までそっぽを向けば、彼女は転校してきたばかりなのに孤立することになる――自分と同じように。

無邪気に笑うこの春の嵐のような女の子を、凪は受け入れないわけにはいかなかったのだ。

（あいつ、全然変わっとらんかったなぁー）

ハキハキした看護師になっていた彼女を思い出すと頬が緩む。

最後に会った中二の頃と変わらず小さくて可愛らしいまま。年相応に大人びてはいるが、それでも愛らしい。

明るく真っ直ぐな性格で、恐れ知らずの根性ったれ。そして面倒見がよくって積極的。それが凪の知っている白川つむぎだ。看護師なんてきっと天職だろう。

初登場でクラス中をドン引きさせた彼女だけれど、凪の心配とは裏腹に、次の日にはもうクラスに馴染んでいた。愛嬌があるからだ。

小さいのにくるくる動き回って、ニコニコ笑って可愛くって、ちょっと話してみただけで、白黒はっきりした気持ちのいい子だと誰もがわかる、そんな女の子。

凪がつむぎに夢中になるのはあっという間だった。

謎の力で席はずっと隣だったし、委員会も同じ。部活は違ったが、調理部に入ったつむぎは、作ったお菓子を毎回凪に食べさせてくれた。バレンタインのチョコも凪にだけ特別な物を用意していてくれたから、随分と優越感を持ったものだ。

一緒に下校して、そのままどちらかの家に寄って、飽きるほど喋って、寄り添って過ごした。つむぎに他の男が近付くスキすら与えなかった自負がある。なぜなら、彼女の隣は自分のものだから。

彼女のあの愛くるしい笑顔を見るのは自分だけ——

それは、男と女の友情というにはあまりにも近すぎる関係だった。

あの頃、彼女の中で自分は特別な存在だったと思うのは、自惚（うぬぼ）れだろうか？

（結婚しとらんかったし、あいつのことや、男おったら誘っても来んやろし……これはいけるか？）

ムフフと緩む口元を手で隠し、わざとらしく顎（あご）をさする。

今まで女とは掃いて捨てるほど関係を持ったが、そのすべてがつむぎのように背が小さくて可愛い系の女ばかり。

それはつまり、つむぎに似た女をつむぎの代わりにしていただけなのだ。でもつむぎの代わりはいないものだから長続きしない。愛せない。

やっぱりつむぎがいい。

つむぎという女は、凪にとって欠けてはいけない存在だったのだ。

苗字が白川から黒田に変わったと聞いたときは本気で焦ったが、黒田は母方の旧姓だそうだし、親が離婚したとか、なにか事情があるんだろう。

それにしても、再会できるとは思っていなかった。

記憶が刺激されるたびにつむぎを思い出し、会いたい会いたいと願っていたが、どこに引っ越したのかもわからない相手を探すのは不可能だったのだ。

当時、携帯電話は普及していたものの、毎日学校で会えるし、互いの家を行き来している。話ならいつでもできるという妙な自信から、電話番号の交換なんてしていなかった。いや、初心（うぶ）な恋心が、電話番号を交換するという簡単な手順を邪魔したとも言える。

だってあの頃の凪は、あんなにつむぎのことが好きだったのに、キスすらできなかったのだから。

そう、凪とつむぎは付き合っているわけではなかった。告白しなくても一緒にいるのが当然だったから、凪自身、まったく焦っていなかった。

高校生くらいになれば、つむぎと自然と付き合って、そのまま自分たちは結婚するんだろうとさえ思っていたくらいだ。

あの学生時分が、ただの幸運で成り立っていただけだと今ならわかる。自分の人生の中で、彼女との出会いは最大の幸せで、彼女との別れは最大の不幸だった。

でも再会した……。あの頃の気持ちが甦ってくるかのようじゃないか。いや、初めからつむぎへの気持ちは消えていなかったのだから、甦るもクソもない。

彼女もそうだったらいい。自分たちはたとえ離れても、また結びつく運命にあったのだ。

仮にそうでなくても、このチャンスを逃がす気なんかない。あの頃、伝えられなかった想いを今なら伝えられるから——

（飯、いいとこに連れて行こ）

「あのな、予約しとった店、キャンセルして。そんでクリスタル・スカイホテルの、レストランあったやろ？　あそこ二名で予約して。十八時な。あと俺の車、洗車しといて」

ポイッと愛車のキーを投げる。

記者との面会に使う予定だった料亭をキャンセルして、ラグジュアリーホテルの夜景の見える洒落たレストランを指定すると、キーをキャッチした手下が「えっ」と声を上げた。

「誰かと会うんですか？　おやっさんが入院したから、記者さんキャンセルしたんと違うんですか？」

「……おまえ真面目やな」

この手下は、凪の親父が入院したものだから、今夜の記者との面会をキャンセルしたんだと思い込んでいたらしい。前のめりになって本気で感心してしまう。いや、まぁ、凪もそうだがヤクザは案外真面目だ。特に上に行く男は真面目じゃないと勤まらない。

確かに親父は入院したが、たかが盲腸だ。今日の手術だって一時間半もあれば終わる簡単なもの。泊まり込みで看病するわけでもないんだから、つむぎを迎えに行くついでに、ちょっと病室に顔を出せばそれでいい。第一、あの親父は殺しても簡単に死ぬタマじゃないのだ。

「え、マジで誰と会うんですか？」

「……別に誰でもええやろ」

おまえがさっき会った看護師だよ、とはなぜか言いたくなくて、凪は「ふん」とそっぽを向いた。


約束の十七時の少し前、凪は親父の病室に顔を出した。

病院に来る前に一度家に帰ってシャワーを浴びて、ヒゲも剃る念の入れようだ。自分の親父に会うためにここまではしないが、つむぎと会うなら話は違う。

手術を終えた親父は、ベッドに上半身を起こしながら痛み止めの点滴をしていて、白衣の天使のつむぎに世話をされていた。正直、羨ましい。

「明日は、血液検査と尿検査とレントゲンがありますから忙しいですよ。歩行も開始しますから頑張って歩きましょうね。歩いたほうが早く回復しますから」

その場で両手を振って、歩く真似をするつむぎに目を細める親父は、まるで娘でも見るかのような優しい眼差しだ。普段は切れ者の野蛮人として手下を怒鳴りつけているくせに。

「親父、なんかもう大丈夫そうやな」

「おう、さっき屁が出たから大丈夫やて、先生が言うとったわ。おまえ、もう別に来んでええで。俺にはつむちゃんがおるからな。さっき、つむちゃんに身体拭いてもらってん。どうや、ええやろ」

「いや、なんで自慢？　腹立つなぁ……」

別に親父に用事はない。つむぎを迎えに来るついでに顔を出しただけだ。

それにしても、つむぎに身体を拭いてもらっただと？　羨ましくて、殴りたくなってくる。一応、今は病人なので殴りはしないが。

「ふふ。相変わらず仲いいですね。おじさん、じゃあ、うち、今日はもう上がりですけど、明日また来ますから」

「はいよ、ありがとさん。またな、つむちゃん」

「あんなぁ、親父。つむぎは仕事なんやからな。邪魔したらあかんで」

「邪魔なんかするかい。おまえももう帰れ。なんや今日、予定あるって言ってたやろ」

記者と会うことを言っているんだろう。スーツ姿のままだったから、このまま出掛けると思ったのかもしれない。それはもうキャンセルしたとは言わないで、凪はつむぎと共に廊下に出た。

「あーわかった。ほなな。明日また来るからな」

「来んでええ！」

パタン——と、スライドドアが閉まる。

「今日なんか予定あったん？」

つむぎがコテンと首を傾げてくる。

他の女がやったらあざとくて鼻に付く仕草も、つむぎがやると愛らしいと思うから不思議だ。身長差があるから余計にだろうか？　胸がドキドキしてくる。

「ああ。どうでもいいやつや。つむぎのが優先度高いわ。当ったり前やろ」

「そうなの？　嬉しい～。じゃあ、うち、着替えてくるね」

「おう。駐車場で待っとくわ」

「はーい」と、小走りで駆けていく後ろ姿を見ているだけで、胸がじんわりと熱くなる。これは昔が懐(なつ)かしいだけじゃない。〝今〟つむぎと会えて嬉しいのだ。

つむぎが目の前にいる——もう、離れ離れになるのはいやだ。力いっぱい抱き締めたい。彼女の存在を確かめたい。彼女が許してくれるなら……だけど。

（よし。口説こ。あいつは俺ンのや）

駐車場に移動してキーのスイッチを入れると、一際でかいセダンの愛車が、早速の出番に張り切ってライトを点滅させた。手下に洗車させたばかりなのでホールもピカピカだ。

助手席のドアを開けて軽くシートを払っていると、私服に着替えたつむぎが手を振りながら小走りで来た。

「お待たせ！」

透け感のある七分袖シャツに、柔らかい風合いの黒いジャンスカがよく似合っていた。

勤務中は結っていた黒髪をほどいて、今は腰まで垂らしている。結い癖が付いていて、ふわっとしていた。

「わ！　車スゴッ！　これ凪くんの車？」

「せやで、乗り～」

「ええ、緊張するな、お邪魔しまーす」

（やっぱ、かわええなぁ……たまらんわ）

小動物感があるせいか、猛烈に庇護欲が湧く。つむぎを助手席に乗せると甘い果物のような匂いが鼻腔を擽って、思春期のように身体が熱く反応してしまった。

なにを隠そう、つむぎは凪の好みのど真ん中なのだ。いや、最初に好きになったのがつむぎだから、好みが〝あのときのつむぎ〟に固定されてしまっていると言ったほうが正しいかもしれない。

ある種の刷り込みに近い。

最後に会ったあのときのつむぎと、再会した今のつむぎがあまりにも違ったら――惹かれただろうか？　そもそも気付けただろうか？　わからない。

とりあえず、自分のような大規模な成長期が彼女に訪れなかったことを神に感謝しておこう。

「店予約してん。飯食お」

「嬉しい！　凪くんとご飯食べるの何年ぶりだろ。ほんと会えて嬉しい。絶対うちら運命だって」

運命——そう思っているのは自分だけじゃないことにますます喜んで、凪はアクセルを踏んだ。

「ホンマやな。懐かしいわー。まさか、つむぎが看護師になってるとはな。いや、でも、つむぎは面倒見いいからぴったりやな」

「ふふ、ありがと！　凪くんは？　今なにしてるの？」

「俺？　俺はなぁ——」

中二でつむぎがいなくなって荒れたものの、高校は県で一番の進学校に入った。大学は国立の法学部。組を継ぐことはもう決まっていたから、いかに法の穴を掻い潜るか、といった悪知恵を働かせるために入ったようなものだ。

褒められた動機ではないものの、元から勉強はできたから、在学中に司法試験まで通ってしまった。今はその頭を組のために使っている。

「——いろいろ事業やっとんのやけど、メインは不動産やなー」

「ええ！　すごい。かっこいい！」

「べ、別にすごかねぇよ。俺なんて大したことねぇし。おまえのほうがよっぽどすごいって！」

「えへへ～そうかなぁ？」

嬉しそうに笑うつむぎが眩しい。

（……そういやこいつ、カタギの女なんよなぁ……）

当然のことを今頃思い出して、凪はぐっと唇を引き結んだ。

今の自分はヤクザだ。

つむぎともしも付き合うことになれば、彼女をヤクザの女にすることになる。それが社会的にいいことではないのは、さすがに否定できない。

彼女は看護師として、普通の人生を歩んでいるのだから、躊躇(ためら)いの気持ちが生まれるのも事実。

好きだからなおさら……

「せや、中学ん頃、なんで急に引っ越したん？　なんかあったんか？」

自分のことから話を逸らすと、つむぎは微かに笑った。

「父が病気で入院してたんだけど、容態が急変して亡くなって……。母が実家に帰るって言ってね。母の実家、関東やからそっちに引っ越すことになって……父、膵臓(すいぞう)がんだったの。若かったから進行も早くてね。毎週末お見舞いに行ってたんだけど、ほんと急で……」

「そんなことになっとったんか……」

中二の頃、彼女は十日ほど学校を休んだ。かと思ったら、そのまま誰にもなにも言わずに急に引っ越したのだ。会うことも話すことさえ叶わなかった。

あれだけ急だったんだ。よほどのことがあったんだろうと察してはいたが、離婚ではなくまさか死別だったなんて。

思い返してみればつむぎが転校する直前、彼女の両親は家をあけていることが多かった。仕事なんだと思っていたが、親父さんは入院していたのか。

つむぎは家のことなんてなにも話さなかった。弱音を吐かない性格なのは知っているが、あんなに一緒にいたのに水くさい。

だが、話してもらったところで、当時の凪に、一緒にいる以上のことができたかどうかは怪しいのだけれど。当時は凪もまた、子供だったのだから。

父親を病気で早くに亡くしたことが、看護師になったきっかけだと彼女は笑った。

「うちの母、親に結婚を反対されててね、駆け落ちまでしてたのよ。それで、〝実家に戻ってくるなら、苗字戻せ！〟っておじいちゃんに言われて、うちも一緒に母の旧姓に戻したって形。父が亡くなって母がかなり気落ちしてたから、母の実家に戻ったのはよかったんだと思う。うちもおじいちゃん大好きだしね」

「なるほどなぁ。それで苗字変わっとったんか」

何度か会ったことのあるつむぎの母親が脳裏をよぎる。小柄で可愛らしいのはつむぎと似ていたが、加えて良家のお嬢様のような雰囲気の女性だった。確かにあの人が女手ひとつでつむぎを育てるよりは、実家に戻ったほうがよかっただろう。つむぎも祖父にとても大事にされていたようだし。

「そうか……知らんかったとはいえ、つむぎの力になれんかったんが悔しいわ。——だって俺、おまえのこと……好きやったし……」

ああ、言ってしまった。もう子供の頃とは違うのに。自分はヤクザなのに。

でもつむぎが欲しい。どうしても諦められないのだ。この再会を自分たちの運命だと思いたい。

つむぎが「うん」と言ってくれたら、全力で大事にすると誓う。

凪が柄にもなく緊張していると、隣でつむぎがふわっと笑った。

「ほんと？　うちもね、中学んとき、凪くんのことめっちゃ好きで、転校決まったとき泣いたもん」

（！）

やっぱり！　やっぱりあのときの自分らの気持ちは同じだった。そのことに胸が高鳴る。

だが、飛び付きたくなるのをこらえて、凪はチラッとつむぎを盗み見た。まだ明るい六月の陽射しを受けた彼女の横顔は、ほんのりと赤く色付いていて、思わず息を呑んだ。

「……今は？」

問題は〝今〟だ。離れていた時間は十一年。その間に彼女もいろんな男と出会ったはずだ。つむぎなら、自分より普通で、自分よりいい男を捕まえられるとわかっている。

ヤクザの男を――昔の思い出に引っ張られてわざわざ選ぶ必要なんてないのだ。

「今？」

つむぎはちょっと悪戯っぽく目を細めた。

ああ、こういう笑い方だった。なにか企んでいるとき、こんなふうに含みを持たせた顔で笑うのだ、この子は。

誕生日やバレンタインでなにかをくれるとき、こんな顔で差し出してきたのを思い出す。

「うちの気持ちなんて、もうわかってるでしょ？」――そう言わんばかりの眼差しに、挑発された気さえする。

「そんなん、好きじゃなかったら、車に乗んないもん。ほんとのところ言うとね、凪くんに会いたくて、この街に戻ってきたの。だって会いたかったし。凪くんは？」

「俺も会いたかったに決まってるやろ……第一、気持ちがなかったら……誘わんし」

本当だ。下心で誘ったのなら、こんなに気は遣わないし、緊張だってしない。

つむぎという女は、存在は、凪にとってそれだけ特別なのだ。

つむぎにだけは嫌われたくない。つむぎにだけは……

信号で車を停めた凪は、彼女に顔を向けた。

「今も昔も、俺はおまえがいっちゃん好きや」

ついに言ったひと言に、つむぎがにぱっと輝くような笑みを向けてくるから、凪は思わず彼女の後頭部を掴んで抱き寄せ、そのぽてっとした可愛い唇に噛み付いた。

柔らかな下唇をねぶって、口内に舌を捻じ込む。小さくて熱い舌は、軽く触れ合うだけで魂が震えるようだ。

自分の伴侶はやっぱりこの子だと、すでにわかりきっていた答えが出る。

他の誰かじゃもう満たされない。つむぎじゃないと意味がない。

舌の腹をすり合わせ、絡めて吸いながら、凪はゆっくりとつむぎの頬を撫でた。

くちゅっと唇が離れ、ほうと息を吐く。

「……初めてキスした……」

ぽろっとこぼれてきたつむぎのつぶやきに、思わず目を瞠った。

（初めて？　今、初めて言うたか⁉）

素で動揺した。

あんなに急に離れ離れになることがわかっていたら、キスのひとつやふたつしどくんだったと思ったのも一度や二度じゃなかったのに。初めて？　キスが初めてなら他も全部？　本当に？

この十一年、彼女に男がいなかったことを知って嬉しいはずなのに、あの頃とは違って汚れた自分に気が引ける。

信号が青になるのと同時に、凪は車を発進させた。

「マジか。俺でいいんか？」

「なんで？」

きょとんとした顔も可愛い。なんの疑問も持っていなさそうなつむぎに、凪は自分の首元に手をやって、ワイシャツの襟（えり）を軽く引っ張ってみせた。

「なんでって……俺、ほら……」

首元に覗くのは、和彫りの昇り龍の片鱗（へんりん）。親父の組を継ぐと決めたとき、首から左胸、そして左腕にかけて昇り龍を彫ったのだ。それは、裏の世界に一生を置くという凪の覚悟のあらわれ。

凪の父親がヤクザ者だということはつむぎも知っているはずだが、今や凪もそうなのだ。再会したときに気付いているだろうとは思うが、しっかり者のくせに、たまに抜けているのがつむぎだ。

もしも気付いていないのなら、早いうちに教えてやらなくてはならない。

彼女は……普通の女だから。今ならまだ、引き返せる。まだ——

「タトゥー入れたんだ？　今、多いよね～。うちのおじいちゃんも入ってるよ。結構立派なやつ」

返ってきたのは、そんなあっけらかんとした言葉。ドン引きするわけでもなく、まるでファッション感覚で彼女は言うのだ。ワンポイントタトゥーなんかじゃなく、結構ガッツリと入っているのだが。いや、本題はそこじゃない。

「いやいや、俺、ヤクザやってんねんけど……え、もしかして全然気にしない感じ？」

「あはは。なんで今頃そんなの気にするの？　凪くん家がヤクザなんて子供の頃から知ってるじゃん。気にするんだったら、最初から気にしてるよ」

そうか。この子はそう言ってくれるのか。彼女は、本当に昔から変わっていないのだ。

家も、生き方も、気持ちも、凪の全部を受け入れてくれる存在——

(やっぱ、こいつしかおらん！)

「つむぎ！」

運転中にもかかわらず、凪はつむぎを抱き締めると、その唇に二度目のキスをした。

「絶対大事にする！」

◆　◇　◆

『絶対大事にする！』——その言葉通り、凪はつむぎを大事にしてくれる。本当に、これ以上ないくらいに大事に。

忙しいだろうに、父親が退院してからもほぼ毎日病院まで迎えに来てくれるというマメさだ。デートも多い。離れ離れだった時間を埋めるように、思い出を確かめるように、凪はつむぎと一緒にいたがる。それがちょっと可愛い。

それに、脱がされるまでは早かったが、実際はそこから半年も時間をかけるのだから、彼の気の長さはつむぎの想像以上だ。

この人はセックス抜きでも、つむぎを想ってくれている。

大事にされている実感と、彼のくれる気持ちを同時に感じて、満たされるものがあるのも確か。でもそんなことをしている間に、季節がふたつも過ぎてしまった。もう十二月だ。

シャワーから上がったつむぎは、キャミソールとショーツ姿で髪にドライヤーを当てながらベッドに腰掛けた。

湯上がりの身体が火照っている。凪もまだ暑いのか、上半身裸で水を飲みながらやってきて、つむぎの隣に座った。

つむぎが独り暮らしをしているのは、こぢんまりとした1DK。キッチンはお粗末だが、洋室部分は九畳と広めだ。つむぎにはちょうどいいこの部屋も、体格のいい凪が寛ぐには狭い。それでも彼は毎日のようにこの部屋に来てくれる。一応、彼にも独り暮らし用のマンションがあるにはあるが、今やそちらは着替えを取りに行くくらいで、最低限の出入りだ。

ヤクザといえば、酒と博打と女。なのに凪は、飲む打つ買う、どれもやらない。

「酒を飲めば運転できねぇ」、「博打は胴元をやるから儲かるんであって、自分が賭けちゃ意味がねぇ」、「女はおまえがいい」と、こんな具合だ。

「あのね、明後日、シフト代わってほしいって言われて。早番が遅番になるの」

「ほうか。ええで、俺迎え行くし。遅番やったら終わりが朝九時やんな？」

「うん」

「お疲れさん。よう働くなぁ。正直、患者が羨ましいわ。俺もつむぎに世話されたい」

突然なにを言い出すのかと、思わず笑ってしまった。これ以上ないくらいの健康体のくせに。

「凪くん、病院ごっこしたいん？」

「めっちゃしたい」

真顔で頷いた凪は、コップを座卓に置いて、つむぎを軽々と抱え上げ自分の腰を跨がせた。

ドライヤーを止めて首を傾げると、凪が緩く開いた胸元に顔を埋めてくる。

ぐりぐりと額を押し当てながら顔を左右に揺らした彼は、次の瞬間には首筋に唇を当ててきた。

つむぎが好んで使うボディソープとシャンプーの混じった甘い香り。それを凪が纏うと艶っぽく感じるから不思議だ。

「つむぎ……好きや」

微かな切なさが滲む声に、きゅっと胸が締め付けられる。

受け入れたい。誰よりも大好きなこの人だから、身体の奥深くで繋がって、溶け合いたい。その気持ちは本物なのに……

（なんでえっちできないの……？）

もしかして……いや、もしかしなくても、身体の相性が悪いんじゃないだろうか？　こんなの、付き合っていく上で致命的な――

（そ、そんなはず、ないし……うちら相性ぴったりだもんっ！　昔からずっと仲良しだもんっ！）

――とは言っても、裸の触れ合いは濃密かもしれないが、肝心なことはできていないのだから、男の凪には物足りないはずだ。それに、これだけいい男だ。女がほっとくはずがない。

欲求不満の凪を、他の女が誘ったら……それが発散のためだけだったとしても、凪が一瞬でも他の女を見るなんてつむぎは絶対に許せない！

この人を繋ぎとめたい。どうあっても離したくない。

なら、浮気なんかしないようにつむぎが彼を満足させるべきだ。

「うちも好き。凪くんが大好き」

ちゅっと凪の瞼（まぶた）に口付ける。彼は嬉しそうに笑って、つむぎをベッドに押し倒した。

「つむちゃん、もうどこも行ったらあかんで？　ずっと俺の側おりよ……ずっとやで？」

凪が言わんとしていることはわかる。急な転校はつむぎ自身もショックだったが、凪にとっても相当なショックだったのだと、付き合ってから聞いた。それだけ、あの頃から想っていてくれたことが嬉しい。

「うん……どこも行かない」

凪の背中に両手を回しながら、つむぎは柔らかく目を閉じた。

（はぁ……なんとかしたいなぁ……）

セックスは言わずもがな。そしてもうひとつ、つむぎには悩みがあった。

実は、凪にまだ言っていないことがあるのだ。本当は早いところ言ったほうがいいのだろうが、どうにも躊躇(ためら)ってしまって言えない。

彼はそれを聞いたときなんと言うだろう？　正直、反応はふたつしかないはずだ。

——つむぎから離れていくか、そうでないか。

そのとき、身体を繋げていたなら、つむぎから離れることを躊躇(ためら)ってはくれないだろうか……

そんな打算的なことを考えてしまうくらい、凪の反応に臆病(おくびょう)になっている自分がいる。

「凪くん……」

すりっと凪の胸に頬ずりする。

「ん？」

凪の声に顔を少し上げ、「好き」とひと言つぶやいて、また彼に抱き付いた。

彼を離したくなかった。

◆　◇　◆

先輩看護師とシフトの交代をした日の休憩時間。

つむぎは休憩室のテーブルの上に置いてあったおまんじゅうには目もくれず、ソファに座ってスマートフォンにポチポチと文字を入力していた。

（えっと、『えっちで彼のが大きすぎて入りません。なにかいい対策はないでしょうか？』――これで送信っと）

誰にも言えない質問を送るのは、みんなの味方、ヤッホー知恵袋。

悩んでいるだけじゃ駄目だ。行動あるのみ！　ここはひとつネットで幅広く皆様のお知恵を拝借しようじゃないか。うまくいけば、有用なアドバイスが得られるかもしれない。と、本人は至って大真面目である。

送った質問に「わたしは処女です」という、超特記事項が抜けていることには気付かず、つむぎはひと仕事終えたつもりで息をついた。

（……どう考えても大きすぎだよ……）

裸でじゃれ合っているときに目にした凪の物を思い出す。

看護師という職業柄、尿道カテーテルや清拭の際に他の男性の物を目にする機会はある。だが、尿道カテーテルは勃起が収まってからするし、陰部清拭の必要がある患者さんで若い人は少ない。両手が動かせるのなら、自分で拭いてもらう。患者さんが自分でできない場合は看護師ふたり組で行い、寝間着を脱がせ、温タオルを作って、拭いて、保湿クリームを塗ってと時間内にやるのだ。それも何人も。

正直言って忙しい。手早くするのが患者さんのためでもある。皮膚に炎症や異変がないかを見ることはあっても、勃起なんて正常な反応は基本スルーなのだ。

だから勃起時の患者さんの物をじっくりと観察することはないのだが、目に入るものは目に入る。

そうして目にしてきた物と比べても、確実に凪の物は大きい。通常形態でも大きいのに、臨戦態勢になるとそれが増す。アレが自分の身体の中に入るとはとても思えない。

（でも入るはずなんだよねぇ……）

人体の不思議。つむぎが女である以上、そういう身体の作りになっている。ただまぁ、最初が凪の物なら、人一倍痛いかもしれないが。

一時間半の深夜休憩を終えたつむぎは、ナースステーションに顔を出してから、巡回に向かった。今夜はいつもより落ち着いているようだ。が、これを口にしてはいけないが暗黙のルール。この言葉を口にしたが最後、なぜか緊急入院や容態の急変が相次いで起こるという不幸に見舞われる。看護師あるあるの鉄板ネタだ。

運よく急変の患者もなく朝六時になると、モーニングケアの時間。

眠気のピークを迎えながらも、経管栄養投与、検温、血糖測定、口腔ケアを行って、七時には朝食の配膳、配薬をする。カルテの記載をして、日勤への引き継ぎが終わったら、朝九時にようやく退勤だ。

夜間出入り口のドアの隙間から、無情な朝日が差し込んでいる。寒いが解放感がはんぱない。夜勤明けは休みを二日連続で取ることができるから、凪とラブラブして過ごそう。

（凪くん、もう来てるかな？）

足取りも軽く、外へ向かおうとすると、後ろから声をかけられた。

「黒田さん、今終わり？」

振り返ると、当直だった男性医師が小走りで近付いてくる。

彼は同い年の救急外来の研修医で、つむぎがこの病院に入って間もない頃から、気を遣って時々話しかけてくれるのだ。救急外来に入ってきた凪の父親を最初に診たのもこの医師だ。医師の当直明けは八時のはずだが、残業していたのだろう。

「お疲れ様です。はい、今日は上がりです。先生もですか？」

会釈をしながら答えると、医師は伸びをしながら頷いた。

「うん。病棟に回した患者さんでちょっと気になる人がいたから確認してて」

つむぎがもう一度、「お疲れ様です」と頭を下げれば、彼は照れくさそうに笑って夜間入り口のドアを開けてくれた。外に出るとサーッと風が吹き込んできて、つむぎはコートの襟を掻き合わせた。

「そこまで一緒に帰ってええ？」

彼は車通勤だったはずだから駐車場までだろう。勝手にそう解釈して「もちろんです」と頷くと、医師は「知ってる？」と話を振ってきた。

「なんか最近、うちの病院の周りにガラの悪い連中がうろついてるらしいよ。半年くらい前に、暴力団関係者が入院してきたせいかな？　もうとっくに退院してるのに……。これだからいやなんだ、暴力団関係者って。黒田さんも気を付けて」

「っ！」

心当たりがありすぎて、思わずドキッとした。ちょっぴり視線が泳いでしまう。

（え、それって、もしかして、もしかしなくても凪くんのこと……？）

半年前に入院してきた暴力団関係者が、凪の父親なのは言わずもがな。そして、凪の父親が退院しても、凪はつむぎを送迎するために病院まで来てくれていた。凪以外の暴力団関係者は見たことがないので、必然的に彼を指していることになってしまう。

迎えに来てくれるときはスーツが多い凪ではあるが、極稀にゆるっとしたシャツで迎えに来てくれることがある。もしかするとそのとき、彼の刺青が見えてしまった可能性はあった。長袖でも首の刺青は見えることがあるから。あの体格で刺青ありとなれば、確かに筋者にしか見えないだろう。

「はは……そうなんですねぇ」

「駅まで送ろうか？　俺、車だし――」

「つむー」

声のしたほうに目をやると、凪が全開にした車の運転席の窓から手を出していた。今日もスーツだ。ネクタイはなかったが。

「あ、先生。迎えが来たので。失礼します」

「え？　あ、黒田さん⁉」

医師がなにか言おうとするのも聞かずに凪の車へと走り寄ると、サッと助手席に乗り込んだ。

「ただいま！」

「おー。お疲れさん」

ぽんぽんと凪が頭を撫でてくれる。凪は今日も優しい。

彼は確かにヤクザだけれど、ただこうしてつむぎを迎えに来てくれるだけだ。暴れたり、人に迷惑をかけることをしたりしているわけじゃない。病院に実害はなにもないはず……

つむぎが微笑むと、彼はクイッと親指で窓の外を指差した。

「なぁ、あれ誰？」

「ん？　ああ。うちの病院の先生だよ。救急外来担当なんだ。凪くんのお父さんを最初に診てくれた先生もあの人だよ」

入院になってからは、入院治療担当医が診療を引き継ぐから、凪はあの研修医に会ったことはないかもしれないが。

「ふーん？」

凪は研修医のほうをチラリと見やると、突然、つむぎの顎を掴んでカプッと噛み付くように口付けてきた。

口内に舌を差し入れ、舐めるように舌をすり合わせてからしっかりと吸い上げるキスに、身体がじわっと熱くなって息が上がる。

離れようとしても離してもらえず、逆により深く舌を差し込まれてしまう。

「んっ、んんっ……ん――ぷは――もう……びっくりしたじゃない……」

人に見られたかもしれないという以前に、凪のキスは執拗なのに甘くってドキドキするからいけない。火照った顔を手うちわで扇ぎながら凪を睨むと、彼はニヤリと意地悪そうに笑った。

「んー。ちょっと牽制しとこーと思って。――つむぎは俺のやし」

握った。

気が付いたつむぎが「えっ」と驚きの声を上げると、凪はプイッと顔を逸らしてハンドルを

牽制？　まさか、あの医師に？　つむぎが盗られると思って⁉

「――⁉」

マンションに帰ってシャワーを浴びて出てくると、キッチンでフライパンを片手に凪が振り返った。

「飯、もうできるからな」

「わぁ〜ありがとう！　あ、チャーハンだ。凪くんのチャーハン大好き！」

もこもこの部屋着を着てから凪の大きな背中に飛び付く。

意外なことに凪は時々料理を作ってくれる。レパートリーは多くないし、大抵一品料理だけど、繊細な味付けでお店の味がする。なんでも、組関係の知り合いに教えてもらったレシピらしい。趣味というわけではないらしいが、進んでやってくれるところを見るに嫌いではないらしい。

凪はちゃぶ台の上にチャーハンを置いて床に座ると、自身の太腿をペシペシと軽く叩いた。

「ここ座り」

「座るの？　重くない？」

躊躇うと、彼が「ははっ」と軽く笑った。

「重いわけあるか。つむぎやぞ。軽い軽い」

「じゃ、失礼して……」

凪の膝に座って、チャーハンを口に運んでいると、ふと髪を撫でられた。

「あんなぁ、つむちゃん。俺、来週、組の用事あんねん。何日か来れんから。ごめんなぁ」

「そうなんだ？」

肩越しに振り返る。

「十二月十三日が事始めやねん。関西ヤクザの正月や」と教えてくれた。

事始めとは初めて聞いたが、忘年会と正月を一気にするようなものらしい。

抗争の絶えない汪仁会の本家は、ついに今年、特定抗争指定暴力団に指定されてしまった。そのため、総本部のある市が警戒区域となり、事務所が使えないだけでなく、大勢で集まることも禁止されることになる。やむを得ず、今年の事始めは県外の二次団体の事務所で行うため、泊まりがけになるんだそうだ。そこに、椎塚組若頭の凪も出席するのだという。

「はぁ、本家での集まりやったら、近いから日帰りやってんけどな。怠いわ。絶対飲んでるし、泊まりになるやろ？　まず用意が怠いねん。用意に時間かかるわ」

ぎゅ～っと抱き締められて、つむぎはスプーンを置いた。肩越しに手を伸ばし、凪の髪に触れる。

サラッとした指通りが心地いい。

そうか、来週は何日か会えないのか。再会してからは初めてかもしれない。凪はいつもつむぎを優先してくれていたから。

（寂しいな……）

そう思ったとき、スルッと服の中に凪の手が入ってきた。彼はつむぎの肩に顎を載せると、悪戯な眼差しを向けてくる。

「寂しいか？」

まるで心を読んだかのように言い当てられて、つむぎはプイッとそっぽを向いた。すると、大きくて熱い手にお腹を撫でられる。その手はすぐさまブラジャーの中にまで入ってきて、ふにふにと乳房を触ってきた。なんて不埒な。でも凪に触られるのはいやじゃない。耳をチロッと舐められて、その擽ったさにつむぎは身じろぎした。

「もぅ……食べてるのに……」

「寂しないで？　終わったらすぐ会いに来るからな。なぁ、いい子で待っとり……な、つむ……つむちゃん。俺のこと好きやろ？」

子供をあやすようにして身体をさすり、抱き締めてくる凪に、無性に甘えたくなってくる。ちょっと低い声も、甘みを帯びていていい。

会話は成立していないのに、お互いの気は合っていて唇を寄せ合った。

「んっ、は……ん、ぅ……すきぃ」

くちゅり、くちゅり――まあるく乳房を撫でてきゅっと乳首を摘まみながら、彼は艶っぽくつむぎに舌を絡めてくる。舌先から伝わる甘い痺れが脳髄を占領して心臓を速くするのと同時に、凪がつむぎを抱き締めたまま後ろに倒れた。そのままラグに寝そべる凪の上に重なる形になって、腰の辺りに硬く滾る物が触れる。

彼が興奮してくれている……そのことに子宮がきゅんと疼いてしまった。

大きな彼の大きな漲り……「入らない」とすぐ音を上げるくせに、一人前の女のように欲しがる身体が恥ずかしい。

カァッと顔を赤くすると、凪がニヤッと笑った。

「欲しいんか？」

「〜〜〜〜っ！」

もみもみとお尻を揉まれてしまい、凪の胸に齧り付いて顔を隠す。彼はつむぎのズボンの中に手を入れると、お尻の側からショーツのクロッチに触れてきた。

「もうびしょびしょやん。つむちゃんはエッロイなぁ」

揶揄いながらつむぎからズボンを脱がして、お尻を撫で回し、ショーツの中に手を入れてくる。

こういうことをするから、つむぎがまた濡れてしまうのに。彼はやめてくれない。

「凪くんのえっち」

顔を上げたつむぎが真っ赤になりながら抗議すると、凪は笑いながら蜜口を撫でてきた。

「知らんかったんか？」

「……しってる」

昔は知らなかったけれど、今はもう知っている。そして、前よりもっと好きになった。

お腹の上に乗ったまま、刺青の覗く首筋につむぎがカプッと噛み付くと、蜜口にぬるんと指が入ってきた。

「っは……！」

いきなり指を二本挿れられて、目を見開く。こんな体勢で挿れられるのが初めてのせいか、挿れられた指が二本のせいか、お腹の裏側が強く擦れる。みちみちと広げられている被虐感に、頬が灼けるように熱くなって、愛液がとろーっと垂れてきた。

凪は指でぽんぽんぽんぽんと臍の裏側を軽く押しては、つむぎにはしたない声を上げさせるのだ。

「あっ、あっ、ん——なぎ、く……ん……はぁはぁはぁ……うぅん……」

目の奥がチカチカして、力が入らない。ただお腹の奥だけがきゅんきゅんして、つむぎを凪に縋り付かせる。苦しいのに凪の指が気持ちいい処を擦ってくるのだ。

「最初から二本挿れても大丈夫なったな。今日は三本目に挑戦してみよか」

凪はねっとりと肉襞を擦りながら指を出し挿れしつつ、反対の手でつむぎの頬を撫でると、「優しく挿れたる……奥までな」と囁いた。

◆　◇　◆

ザー————……

「はう……もぉ……凪くんたら……」

凪のシャワー中の音を聞きながら、つむぎはぼんやりしたままラグの上で寝返りを打った。

体が怠い。凪の指でめちゃくちゃに掻き混ぜられたお腹が、まだ疼いている気がする。

あれからつむぎは凪の指で何度も追い立てられ、あられもない声で啼かされ、辱められてしまった。

凪がつむぎの気持ちいい処を的確に擦り上げ、責め立ててくるものだから、身体は壊れたように濡れっぱなし。つむぎは感じることしか許されず、ついには三本目の指まで咥え込んでしまった。

気をやりながら意識を飛ばしたところで、ようやく解放されたのだ。

つむぎの身体を弄んだ凪はというと、昂った身体を静めるためにシャワー中。

（本当に三本入っちゃった……）

身体が確実に凪の指に慣らされていくのを感じる。

でも凪の物は指より断然太いのだ。今日は指三本入ったけど、気をやりすぎて気絶してしまったんだから、凪の物に耐えられるはずがない。

凪のあの太くて長い物を全部挿れられてしまったら……

「…………」

思わず想像してしまい、子宮がじゅんっと濡れて疼いていく。怖いはずなのに。まるで犯されたがっているかのように身体は反応してしまうのだ。

愛する男に抱かれたくてたまらない。挿れられたい。挿れてほしい。指で気絶するくせに、指じゃない物を挿れてほしい。

きっとこれは女としての本能なんだろう。

もういっそのこと、凪が力尽くで抱いてくれたらいいのに――

（凪くん、優しいもん。そんなことするはずないし……）

つむぎが少しでも痛がれば、凪はやめる。それを半年間繰り返してきた。本当に優しい男――

ピロン。

ちゃぶ台の上に置いていたスマートフォンから通知音がする。

手だけを伸ばして取って確認すると、休憩時間中に投稿していたヤッホー知恵袋に回答が付いていた。

『太めのアダルトグッズで練習して身体を慣らしてみては？』

（おお、これはっ⁉）

まるで天啓を得たように目を見開く。なるほど、練習か！

できないのなら、しっかり練習してできるようになればいい！

看護師になるため、実技の練習を繰り返した日々を思い出す。最初はできなかった静脈内注射も、血管模型相手に練習を繰り返せばなんとかなった。人間、そういうものだ。

今、凪がつむぎを指で慣らしているのもある種の練習。彼に頼るだけでなく、ここはひとつ、つむぎも自主練を積むべきではないだろうか⁉

アダルトグッズは買ったことないが、売っているからには練習用としても需要があるのかもしれない。念のため、〝アダルトグッズで練習〟で検索してみると、結構な数のページがヒットするではないか。

もしかすると、今までつむぎが知らなかっただけで、世の中の人は皆、セックスの予行練習をしているのでは？

（そうよね……初めてで、いきなりうまくいくはずないんだから……練習、しようかな）

ひとつくらい、アダルトグッズを用意してみてもいいかもしれない。そうすれば自主練もできるはずだ。どれどれ、どういうのがいいかしっかり吟味（ぎんみ）することにしよう。

凪が風呂から上がってくるまで、つむぎはスマートフォンに齧（かじ）り付いていた。

2

近畿から中部に車で移動した十二月十三日の朝九時。

同じ汪仁会直参の事務所兼住宅に来た凪は、本家に挨拶に行くため、親父と一緒に庭の案内を受けていた。

切妻と片流れの屋根の平屋はざっと二〇〇平米ほどの新築で、ウッドデッキを兼ね備えた和モダンの庭には、玉砂利が敷き詰められており、後付けの紅白暖簾とテントが浮いている。

着くなり、連れてきた下の者に事始めの用意を手伝うように指示を出したが、集まった五つの直参組がそれぞれ手伝いを出したがために人手は余っているらしい。広くはない庭に、黒服の若いのがダブついていた。

「なんだこりゃ。うちの庭丸パクリじゃねぇか」

イタリア製のスーツに黒のロングコート、そこに爽やかな青いマフラーを合わせて中折れ帽を被った親父が途端に不機嫌になる。無理もない。この庭は凪の実家の庭にそっくりすぎる。

直参の中でも羽振りがいい椎塚の庭はセンスがいいし、控えめに言っても金がかかっている。

建てたときに組の人間を集めてパーティをしたのだが、かなり評判がよかったから真似する奴が出てきてもおかしくないとは思ったものの、まさか本当に真似するなんて。

広さが三分の一ほどしかないので完コピには至っていないが、特徴的なウッドデッキや和モダンの雰囲気なんかは取り入れられている形だ。

「まぁ、うちのが真似したくなるくらいいい庭だってことだろ」

「オリジナリティはねぇのか！　ショベルで池掘ったろかこんちくしょーが！」

庭にこだわりのある親父が物騒なことを言っているのを「まぁまぁ」と宥めながら、ウッドデッキから続くリビングに目をやる。

（あのおっさん、またデブったんちゃうかぁ？）

紋付き袴で人んちのソファにデンと座って直参からの挨拶を受けているのは、汗仁会本家当代の武藤隆盛。喧嘩っ早く、荒くれ者を力で捻じ伏せてのし上がった男だ。金食いモンスターを思わせる容貌に反吐が出る。

武藤は今年、保釈金十億で釈放されたばかり。その保釈金も自分では用意できず、大半は凪の親父、椎塚が払った。が、元は誰が稼いだ金かというと凪の稼ぎが大半なので、実質凪が払ったようなものだ。あの豚に自分の稼ぎの大半を食い潰されたのかと思うと、気分上々とはとても言えなかった。

凪自身、椎塚組には〝自分の組〟という思いも愛着もあるし、若頭――跡目としての自覚も自負もある。が、本家の汗仁会にはというと、はっきり言ってそこまでの思いはない。盃を交わし、一応若衆としてやってはいるが、そいつは建前だ。親父は忠誠心があるらしいが、凪にはそれがない。

汪仁会の中で一番金があるのは椎塚組だ。

金が金を呼ぶというのは本当で、金があれば、まずできるシノギが増える。投資は大事だ。凪もよくやるが、地上げや不動産金融なんてのは一度に何億もの金が入ってくる。他にも、東証スタンダード市場の株を買い占めるにも元手があってこそだ。

仮にコトが起きても金で落としどころを買えるし、資金力に差があればそもそも喧嘩にならない。今の時代、ヤクザは金がすべてだ。義理と人情だけではやっていけない。

が、義理と人情で成り立っているものもある。それが、凪の親父と武藤の関係だ。

それこそ凪が生まれる前、凪の親父が資金難にあったとき、武藤が幾らか貸してくれたことがあったからと、親父は今でも恩義に思っているのだ。だから、武藤が警察にパクられて保釈金十億なんてことになったときも、喜んで金を出した。

基本的には賢い親父だと尊敬しているが、このときばかりはアホかと思ったくらいだ。パクられたらパクられたままほっときゃいいものを、「ほっとけるわけねぇだろ！　本家がカラの組なんて、余所からなんて思われるか！」なんて言ってるんだから、親世代の義理人情にはちょっとついていけない。

それに武藤も、凪の親父が金を出すとわかっているから抗争をやめないのだ。抗争なんて、きょうび流行らないものを……

人の財布を当てにした喧嘩を仕掛ける本家を、凪はどこか冷めた目で見ていた。

（ちっ……こんな集まりのために、つむぎと会えねぇなんて……）

ここ二日ほど、事始めの用意で忙しく、つむぎを迎えに行けなかった。今日は飲まされることが確定してるから帰れない。それを考えると憂鬱(ゆううつ)だ。つむぎとふたりで事始めしたほうが楽しいに決まっているのに――

「兄貴、だいぶ調子いいみたいやな」

声をかけられて、凪父子は同時に振り返った。

後ろにいたのは、凪の親父の弟分。凪から見れば叔父貴分の男だ。親父と同世代。子供の頃から付き合いがあるんだとかで、五分の兄弟盃(さかずき)を交わしている。だが、凪の親父のほうがひとつ年上ということもあり、あっちが弟分だ。血の繋がりはなくとも、昔から、本当の兄弟、本当の叔父貴と変わらない付き合いをしている。髭面(ひげづら)の気のいいおっさんだ。

「叔父貴。ありがとうございます。その節はご心配をおかけしました」

凪が腰を折って頭を下げると、ぽんぽんと肩を叩かれる。

「見舞い行こうかと思ったら、もう退院したって言うからさ。結局、行かんとすんません」

「気にすんな。ただの盲腸や。大したことねぇんだ。一週間も入院しとらんわ」

大病じゃなくてよかったとひとしきり話をして、叔父貴は「はぁ」と正月に似合わないため息をついた。

「――あんなぁ、兄貴に相談あんのやけど……」

「今か？」

「いや、まぁ、うん……めでたい日に話すコトでもねーんだけど……」

「なんや。年末に首回らんって話か」

ヤクザにゃ正月でも、世間様は年末。この時期に重たい話となれば、金の話しかあるまい。

凪の親父が話を促すと、叔父貴は眉間に皺を寄せた難しい顔で口を開いた。

「俺んとこに、ダンプの社長が不渡り出して銀行取り引き停止になりよったが、夜逃げさしてくれ言うてきたんですわ。負債が五千万。あれこれ財産処分しても二千万しかならん。計画倒産して金取ろうにも取られへん。最低でも五〇〇は取れんと割に合わんのやけど、そのダンプ屋がなぁ……若いとき世話になってん。俺も恩義があるからさぁ、これどないしょー思って」

また恩義だ。凪は内心、「うへぇ」と思いながらも、神妙な顔を作ってうんうんと話を聞く。

おおかた事業拡大に失敗したんだろう。叔父貴の知り合いという点を除けば、債務整理依頼自体はよくある話だ。恩義を感じている叔父貴が整理してやればいいが、あまりの割の合わなさに恩義も霞むという具合か。本心ではやりたくないんだろう。それが普通だ。

「まだ倒産はしてないんやけど、もうどうしょうもない。借り入れもあかんし、掛けもあかん。アホみたいに広い土地にダンプばっかズラーッ並んで……ダンプ買いすぎやねん。ダンプはまぁ売れるけど、あの土地は二束三文やで。買い手も付かん。兄貴、頼んます。知恵貸してください」

「えーっ。そんなこと言われてもなぁ……」

叔父貴がどうにもならんものを、親父ならどうにかできるなんて魔法はない。

おっさんふたりが雁首揃えてうんうん唸っているすぐ横で、凪は少しばかり記憶を探った。

「叔父貴が世話になったダンプ屋って、あそこでしょ？　加古川の側の——」

昔、話に聞いたことがある。まだ組を持つ前、高校中退してダンプに乗っていた時期があったと、そこでしこたま稼いだという叔父貴の武勇伝。

「そう、そこや」

「確かに広かったなぁ……」

「二千平米近くある、資材置き場にはええんやけど……」

つまりは、周囲に商業施設がなにもない、買い手がつかない負動産ということか。

凪は顎をさすりながら、空を見上げた。実にいい天気だ。儲け話をするにはぴったりだ。

「なら俺が引き受けましょか？　倒産やのうて、事業譲渡の形で俺が買い取りますよ？　負債の五千万を肩代わりする代わりに、車も土地も権利もなんもかんも全部手放してもらいますけど」

凪が提案すると、叔父貴の顔がパァッと輝いた。その横で、親父が渋い顔をする。

「ほんまに⁉　いや、凪、助かるわ。肩代わりしてもらうんや、なんもかんも手放すのは当たり前や。財産も残るんや再出発もできる。向こうには俺から言い聞かせとく。あ、固定資産税は気にせんでええで。あの土地ゴミやから、固定資産税かからんのよ」

「ははは。なら近いうちに時間取りますんで、相手さんにうちの事務所来るように言うてください」

「凪、ほんまおおきに。俺も凪みたいな息子が欲しいわ」

「おだてたってなにも出ませんよ」

恩義に感じてくれたらそれでいい。恩は感じるもんじゃない、売るもんだ。

「ダンプ屋の社長に電話してくる」と、叔父貴が席を外してすぐ、親父が眉間の皺を深くした。

「凪……。そんなん買うてやってどないするんや。ゴミみたいなもんやろ。——まぁ、おまえのことやから、なんか考えてんやろうけど」

当然、考えはある。

あの辺の土地は数年後に区画整理にかかるはずだ。馴染みの記者からの情報では、道路から全部作り直して、駅周辺に商業地区を七ブロックばかり整備するんだそうだ。まだ審議にかける計画を出す前段階だから、どこにも情報は出ていない。

「あの辺は再開発の影響で公示価格が一平米、五〇まで跳ね上がる予想なんで、土地を持っているなら、売りには出さないでそのまま持ってたほうがいいですよ」と言われたのを思い出したのだ。

二千平米全部が区画整理にかかったとすれば、一〇〇億になる。さすがに全部が全部、区画整理にかかるとは思えないが、仮に一〇〇平米——三〇坪でもかすれば、立ち退き料だけで元は取れる算段だ。もしも区画整理から外れたとしても、一般的に区画整理後のほうが地価は上がるから、他の土地もいずれは売れる。

今は負動産かもしれないが、商業地区ができれば立派な不動産になること間違いなし。今まで不動産投資は散々やってきたが、ここまでいい条件は滅多にない。

（こんなん、宝くじ買うより当たる確率が高いやろ）

なぁに、寝かせている間は、赤字にならない程度にダンプ事業をやっていればいい。それに凪は気が長い。のんびり待てばいいだけなのだから、こんなに楽なことはない。

こんな勝ちが決まった不動産投資ができて気分がいい。気分がいいから、つむぎへの今度のクリスマスプレゼントはちょっと奮発しようか。

(付き合って初めてのクリスマスやしなぁ。なんにしよっかなぁー。あいつ車運転せんし、マンションのほうがええか？)

「ええ、まぁ、それなりに考えてます」

凪の頭の中はつむぎへのプレゼントのことでいっぱいだったが、それを悟られぬよう組の跡取りとして敬語で答えると、親父は満足そうに頷いた。

その後案内されたリビングで、凪父子は当代の武藤に出迎えられた。

「ああ！　椎(しい)ちゃん！　椎ちゃん、よう来たな」

「明けましておめでとうございます。本年もよろしゅうお願い申し上げます」

「こちらこそ、ひとつよろしゅう。——ほれ、凪。小遣い」

そう言って手渡されたのはポチ袋。

この年になってもお年玉をもらうのかと辟易(へきえき)するが、これがヤクザの慣例だ。中身は正味三千円。

しかも自分が納めた上納金の欠片(かけら)の三千円だ。世知辛(せちがら)いなんてもんじゃない。

「どうもありがとうございます。親父共々、本年もよろしくお願いします」

ひと足早い新年の挨拶(あいさつ)に武藤は機嫌よく応(こた)えたあと、やたらとにこやかに椅子を勧めてきた。

「まぁ、座りゃ。椎ちゃんに、ちょっと折りいって相談があるんや」

(また金か……)

金、金、金、金言いたかないが、武藤から相談される心当たりがそれ以外になくて、凪は後ろ足で砂をかけてやりたくなった。が、そんな気持ちはおくびにも出さずに、父子揃って向かいのソファに腰を下ろす。

「なんでっしゃろ？　なんかお心を煩わせることでもありましたか？」

親父がそう言って話を促す。その姿が忠犬以外のなにものでもなくて、見てられない。

そんなに一生懸命になって仕える価値は武藤にはないなんて言おうものなら、烈火の如く怒り狂うのは目に見えているので言わないが。

そもそも、抗争の原因もこの武藤に求心力がなくて組が割れたのが原因だ。武藤率いる八代目汪仁会に愛想を尽かした輩が、十数団体を引き連れて独立。阪神汪仁会を結成した。それからどっちが汪仁会の看板を背負うのかと、銃撃戦、放火、トラックで突撃と、見苦しい縄張り争いをもう十年以上も繰り広げているんだから洒落にならない。

分裂抗争なんて恥、さっさと始末をつければいいものを、水面下で出た和平交渉の話も武藤が突っぱねやがった。おかげで、今日の事始めだって、武藤の元に集まったのは直参の五団体の幹部のみ。

身も蓋もない話だが、阪神側に大部分を喰われている。なんとか形だけでも体裁を保っていられるのは、椎塚組があるからだ。

（うちはてめぇの財布じゃねぇんだぞ、この豚。ほんま覚えとれよ……）

椎塚組を引き継いだ暁には、断固独立してやろうと心に決めている凪である。

武藤なんて、〝いつか殺すリスト〟入りしているくらいだ。

別に八代目から抜けて阪神側に寝返ろうってんじゃない。自分なら武藤と対立しても、ひとりでやっていける自信があるだけだ。ただまぁ、親父が生きているうちは表立ってやるつもりはないが。

「凪も去年はよう孝行してくれたな。ほんまありがとう。おまえがいてくれてよかったわ」

「ああ、いえ。……恐縮です」

神妙な顔して頭を下げる。相談とやらも、どうせ幾らか出してやれば終わる話だろう。出す金をどうやって最小限に抑えるかに頭を巡らす。

「俺にもおまえみたいな息子がおったらと考えたのはいっぺんや二遍やない。ほんま椎ちゃんが羨ましいわ」

「ははは……」

こっちはおまえを殺ろう思ったんは五〇遍くらいあるけどなッ！　と、内心中指をおっ立てながら、愛想笑いに努める横で、息子を褒められた親父は満更でもないらしい。

「まぁ、俺が言うのもなんやけど、ようでけた息子やと」

「そうやって椎ちゃんが自慢するからさ、凪を俺の息子にしよ思ってん」

「へ？」

父子揃って間抜けな声が出た。

（この豚野郎、今なんつった？　俺を――）

――自分の息子に？

武藤は肩越しに側使えを呼ぶと、長身の女を連れてこさせた。

「娘の雛や。二十二になる。美人やろ？　わははは」

黒髪のワンレンロング。気の強そうなアーモンドアイと、一六五センチはありそうなモデル体型。デブの武藤の血を引いているわりにはスレンダーだが、どこか作り物感のある身体つきだ。

正直、いろいろとデカすぎるし、凪の好みとはかけ離れているので、美人だろうと言われても「はぁ」と生返事しか返せなかった。それ以前に、武藤の娘というだけで拒否感が山盛りだ。チラチラとこっちを値踏みしてくるように見てくるのも癪に障る。

（おいおい……まさか……まさか、な？）

いやな予感がしながらも武藤の出方を窺っていると、奴は娘を凪の前に押し出してきた。

「おまえにやったらやってもええわ。凪！」

「……ははは」

（コンの豚……殺す……）

〝いつか殺すリスト〟から〝今すぐ殺すリスト〟に書き換えようと震える右手を抑えるのに精一杯で、笑顔がわかりやすく引き攣った。

「ええ、どういうことですか、当代」

齟齬がないように状況を把握したいんだろう。明確な言葉に置き換えようとする親父の横腹を、凪はゴスッと小突いた。が、ジジイのくせに無駄に鍛え上げられた腹斜筋に阻まれる。

「こいつは俺の娘だからな。やっぱ相手の男はこっちの世界の奴じゃねぇと務まらんやろ？　それも、俺の認めた男やないとあかん。娘はやれん！　が、凪ならええわ。他でもない椎ちゃんの息子やしな。男の中の男や。凪がこいつの婿助になってくれたら、こんな心強いこたないわと思ってな。――どや、いい考えやろ？」

自分に求心力がないのを知ってか知らずか、それとも今年逮捕されたからか、わかりやすく取り込みに入ってきた武藤に反吐が出る。

今、忠臣である椎塚組が離れることがあっては、武藤率いる八代目汪仁会は終わりだ。

「わははは」と、したたかに笑うその不細工な顔面に拳を叩き付けたい衝動に駆られながら、凪は気を取り直して神妙な顔を作った。

「当代。自分をえらい買ってもらってるのはありがたいんですが、その……自分、女いるんで……」

これで引いてくれればそれでいい。凪も表向きは忠臣の息子を演じているんだ。政略結婚の如く、娘まで使わなくったって、今すぐなにか絵図を描いたりするつもりはない。いや、まぁ、端的に言って断固独立の気持ちが更に強まったけれど。

「そうなんか？　どこの女だよ？　お水か？」

武藤に聞かれて、凪は口ごもった。

「……どこのって……普通の女ですけど？」

つむぎは至って普通の女だ。普通の家庭に生まれ育ち、仕事も普通の看護師。〝普通〟以外に言いようがない。

それを聞いた武藤は、「カーッ」と言い放つと、青臭いとばかりに首を横に振った。

「やめとけ、やめとけ。カタギの女なんて後々揉めるだけやぞ。凪、ようっと考えてみぃや。誰がヤクザの男と娘を結婚さすねん。おまえ、頭ええんやからわかるやろ。そんな女、はよ別れろ」

「………………」

握り込めた右手の拳を左手で懸命に押さえた。油断したが最後、右ストレートが炸裂しそうだ。

つむぎと再会したとき、本当に自分でいいのかと躊躇ったのが思い出された。

今が幸せすぎて考えないようにしていたが、結婚まで話が進んだとき、武藤の言うように揉める可能性は大いにある。つむぎの母親とは子供時分に会ったことがあるが、当時の自分がどう思われていたのか、正直わからない。つむぎが凪を受け入れてくれていたからといって、彼女の親まで受け入れてくれていたと思うのは早計だろう。むしろ、ヤクザの息子だから友達がいないんだろうと同情されていた節ならある。それに、友達として仲良くするのはよくても、結婚となれば話が違う——となるのはよくあることだ。

つむぎの母親は駆け落ちまでした人らしいが……ヤクザと娘の結婚を諸手を挙げて歓迎する親なんて普通はいない。家族に反対されたとき、つむぎはどうするんだろう？

つむぎが自分を想ってくれていることは実感している。だからこそ彼女に、家族か自分かを選ばせるなんてしたくはない。早くに父親を亡くした彼女が、家族を大事に思っていることはわかっているつもりだから。

自分でも充分に理解していることを赤の他人に口出しされて、最高に気分が悪い。

「……ご忠告ありがとうございます」

薄ら笑いはしているものの、目が笑っちゃいない凪の肩を親父が叩いてきた。

「こいつぁ、俺に似てモテるから。女がほっとかねぇんですよ」

「そりゃわかってるさ。凪は椎ちゃんの若い頃そっくりだもんよ」

まーた、「わはは、わはは」とひとしきり馬鹿笑いして、武藤が身を乗り出してきた。

「まぁ、娘と話してみてくれや。俺ァ、凪を後継者にしたいんじゃゃ……。いっちょ娘を頼むわ」

是が非でも逃がさないという意思を感じる。

(なにが後継者だくそったれが……)

凪が内心舌打ちしていると、庭から歓声が上がった。

どうやら餅つきの用意ができたらしい。三つの石臼が並べられ、当代の登場を待っていた。

「ま。俺の腹積もりはそういうこっちゃ。——おーし、今年も餅つくぜーい。表出ろ、表」

リビングから庭に続くウッドデッキに出る。すると、凪の背にそっと触れてくる手があった。

「若手の中じゃ凪が一番だってパパが言ってたけど……正直、想像以上でびっくりしちゃった」

長い髪を耳に掛けながら、豚の娘——もとい、武藤雛が声をかけてくる。

胸元がざっくり開いた網目のセーターに、デニムパンツのコーデ。わりと巨乳で尻の形がぷりっとしている。が、凪の息子はピクリともしない。それどころか、この女とオハナシをせねばならんらしいことにうんざりする。

庭では豚の有り難い口上のあと、忠犬をはじめ、集まった直参の組長ら全員で鏡開きが行われている。その傍らで、凪は両手を後ろに組むと、脚を肩幅に開いて頭を下げた。

「当代の買いかぶりです。自分は大したことありません。自分が跡目なんて……」

「そういうのいいから。凪がパパの保釈金払ってくれたって、あたしちゃんと知ってるし。これでも感謝してんだよぉ～？」

「…………」

拒絶を含んだ凪の謙遜をただの謙遜と受け取ったらしい雛が身体を寄せてくるから、一歩横にずれて距離を取る。が、雛は無遠慮にまた距離を詰めてきた。

「凪、いいカラダしてんね。ちょっと力こぶ作ってよ」

（……うっぜぇ……）

そうは思っても言えるわけもない。雛を拒否するにはそれなりに根回しが必要だ。

そもそも、武藤が凪を後継者にというのがおかしい。順序で言えば、凪の親父を汪仁会の若頭に指名するのが先だ。つまり、凪の親父をすっ飛ばして、凪を指名する思惑があるはずだ。

まさか保釈金十億の礼に、娘をやろうなんて安い考えはしていないだろう。もしそんな考えならば、豚の娘に十億の価値はないとはっきり言ってやりたい。

可能性のひとつとしては、自分の血を組に残したいという願望が上げられる。自分の娘と凪を娶せることで、その子――武藤からすれば孫に組を継がせたいとか。血縁よりも盃のほうが重いとされるヤクザの世界ではレアな考え方ではあるものの、凪の親父のように、実子に組を継がせる方針の人間もゼロじゃない。

そしてもうひとつは、財布の確保だろう。今はまだ椎塚組組長の座に、武藤の忠臣である凪の親父がいるから金は引っ張れる。だが、椎塚組が凪の代になればどうなるかわからないと危ぶんでいるのかもしれない。カンのいい豚だ。今までと同じく、凪が武藤の財布でいてくれる確証が欲しいんだろう。だから娘婿にして身内にしてしまいたい、と。こっちのほうが可能性は高い気がした。

（クソが、ほんと碌なことしねぇな……マジで殺してやろうか）

これなら金を用立ててくれと頼まれたほうが百倍マシだった。

凪は無言でスーツのジャケットを脱ぎ、ワイシャツのカフスを外した。リクエストされた力こぶは作らない。ただ仁王立ちして庭の様子を眺める。

豚の手ずから直参組長らに酒が振る舞われ、石臼の中に炊きたての米が入った。

「あたし、自分より背が低い男とは絶対付き合わないって決めてんだ。なんかヤクザってチビ多くなぁい？　凪はそんなことないし、正直、顔もめっちゃ好みかも。あんたになら抱かれてもいいよ」

「…………」

ペタペタと腕や胸板に触られるのが気持ち悪い。薔薇のようなキツイ香水の匂いにも吐き気がする。つむぎの果物のように甘く香る匂いとは大違いだ。

つむぎが恋しい。今すぐ帰りたい。あの小さくて愛らしい子を抱き締めたい。抱き締めて、キスして、裸で抱き合って――つむぎのことを考えていると、長い爪が凪の頬を引っ掻いてきた。

「あたしと付き合うなら、女は整理してよ。二番手とか死んでもいやだからさ」

「……整理付けてない段階でお嬢さんとどうこうだなんて、筋が通らねぇことをするつもりはありませんよ」

つむぎと別れるつもりなんてさらさらない。「おまえと一生どうこうなるつもりはねぇ」と遠回しに言い放つと、凪は徐にネクタイを外した。ジャケットと共に近くにいた黒服の下っ端に預ける。

「……じゃ、俺行きます」

「あ、ちょっと！　凪!!」

雛がなにか言おうとするのも聞かず、庭に躍り出た。

「お、椎塚ンとこの。やるか？」

「やります！」

腕捲りして、余所の組長から杵を受け取る。とりあえず、餅をついている間は、あの女から離れられるはずだ。積極的に餅つきに参加する塚原組次期組長を誰が止めるものか。

（あー、はよ帰ろ。泊まらんでも、新幹線で帰りゃあええ。つむぎに会いたい）

豚父娘の脳天に鉄槌を下す妄想をしながら、凪は勢いよく杵を振り下ろした。

◆　◇　◆

「ゴクリ……こ、これが……」

十二月十三日の夕方。十七時に日勤を終えたつむぎは、ラグの上で開封したアダルトグッズを前に、恐れおののいていた。

仕事終わりに、自宅マンション近くのコンビニで荷物を受け取ったのだが、その中身が熟考の末に購入したアダルトグッズなんだから、妙な羞恥心でいつもの店員の顔すら見られなかった。

商品自体は段ボールに厳重に梱包されているし、配送伝票の品名だって〝化粧品〟に変えてあるんだから誰にもバレるはずがないのに、ドキドキしてしまった。そこで開き直れるほど、鋼の心臓ではない。

つむぎはとりあえずアダルトグッズを手に取り、しげしげと眺めてみた。

色はなまめかしさを隠しもしない濃いピンク色。シリコン製で、男性器を模した張形にバイブレーション機能が搭載してある物だ。一番迷ったのがサイズだが、ヤッホー知恵袋の助言に従い、大きめにしてみた。小さめや標準サイズでは、意味がないと思ったのだ。

毎度、凪の指で慣らしてもらっているから、もう指三本は入るようになった。その次のステップに進んでこそ自主練。

なので、長さはともかく結構太い。スマートフォンの画面で商品ページを見ているときより大きく感じる。――それでも、凪の物よりはひと回りは小さいのだけれど。

説明書を読むと、充電して使うものらしい。こういう物を買うのは初めてなので、一式全部揃っている物を選んでみた。充電ケーブルだけでなく、専用潤滑剤やコンドーム、保管用の巾着まで付属しているセットだ。

確かに保管用の巾着は有り難いかもしれない。これの保管方法は、購入者ら共通の悩みなんだろう。とりあえず巾着に入れて引き出しに収納しておけば、人目は避けられるはずだ。

凪も、引き出しを開けることはあっても、そこに入っている巾着までわざわざ開けることはしないだろうから。

凪は今日、組の事始めに出席することになっている。朝からはじまる宴は夜まで続くんだとか。偉い人たちに飲まされることをぼやいていたっけ。車での移動だし、帰りは一番早くて明日の朝になる予定だ。

（早速、挑戦してみるしかないよね？　そのために買ったんだし……）

バイブを使ってみるなら今日だろう。そのつもりで、凪のいない今日受け取れるように、日付指定までして荷物を手配したんだから。

このバイブで自主練を積み、一刻も早く凪とセックスがしたい……つむぎの望みはそれだけだ。そうして、凪が喜んでくれるなら……

つむぎは段ボールや商品パッケージを処分すると、バイブを充電ケーブルに繋いでベッドに置いた。ローションとコンドームも近くに寄せておく。充電している間にシャワーを浴びるとしよう。

髪をくるくるっとお団子にして、エアコンのスイッチを入れると、バスルームに入った。

（あードキドキする……やっぱり痛いのかな……？）

もこもこの泡で身体を洗いながら考える。凪の指しか知らないんだから、欲張らずにもっと小さい物を買えばよかっただろうか？　初心者にアレは大きすぎたのでは？　今更ながらに後悔がよぎった。

（いや！　ローションもあるし！）

自分のペースでやればなんとかなるかもしれない。

凪は優しいから、つむぎが少しでも痛がるとすぐにやめてしまう。けれど、自分でなら再チャレンジができるはずだ。

最初は無理でも、二回、三回とチャレンジしているうちに、身体も慣れてくるに違いない。

（……うん……だって、指のとき……そう、だし……）

凪に指を三本挿れられたときのことを思い出してしまい、お腹の奥がきゅんと疼いた。

あのとき凪は、中指と薬指、そして小指……ときには人差し指と、指の組み合わせをこまめに変えてゆっくりとつむぎの中を触ってきた。

つむぎの表情ひとつ見逃さないようにじっくりと見つめながら指を遣ってくるから、気持ちいい処も全部バレてしまって、思い出すだけでも恥ずかしい。

カアッと火照った顔を軽く押さえて、つむぎはシャワーを切り上げた。そうして、バスタオル一枚を身体に巻き付けた状態で寝室へと続くドアを開けた途端——

「へっ？　凪、くん？」

いるはずのない人がベッドに座っている姿にぎょっと目を剥く。

凪はベッドに腰掛け、両手を組み合わせたまま、黙ってうな垂れている。コートやジャケット、ネクタイも脱ぎっぱなしでラグの上に放って。こっちを見ていない彼からは、不機嫌オーラがビシバシと伝わってくるではないか。

（今日は帰ってこれないって言ってたのに。連絡来てたっけ？　来てなかった気がするけど）

もしかして、事始めでかなりいやなことがあったのだろうか？　ここまで不機嫌な凪は、再会してからは初めてだ。

酒の席だ、飲んでるだろうに、どうやって帰ってきたんだろう？　車じゃないだろうし、もしかして電車で？

「びっくりしたぁ……凪くん今日は――」

「なぁつむぎ、なんでバイブあんの？」

自分の呼びかけに被せられたひと声に息が止まる。

シャワーを浴びる前に、充電ケーブルに繋いでベッドの上に放置したバイブの存在を思い出し、つむぎの顔からサーッと血の気が引いた。

（え⁉　ウソ、見られた？　アレを⁉　見られたの⁉　マジで？　えっ、ウソ……ホントに⁉）

凪の口から「なんでバイブあんの？」だなんて出てきたということは、つまりはそういうことだ。

彼はベッドの上の――しかも充電ケーブルに繋いで使う気満々のソレをバッチリ見ている。見た上でつむぎに確認してきているのだ。

気まずい！　ものすごく気まずい‼

つむぎはほんの一時間ほど前の自分を猛烈に殴りたくなった。どうしてドアロックを掛けなかったのか⁉　凪には合鍵を渡しているから、彼がいつ来てもおかしくないのに！

凪が部屋に出入りするようになって半年、つむぎは玄関にドアロックを掛けないことが習慣になっていた。でも今日くらいはドアロックを掛けるべきだった。そうすれば凪が急に来ても、アレを隠す時間くらいはあったはずなのに……

「あの、こ、これは、その――」

しどろもどろになっているうちに、凪がこっちを向く。影になっているせいか、目に光がない。

いつもは甘い顔で笑ってくれる彼なのに、今は怖いくらいに表情がなかった。

「おまえ、これ使ってんの？」

「いや、えっと……そういうわけじゃ――」

そうじゃないのだけれど、充電中のバイブに、ローションやコンドームまでセッティングして準備万端の状態では、説得力はゼロ。使ったことはなくても、今から使おうとしていたのは確かなので、つむぎの声が尻すぼみになっていく……

そんなはっきりしないつむぎの返答が気に入らなかったのか、凪は大きくため息を吐くと、ガシガシと乱雑に自分の髪を掻き毟った。

「おっかしいなぁ……。俺が知ってるつむぎは、こーゆーんちゃうねんけどなぁ……」

重苦しいつぶやきは、つむぎに聞かせるためのものではなかったのかもしれない。が、そこにははっきりと〝幻滅〟のニュアンスが含まれていて、つむぎの小さな胸を鋭く刺した。

「なぁ、コレ誰の趣味？」

「趣味⁉　いやいやいや……‼」

徐に立ち上がった凪に、つむぎは慌てて首を横に振った。

こんなのを趣味だなんて思われたくない！

確かにちょっと使ってみようと思ったけれど、それだって凪とのセックスのためであって、断じて趣味なんかじゃない。

だけど凪は、表情を険しくしたまま捲し立ててくるのだ。

「初めてやって思い込んどったけど、実はそーでもなかった？　前の奴に結構、仕込まれたりするんか？　コレ使ってヤられとったりすんのか？　なぁ？　つむぎ――」

広くない部屋だ。凪が一歩足を進めるだけで、あっという間に距離は詰まる。

問いかけへの否定の言葉を口にする前に、つむぎはガシッと腕を掴まれて、そのまま強く引っ張られたと思ったら、ブンッと勢いよくベッドに放り投げられた。

弾みで身体に巻いていたバスタオルがほどけ、素肌が冷えたシーツに触れる。

「ひゃ――」

「……こんなえっぐいの咥え込んで、俺とはできひんってそらないわ」

低い声で言うなり、凪はつむぎの上に覆い被さり、唇を合わせてきた。

「っ！」

ガリッと唇を噛まれ、その痛みに面喰らう。いつもキスするときは甘噛みで、決して歯を立てることはなかったのに、今は本気で噛んできたのか血の味がする。

痛みに肩を竦め、顔を背けようとしたけれど、顎を掴まれてままならない。それどころか、身を捩ろうにも体格差がありすぎて無理だ。凪の巨体がつむぎの上に乗っかって、一ミリも身動きが取れない。

血の滲むつむぎの唇をねっとりと舌で舐めながら、凪は複雑な怒りに満ちた目を向けて、苦しげに眉を寄せるのだ。

「なぁ、おまえは俺のやんなぁ？」

（こえ、つめた……）

視線を逸らすことなく囁かれる声の持つ温度がいつもと違う。でもそれが、色っぽくて子宮に響く。乳房を鷲掴みにし、押し出した乳首を親指と人差し指で捻りながら、舌を絡めてくる。

凪は怒っているのだ。つむぎがバイブなんか持っていたから、それを自分に内緒で使っていると思ったんだろう。

（違うのにぃ……）

そう言いたいのに、唇が塞がれて言葉にならない。こんなキス、いつもと違う。凪はいつも、もっと優しい。キスだって、こんなに痛く噛んだりしない……胸だって乱暴に掴んだりしない。ただ見つめるだけでも優しくて甘ったるい人なのに、今は眼差しも、声も、なにもかも違う。いつもの凪がいい――そう思っているはずなのに、乱暴にされるたびに胸がドキドキして、お腹の奥がきゅんっと疼いた。

「そやろ？　つむぎ……」

額を強く押し付け、顎を掴み、頷くことすらできないようにするくせに、つむぎに返事を求め、また強引にキスしてくるのだ。

舌を絡め、擦り合わせ、鋭く噛むキスは、痛みと被虐感をつむぎに与える。押さえ込まれ、まったく動けない状態でされるキスに、息が上がる。ちょっとお酒の匂いがした。

「――は……ん、なぎ、くん……」

「おまえは俺ンのや」

唇を触れ合わせたままの囁きに甘さはなく、あるのは断言。そんなに力強く言い切られると、さっきから煩く高鳴っている心臓が、更に加速する。

つむぎの頬がじわりと火照る間に、膝で脚をこじ開けられた。つーっと秘裂を中指でなぞられて、ビクンと身体が震える。凪はつむぎの首筋から舐め上げ、耳を噛んできた。

「濡れとうやんか」

「～～～っ！」

詰問されながらもあっと言う間に濡れてしまった自分が恥ずかしい。しかもいつもと違うキスで、こんなに強引にされたのに――いやじゃないなんて。

ぬるんと蜜口の中に指が二本入ってきて、お腹の裏側を強く押し上げるように擦られる。そこは浅くてもつむぎの好い処で、びくぅっと身体が反応した。

「んっ、ぁ」

声が漏れるのと同時に蕾が親指に捕らえられ、わずかな遠慮もなく押し潰されてしまい、目の前に白い閃光が走った。

「ひ――……」

蕾が乱暴に捏ね回されて、本能で腰が浮き上がる。でも腰に凪が乗ってきて動けない。乳首を更に強く摘まれて、身体の芯から電気が走る。

苦しさに凪の胸を押したけれど、大きなこの人はビクともしないのだ。なのに、少し体重を掛けられただけで、つむぎは身動きが取れないどころか、呼吸まで制限される。

自分が非力な女であることを実感することで逆に興奮してしまい、身体がまた濡れてしまった。

「な、ぎ——んんん〜〜ぅ、ああっ」

指をじゅぼじゅぼと出し挿れされて、子宮が疼く。彼の指に吸啜反射の如く肉襞が吸い付いて、指を引かれるたびに、肉襞まで持っていかれる。凪が指を引き抜くのを上回る力で、肉襞が指に吸い付いていているのだ。

「感じとうな、おまえ。まだ指挿れたばっかやぞ」

嘲るような凪の声にまた顔が熱くなる。凪は三本目の指を蜜口に添えると、手首を回転させながら中に捻じ込んできた。

「あ——っ！」

無理やり三本目の指を挿れられて、広げられるだけでも苦しいのに、右回転、左回転と回されると、太い指のゴツゴツした関節が、肉襞を容赦なく擦ってくる。それだけじゃない。凪の長い指が子宮の入り口に触れてきて、痺れる快感で攻め立ててくるのだ。

ぐじゅぐじゅぐじゅぐじゅと、音を立てながらお腹の中を掻き混ぜられ、つむぎは歯を食いしばって懸命に身を捩った。

「まって……まって、そんなにいれちゃ……おねがい、凪くんっ！」

（……だめ……ゆび、も、入んないのに、おく、さわっちゃ、や、ぁぅ……きもちぃ、そこ、だめ、ぐりぐりってしちゃだめぇ）

こんなに烈しく掻き混ぜられたら耐えられない！

動けない身体を痙攣させ、喘ぎに喘ぎながら、凪の手を止めようと引っ掻き藻掻く。でもそんな抵抗、凪には無意味だ。彼は制止するつむぎの唇を塞ぎにかかった。

「〜〜〜っ！」

唇を引き結び、顔を左右に振って逃れようとしたけれど、頭を掴まれて強引にキスされてしまう。そして苦しさに耐えかねたつむぎが口を開けて息を吸うと、うねる熱い舌と共に、とろみを帯びた唾液が口内に流れ込んできた。同時に、凪の指が隘路の好い処をトントントンとリズミカルに擦り上げてきて――

「んっく、はん、んぅ、んん、ん〜っ、ん〜っ、ん〜〜〜〜っ！」

（だめ！　だめ、だめ、だめだめだめ、いく、ああっ――……！）

中の好い処だけじゃない。手のひらの付け根の硬い部分で、蕾をぐりぐりと嬲られ頭の中が真っ白に飛ぶ。口に注がれた唾液をコクンと呑んだとき、つむぎは総身をぶるぶると震わせながら、凪の腕の中で昇り詰めた。

凪の指をぎゅうぎゅうに喰い締め離さない蜜口を、宥めるように撫でながら、凪はたっぷりと舌を絡めてつむぎの唇を吸い、ゆっくりと指を引き抜いた。

「めっちゃ深イキしてんやん」

「はぁはぁはぁはぁはぁはぁ――……ああ…………」

焦点の定まらない眼差しで凪を見上げ、ただ肩で息をする。

なにも考えられなかった。身体の奥深い処から甘い痺れが広がって、気持ちいいこと以外わからなくなる。目も口も顔中とろとろに蕩けて、きっとみっともない表情になっているに違いない。

凪は徐に身体を起こすと、バサッとワイシャツを脱ぎ捨てた。

左腕から首にかけてあらわれた昇り龍がつむぎを威嚇する。そしてスラックスを寛げてあらわれたいきり勃つ凶器も、鰓を張り、天を向いて隆々としていて、昇り龍に引けを取らない威圧感だ。

凪はその凶器を濡れそぼったつむぎの蜜口に押し充ててきた。

「もう無理。我慢できひん。本気でヤらして」

臍の下をつーっと撫でられて、ぶるりと身体が震えた瞬間――

「ひ――――！」

張り出した切っ先で花弁を割り広げ、身体の中に凪がめり込んでくる。ぐったりとしていたつむぎの身体がビクンと仰け反って、反射的に起き上がろうとした。

いつもの凪なら、ここでやめてくれていた。

「痛かったな。悪かった。もうやめとこ」そう言って抱き締めてくれていた。「無理することないから」と頭を撫でて優しくキスしてくれていたのに。今日はやめてくれない。それどころか、つむぎの華奢な腰を、大きな手でベッドに押さえ付けてくる。膝を左右に押し開き、一気に腰を進めてきたのだ。

硬くて熱い塊が、ぐいぐいと身体の中に無理やり入ってこようとする。あんなにたっぷり濡れていたのに、今は肉同士が生む摩擦熱に身体が灼けそうだ。

「なぎ、くん」

つむぎは目を見開いて凪を見つめていた。眉間に深々と皺を寄せ、つむぎ以上に苦しそうな表情をして、歯を食いしばる男の目が、切なく揺れていて愛おしい。

（……なぎくん……）

痛くて、苦しくて、息が止まりそうで辛い。怖いとさえ思う。でも、彼とひとつになりたい。

この男がすることなら――

つむぎはいつの間にか握り締めていたシーツを、意識してほどいた。そうして息を吐いて力を抜いたとき――つぷっと隔たりを貫通するように、一気に凪が中に入ってきた。

「――――っ!!」

声も出なかった。初めて凪の物を受け入れた痛みに意識が軽く飛ぶ。見開いた目からぶわっと涙があふれ出て、こめかみを伝って流れ落ちた。

「っ!? つむぎ、やっぱおまえ初めてやんか！」

両手で頬を挟み込み、顔を覗き込んでくる凪の表情が言いようもなく焦っていて、ちょっと笑えてくる。

「あ、あたりまえ、じゃん……」

涙を流しながらつむぎが見上げると、凪はますます表情を歪めて腰を引いた。

「悪かった！　ほんま悪かった‼　今、抜くから――」

「うごかないでっ！」

つむぎは鋭く叫ぶなり、凪の首に両手を回して、彼を抱き寄せた。

「……うごかないで……」

囁いて、痛みを逃がそうと小さく息を吐く。

まだ痛い。苦しくって、お腹の中がジンジンと痺れている。でも不思議と満たされていくものがあった。

(やっと――)

ひとつになれた。その歓びは痛みにも勝る。

たぶん、まだ全部は入っていないんだろうけれど、それでも彼が今、自分の中にいるのはわかる。

つむぎが凪の首の裏を撫でると、彼はつむぎの顔のすぐ横に両腕を突いて潰さないように上体をキープしながら、ぐぎぎぎと歯を食いしばった。

「つむ……すまん……おまえがしんどいのに……俺、気持ちええ……」

唸る凪はよく見ると額に脂汗を浮かべている。

(……かわいい……)

普段、従順なこの男が少し牙を剥いたところで、可愛さが消えるわけでもない。

つむぎは彼を引き寄せ、鼻の頭同士を擦り合わせると、ちゅっと軽く唇を吸った。

「もぉ、噛んじゃ駄目なんだよ？」

「悪かった……もう噛まん……許して」

謝りながら、涙を指先で丁寧に拭ってくれる。「いいよ」と応える前に、ちゅっちゅっと何度も繰り返して唇を押し付けられた。

凪だから許す。凪以外の男が自分に痛みを与えてきたら、絶対に許さないけれど。凪だから……血の滲んだ下唇を慈しむように舐め、唇を合わせたまま「ごめんな」とつぶやく凪は、もういつもの凪だ。つむぎの凪。そしてまた、唇を吸って口内に舌を差し込んでくる。

「ん……んっ、は……んぁ、んっ……んぅ、はぁはぁうう」

くちゅり、くちゅり、と舌を絡めていると、だんだんと凪の腰が揺れてくる。少しずつ少しずつ中を穿たれて、つむぎは苦しさに呻きながら身を捩った。

「苦しいか？」

「……うん……」

つむぎが頷くと、凪は繋がっている処に一度目をやり、自分の指を軽く舐めると、そこに触れてきた。

「こうやって指でいじったらどうや？　少しは気持ちよくなるか？」

蕾をくにっと優しく撫でられてぴくんっと身体が甘く反応する。円を描くように、形をなぞるように、ゆっくりとした手つきで撫でられるのが気持ちいい。濡れた指先でちょんちょんっと触れられると、きゅぅうっと蜜口が締まった。

「ん、ぁ……」

「うぉ……マジか……まだ締まるんかよ……」

キスをしながら、蕾を撫で回し、物凄くスローな動きで抜き挿しされる。

徐々に濡れてきて滑りがよくなっていく。蜜口がみっちりと広げられて、浅い処を擦られている感覚がある。太くて苦しい。今まで何度も指でされたけれど、そんなの比じゃないくらいに太い。でも蕾をいじられていると、痛みより気持ちよさのほうに意識がいく。微かにあった羞恥心が飛んで、快感に変わっていく――

くちょ、くちょ……と、繋がっている処から、濡れた音が響きはじめ、つむぎの頭がくらくらしてきた。

「ん、ぁ……はぁはぁう……ん、ぁ……なぎ、はぁはぁ……ん、なぎくん……んんんっぁ……」

凪の匂いがする。彼の体臭と汗と、アルコール。そして、そこに混じる性的な匂いが、つむぎをドキドキさせ、身体を熱くする。

次第に身体の内側からなにかが浮き上がるような妙な感覚がして、力が抜けていく――そう思ったとき、凪のキスがいっそう深くなった。同時に腰を押し進められ、お腹の奥にドンッと突き刺さる圧を浴びせられる。目の前に真っ白な火花が散った。

「――――っ!?」

顔の横にあった腕が、いつの間にかつむぎの頭を抱き込んでくる。蕾を撫でてくれていた指が、つむぎの腰を下から支え、動けないように固定していた。

浅い処にあった凶器が、つむぎの奥にめり込んで、ゆっくりだが確実に肉襞を擦り上げる――

気が付くとつむぎは、凪に雁字搦めにされ、プレスするように犯されていた。

（あ、だめ、おくにきてる……さっきよ、り、おく……あ、ぃ、すご……だめ……）

「はひっ、ぃ、あ、く……あっ！」

極太の凶器でどちゅっ、どちゅっと貫かれると、軽く意識がトンで身体が痙攣する。逃げたいのに、逃げられない。力が入らない。

中を掻き回されるたびに、足先が揺れて、目の焦点すら合わずに「あっ、あっ」と声を漏らすだけ。身体がバラバラになって壊れそうだ。熱くて、ジンジンして、痺れて……なのに気持ちいい。

だってつむぎの身体は、たくさん挿れられることを気持ちいいと感じるように仕込まれているから。指も舌もたくさん挿れられて、時間をかけて雌へと仕込まれた身体が、ようやく女として開かれる。凪を受け入れるために……凪だけのために開かれる日を待っていたかのように、大胆に乱れて女になる。

限界まで広げられた処女口は、悲鳴を上げながらダラダラと愛液を滴らせ、抜き挿しされるたびに、伸びてヒクついて無理やり凶器を咥えさせられる。怯えながらも濡れて、必死になって凪の物にしゃぶり付いて、蠕動する。

肉を打つ音、ギシギシとベッドが軋む音、熱い身体、自分の吐息、そして凪の声――

「つむぎ……つむぎ……つむ、かわええ……ああ――もう、たまらん、好きや！」

凪はぎゅぅううっとつむぎを抱き締めると、頬をすり寄せながらキスしてきた。

（……なぎ、くん……すきぃ……）

胸の奥と、お腹の奥が同時にきゅんと疼いた。

好き。この人が好き。自分が壊れることにさえ幸せを感じるほどに、この人にすべての感情を持っていかれる。この人がいない人生なんて、考えられない。

この男を自分のものにしたい。

「なぎ、なぎくん……なぎくん……」

抱き締められて、抱き締めて、キスされて、キスをして、挿れられて、受け入れて、深く、深く溺れていく――

凪が腰を進め、トン――っと子宮口を突いたとき、つむぎは震えながら彼を抱き締めた。

「やばい、出る！」

焦ったひと言と共に、凪がいきなり腰を引いて漲りを引き抜く。そのときの摩擦の鋭さに処女肉が持っていかれ、女になったばかりのつむぎを啼かせた。

「アアッ！」

「くっ！　う――」

つむぎのお腹に胸にと熱い射液が迸って、凪が肩で息をする。つむぎが完全に放心していると、彼は唇にむしゃぶり付いてきた。

「つむぎ！　つむぎ、つむぎ……！」

抱き付いてくる凪の背に手を回しながら、つむぎは「ほっ」と息を吐いた。

◆　◇　◆

「凪くんひどい！　意地悪した！　うち初めてなのに！　謝って！　謝って！」

シャワーを浴びたあと、ベッドに腰掛けてうな垂れる凪の背中をポカポカと殴りながら、つむぎは喚いていた。

（別に怒ってないけどね！　最初は痛かったけど、最後のほうは気持ちよかったし……）

でも、それはそれ。これはこれ。今後の関係のためにも、怒っているポーズは必要だ。

そんなつむぎにおとなしく殴られながら、凪は今にも死にそうな顔になっている。

「……俺、なにやってんやろ……つむぎは初めてやったんに、大事にするって……あんだけ辛抱しとったんに、最後の最後でわけのわからんブチ切れかますとか……自分で自分が信じられへん……なにあれ――」

「…………」

自省は大いに結構だが、なぜこっちを見ないのか。

両手で顔を覆い、完全に自分の世界に入って「俺のアホ……」と何度もつぶやいている凪の女々しい態度にイラッときて、腰の入った本気のボディブローを無言で叩き込む。

ドスッ。

「うっ……！」

いい具合にボディブローが決まったのか、凪が低く呻いてようやくつむぎを見た。

「つむぎ。ほんま、悪かった！　この通り！　俺のこと嫌いにならんといて！」

凪はラグの上に座って、パンツ一丁で土下座をしてくる。

つむぎはキャミソールとショーツ姿で脚を組むと、「ふん！」と怒ってみせた。

「うちに元カレなんかいるわけないじゃん！　凪くん一筋やのに！　うちを疑ったん!?」

「いや、あの、だって……あんな極太バイブ……」

凪はしょぼーんとしながらも、小声でモゴモゴと反論してくる。その態度は、バイブがなければあんなことするはずなかったと言いたげだ。

「あれは！　凪くんとのえっちのために買ったの！　買ったばっかで使ってすらないのに――」

「はぁ!?　なに、あれ、おまえが買ったんか!?」

素っ頓狂な声を上げて目を剥いた凪は、あっと言う間にこの世の終わりのような悲壮感を漂わせるのだ。

「な、なんでや、つむちゃん！　俺が不満なんか？　俺のゴッドハンドはあかんかったんか!?」

「いや、不満なんかないよ……」

今度はつむぎがごにょごにょと口ごもる番だった。

不満なんかない。彼の指はとっても気持ちよくって、快感というものを初めてつむぎに教えてくれた。それだけに、凪を満足させたかった。自分だけが気持ちよくなるんじゃなくて、凪にも気持ちよくなってもらいたかったのだ。

「じゃあなんで――」

「だって〝入らない〟って相談したら、こういうので練習したらって教えてもらって……」

問い詰められたつむぎが白状すると、凪は勢いよく立ち上がった。

「練習ぅ⁉　誰やおまえにンなアホな入れ知恵した奴‼」

まるで、一発殴ってくると言わんばかりに拳を握り締めた凪の腕はビキビキと青筋立っていて、昇り龍が火を吹く勢いで唸っている。

「ヤ、ヤッホー知恵袋……」

「ネットの情報鵜呑みにすんなや！　なんでネットやねん！　ネットで聞くんやなくて、俺に聞け！」

凪にド正論をかまされて悔しくなってしまい、つむぎは目に涙を浮かべながら頬を膨らませた。

「だって！　なんとかしたかったんだもん！　うちには凪くんしかいないのに……えっちできないなんて……」

(凪くんには、うちの気持ちなんかわかんないよ！)

つむぎだって必死だったのだ。このままなにもできなくて、凪が離れていくことがあったらと、ずっと悩んでいた。

どう考えても彼はたくさん経験があるんだろう。いつも余裕で、つむぎを煽るだけで、ガムシャラになってつむぎを求めることはなかった。

いつでもやめられるということは、それだけ本気じゃないということだ。いや、我慢してくれているのだとわかっているけれど、我慢できなくなるくらい、求められたかった……女として……

「だからって、なんでおまえの処女をバイブなんぞにくれてやらにゃならんのや！」

ドォン！　と言い放った凪に面喰らう。

「え……」

既に指や舌を散々凪に挿れられているつむぎだ。バイブは指の延長線上くらいに考えていたし、バイブで処女喪失するなんて考えてもいなかった。当然初めては凪と思っていたのだが……

（え、初めてでバイブ挿れたら処女喪失になるの？　男の人じゃないのに？）

ちょっとよくわからない。いや、結局は挿れていないのだから、どうでもいいのだけれど。

「おまえだけが悩むことちゃうやろ。俺とおまえのことなんやから、一緒にやっていこうや。な？」

目に浮かぶ涙を親指で拭われて、つむぎは少し落ち着いた。凪の腰にきゅっと抱き付いてお腹に頬ずりすると、そっと頭を撫でられる。

彼はつむぎの中に、自分以外のなにかが入ること自体がいやだったのかもしれない。だからあんなに怒ったんだろう。ありもしないつむぎの過去を想像して嫉妬するくらいには、この人はつむぎを想ってくれている……

「俺はさ、おまえと、その……一緒になりたいと、思って、る……」

緊張を孕んだ凪の声に顔を上げると、彼が耳まで真っ赤にしてつむぎを見つめているではないか。

（一緒に……なりたい……？）

一緒って？　一緒にってどういう意味？

もしかして――

思わずコクリと息を呑んだつむぎの両頬に手を添えた凪は、膝を突いて視線を同じ高さにすると、額を重ねてきた。

「俺はおまえと結婚したいって意味や……もう、ずっと前からやねん。ガキの頃から、結婚するならおまえやって、ずっと決めててん！」

後半はぶっきらぼうな口調になっていたけれど、照れ隠しだとわかる。

凪の目を見つめたまま、つむぎの頬がじわじわと赤くなっていった。

凪がそんなに前から、つむぎを結婚相手として意識してくれていたなんて知らなかった。しかも、再会してからもその気持ちが変わらないなんて。

（うれしいっ！）

でも、つむぎはまだ彼に、言っていないことが――

「今すぐ返事くれとは言わん。俺ァ、こんな家業やし、俺におまえはもったいないってわかってる。でも俺はおまえと一緒になりたい。もういやなんや。離れんの。おまえが急におらんくなったとき、めちゃくちゃしんどかったし。好きやったんになんも言わんかったこと、後悔した。だからな、気持ちはちゃんと言お思って」

「………」

子供の頃、抱えていた恋心を伝えなかったのは、つむぎも同じだ。

毎朝「おはよ」からはじまって、夕方「またね」で終わる関係に満足していたのは、それだけ子供だったから。彼と一緒にいられる幸せを、新しい関係で壊したくなかった。

今はもう、それだけじゃ満足できない。この男のすべてが欲しい。

凪の気持ちも、凪の身体も、凪の未来も——全部。離したくない。

ならばこそ、つむぎは凪と向き合わなくてはならない。

そのとき、凪がつむぎの鼻先に自分の鼻先を擦り合わせ、ちゅっと唇を合わせてきた。

「俺ァ、おまえがいっちゃん好きやねん」

「〜〜〜〜っ！」

真っ直ぐな告白につむぎはカアァッと赤面すると、凪に抱き付いた。

「うちも凪くん大好き！」

「いつか返事聞かせてーな？」

「うんっ！」

言わないといけないことはある。でもそれは、〝今〟じゃなくてもいいはずだ。

結ばれて、彼の気持ちも聞けて、とても幸せなんだから……余計なことは言いたくない。

肝心なことをあと回しにしていることに気付きながらも、つむぎは〝今〟のこの幸せを噛み締めていた。

3

ある日の昼下がり――

ベッドの上に座ったつむぎが、長い黒髪を服代わりにして、裸で恥ずかしそうに目を逸らす。その姿を見るだけで、興奮した己(おのれ)の物が更に膨れ上がって青筋を立てていきり勃つ。

凪はつむぎの膝を撫でながら、端にあったバイブを手に取った。

「つむー。なんでコレ捨ててへんの？　まさか使いたいん？」

目の前に突き付けると、つむぎの顔がじわっと赤くなる。

処女だったつむぎが、セックスの練習のために買ったバイブ。これがまた結構遠慮のない大きさで、初めて見たとき動揺したのを覚えている。だって、どう見たって処女が使う大きさじゃない。玄人(くろうと)女だって使わないだろう。

つむぎがこれを自分で買うとは思えなかった。こんなのを買い与える男が過去にいたのかと頭に血が上(のぼ)ったのは、凪の中でつむぎはやっぱり特別な女の子だったからだ。

彼女を性的な対象にしながらも、自分なんかが汚していい存在ではないという気持ちがどこかにあった。つむぎに無理やり挿(い)れて、痛がるのを見るのもいやで……

でも他の男の手垢(てあか)が付いていたなら話は違う。今すぐ自分の色に塗り替えなくては、という気持ちが先に立ってしまった。

それもこれも、もうずっと昔から持ち続けている独占欲のせい。

（つむぎは俺ンのや）

そう思いながらも、揶揄い混じりにバイブでつむぎの胸をツンと突いた。

「使いたいんなら使ったろうか？」

「……い、いや」

小声で拒否しながら、プイッと横を向くつむぎが可愛い。小動物感丸出しの彼女は、なにをしても可愛いのだ。思わず頬を触りたくなる。

でも今は、この忌々しいバイブの処遇だ。こいつはもう一週間もつむぎの家に居座っている。気にしないふりをしていたが、もう限界だ。

「じゃあ、なんで捨てへんの？」

「ど……て……いの……かん、…………」

「ん？」

「どうやって捨てていいのかわかんないの！」

めちゃくちゃ小声になっていると思ったら、聞き返すなりいつもの倍近い声量で叫ぶんだから笑えてくる。そうか、そうか。捨て方がわからないからそのままだったのか。

「てっきり使いたいんかと思ったわ」

「そ、んなんじゃ、ないもん……」

可愛いピンク色の乳首をバイブの先で撫でて、鳩尾を通って臍に向かう。そうして更に下に向かい……

「捨てる前に使うか？」

そう言いながら、肉の凹みに充てがうと、つむぎがきゅっと脚を閉じた。

「いや……」

少し不貞腐れた言い方にゾクゾクする。ああ、虐めたい。

凪は昔からそうだ。人一倍つむぎを大事にするくせに、ふとした瞬間、彼女をめちゃくちゃ揶揄いたくなる。わざと怒らせたくなる。そして怒った彼女を抱き締めて、宥めすかして、許してもらうために機嫌を取って……そんな面倒なことをするのだ。

理由なんてない。ただそうしたいだけ。凪の悪癖だ。

今この瞬間、その悪癖が顔を出して、つむぎに向かった。

「いっぺんくらいええやろ。せっかくあるんやし」

閉じた脚を強引に割り広げ、バイブの先を蜜口にぐりぐりと押し当てた。さっき指と舌でほぐした処がよく濡れている。

「やぁ！　凪くん、やめて」

「なんで〜。じゃあ、挿れんやったら、俺のとコレ、どっちがええ？」

聞くなりつむぎの丸い目がチラッと己の物に向かい、ゴクッと喉が鳴ったのを凪は見逃さなかった。素直になれよと言わんばかりに、腕の昇り龍に負けず劣らず勇ましい腰の凶器を見せ付ける。

つむぎが買ったバイブに、長さも太さも負ける気はしない。

二十センチ超えの極太の刀身は、女泣かせの逸品だ。最初は泣くこと間違いなしだが、その分癖になると離れられなくなるはず……

「どっちがええ？　答えんならバイブ挿れんぞ」

さっきよりも更にバイブを押し付けると、くちょっと音がして、ほんの少しだけ先がめり込んだ。

「な……んのが……い」

「聞こえん」

手首を回転させながらバイブを滑らせる。ニヤッと笑いながら顔を近付けると、涙目になったつむぎに睨まれた。その表情にグッとくる。

（たまらんわ……）

どうしてこんなに可愛いのか。頬は真っ赤だし、瞳は潤んでいる。負けず嫌いが、唇を噛み締めているのもいい。気の強い彼女が自分に屈伏する瞬間が見たくなる。

「凪くんのがいいっ！」

破れかぶれにつむぎが叫んだ瞬間、凪は彼女を押し倒し、脚を開かせて間に陣取ると、自慢の凶器を可愛い蜜口に捻じ込んだ。

「やぁあ！」

抜き身の刀身を一気に奥までぶち込まれたつむぎが、涙を溜めた目を見開いて、ピクピクと痙攣している。受け入れてくれたことに、愛おしさが胸にあふれ、赤い頬を優しく撫でながら顔中にキスしてやった。そして額を合わせたまま囁く。

「つむぎは俺が好きやもんな？　こんなモンおまえに挿れるわけないやん？」

　ミシミシとバイブの根元――コントローラー部分を握力だけで握り潰すと、プラスティックの繋ぎ目からバキッと外れて破壊される。バネとネジがポトポトとシーツに落ちたのを床に捨てた。

　これでもうこいつは使い物にならない。

　つむぎの中に入るのは自分だけだ。男であれ、モノであれ、他は絶対に許さない。この子は一生、死ぬまで自分のものだ。昔からそう決まっている。

　誰が決めたのかって？　凪が決めたに決まっている。

「ほら、見てみ？」

　凪はつむぎの首裏に手をやって、彼女の頭を起こした。半分ほど入った漲りを勿体付けるような動きで抜き挿ししながら、ぞろっと子宮口をなぞってやる。

「凪くん、凪くん、はぁああんっ！」

　眉を寄せ、肩で息をしながら震えている。

　この一週間、ほとんど毎日可愛がってやったから狭い穴もだいぶ凪の物に馴染んできた。だが、まだ全部は入らない。

　凪に比べて、つむぎの身体は圧倒的に小さすぎるのだ。凪の物を半分挿れただけで、もう子宮まで届く。全部挿れるには、まだまだ時間がかかるだろう。

　それでもいい。いくらでも時間をかけてやろう。たっぷり時間をかけて身体を馴染ませ、この可愛い子に凪のセックスを仕込んでやりたい。

「俺に挿(い)れられて可愛ええなぁ。奥までとろとろやでおまえ」

ゆっくりと抜き挿しするところを見せ付けながら、乳首を軽く摘まんでやる。そして腹の裏側を雁(かり)で抉(えぐ)るように腰を遣うと、つむぎがシーツを掻き毟(むし)りながら、目を白黒させた。

「あぅ⁉」

初恋の彼女――ずっと恋(こ)いこがれていた彼女を昼間っから抱く背徳感混じりの高揚にゾクゾクする。そして、もう離れることはないのだと思うと安堵した。

もっと触りたい。キスしたい。キスだけじゃ足りない。もっとセックスしたい。この恋心を全部受けとめてほしい。

(俺がどんだけ辛抱したと思ってんや……絶対逃がさん)

凪は腰の動きを緩やかにすると、つむぎの頭をベッドに寝かせ、彼女を囲うように両肘を突いて唇を舐(な)めた。

「舌出してみ？」

「ん……」

素直なつむぎが言われた通りに舌を出す。その小さくて赤い舌をねっとりと舐(な)めながら、唾液を絡み付かせる。ぬるつきがたまらない。舌先と舌の腹が滑るのが気持ちいい。

「ん……ぁ、ふ……」

そしてゆっくりと腰を回し、未熟な肉襞を撫で回す。漲(みなぎ)りでいっぱいになった蜜口がヒクヒクしている。

上の口と下の口、両方を舐めながら、凪はつむぎの可愛い乳首を両方、指で摘まんだ。控えめな乳房の先を捻り上げるように摘まんで軽く引っ張り、指先でゴシゴシと擦った。

「ひぅ、あぁぅ」

乳首を刺激され、肉襞の締め付けが増して、狭い膣がますます狭くなる。とろとろに濡れているから、まるでしゃぶられているような感覚だ。ちょっと腰を入れるだけで、ゴスッと子宮口に当たる。ついこの間まで処女だったんだ。最奥の開発はまだ早いだろう。

終点を少し手前にずらして、子宮口に当たるか当たらないかの絶妙な位置を突き上げてやると、つむぎが腰を捩って悶えはじめた。それだけじゃない。今にも泣きそうな表情で見つめてくる。

「腰くねらしてどうした？」

唾液を呑み込みきれなかったのか、口の端から垂らしている。それを拭ってやりながら、ちっちゃな口に指を二本入れてしゃぶらせた。

「ふぐ……」

これじゃあ返事なんかできるわけないのに、それがわかりながら指で舌の腹や口蓋を撫でて囁く。

「どないしたん？　物足りんか？」

「んーんーんー」

首を横に振っているから物足りないわけではなさそうだし、むしろ気持ちよさそうだが、物足りないということにしておこう。

凪は意地悪く笑うと、神妙な顔を作って眉を下げた。

「物足りんか……ごめんなぁ。もっとようしたるからな」

そう言ってつむぎの口から指を引き抜き、その濡れた指先で、繋がっている処のすぐ上で震える蕾に触れた。

「～～～っ！」

ビクンとつむぎの腰が跳ねて、面白いくらいに痙攣しはじめる。膣内もぎゅうぎゅうに締まって、格別の味わいだ。悦んでくれている彼女をもっと悦ばせたくて、凪は震動を送るように指先を高速で左右に動かした。

コリッとした蕾が更に芯を持つ。ピストンしながら、摘まむ動きも加えてやると、悲鳴を上げたつむぎが両脚を突っ張らせガクガクと震え出した。

「凪くん、凪くん、凪、なぎくんっ！」

名前を呼びながらぎゅっと抱き付いてくるのがいい。つむぎが気持ちよさそうに気をやるのを見て密かに興奮しながら、凪は仕上げとばかりに蕾を弾いた。そしてゆっくりと勿体付けるように漲りを引き抜く。

「つむちゃん、次、後ろからしよ」

「ふえ？」

気をやりすぎてぐったりとしたつむぎの身体をうつ伏せ寝にさせ、背中に乗っかる。

脚を開かせてつむぎの愛液でぬるぬるになった抜き身の凶器を挿入すると、イッたばかりの肉襞に歓迎された。

「あ、ううう……ひぃうぅ……」

（うぉ……たまらん……！　気持ちええ）

うねりながら吸い付いてくる格別の締まりを堪能し、つむぎを後ろから抱き締めた。

「この体勢やとさっきより奥まで入るな」

それでもまだ全部は入らないけれど。いつか全部咥え込ませるのを楽しみに、ゴッと子宮口を突き上げると、つむぎが枕を抱き寄せる。その手に自分の手を重ねて握り、耳に唇を付けて囁いた。

「つむぎ……好きや……」

「凪くん……」

つむぎが懸命に振り返ってくるから、唇を重ねて乳房を揉みしだく。そして、握っていた手を解放する代わりに、腹の横から手を入れ蕾を捕らえた。

蕾を軽く摘まみ、にゅるんにゅるんと滑らせながら二本の指で捏ねてやる。硬くしこった女芯が顔を出し、そこにツンっと触れてやると——

「んっ！　んっ、んっ〜！」

唇を塞がれたまま、つむぎが絶叫した。一番感じる処を捏ね回してやりながら、手首で腹を押すと、腹越しに己の凶器が主張する。媚肉にしっかりと扱かせ、濡れ襞がくれる快感に射精感が昂まっていく。

キスを深くし、脚をめいいっぱい開かせ奥処を突くと、小さな身体が奥から痙攣してきた。愛液がダラダラと垂れて、シーツに染みを作る。

「もっと奥までいけるか？」

耳元で囁(ささや)くと、つむぎが身震いしながら更に枕を抱き締めた。

「むり、むりだよぉ、こんな、こわれる……もう、おく、あたってるよぉ、もうはいらない……」

「でもまだ全部入ってへんで？」

蕾(つぼみ)をいじりながら、まだこの先があるのだと教えると、濡れ方が変わった。粘度が増して、腰を打つ毎(ごと)にぐっちゃぐっちゃといやらしい音が鳴る。

奥を突かないように雁(かり)で腹の裏を念入りに擦ると、つむぎが啼(な)きながら悦(よろこ)んだ。

「ひゃぁあ!?」

「お？　ここ気持ちええか？」

真っ赤になりながら、こくこくと頷いてくれるのが可愛い。

「そうか、ほんなら覚えとくな。いーっぱいここ擦ったるかんな」

「～～～～っ！」

言うなりそこを擦り回すと、つむぎが腰を浮かせて逃げ惑(まど)う。快感を身体に刻み付けてやりたくて、必死に逃げようとする腰をしっかりと押さえ、強制交尾に持ち込んだ。

「腰逃がすなや。しっかり感じろ。イクまで犯したる」

宣言すると、つむぎの腰が震えた。抵抗をする身体を、体重を掛けて押さえ込み、男の力を見せ付ける。

ぱちゅん、ぱちゅん、たんたんたんたん――強く深くゆっくりと、浅く軽く速くと交えながら、下から抉(えぐ)るように腰を遣うと、つむぎの目がだんだん蕩(とろ)けて無駄な力が抜けていく。

「あー、あー、あー……もぉ、ああ……きもちぃきもちぃ……ああ――」

快感に素直になった雌(めす)顔をさらして、連続イキしながら膣内(なか)を痙攣(けいれん)させる。

そんな彼女を見ながら、凪は舌舐(な)めずりしてじゅぼっと勢いよく引き抜いた。

「ああっ！」

突然の解放につむぎは声を上げるしかない。もう力が入らないのか、だらりと弛緩(しかん)して蜜口だけをヒクヒクさせていた。

「向かい合ってらぶらぶえっちしよ。抱っこしたるよ。いっぱいキスしよ？」

押さえ付けてやる強制交尾もいいが、最後は抱き合ってしたい。

つむぎを仰向けにさせ、弛緩(しかん)した脚を開いて、昂(たかぶ)りすぎてガチガチになっている屹立(きつりつ)を捻(ね)じ込むと――

「んぉ、っ」

本気で感じた声と共に、ピュッとつむぎから快液が迸(ほとばし)った。挿(い)れて早々にイッた彼女は、自分が初潮吹きしたことにすら気付いていないのか、蕩(とろ)けきった表情(かお)でぐったりとベッドに沈んでいる。

そんなつむぎに飛び付いて、凪は本気の腰遣いを繰り広げた。

「挿(い)れただけで即イキするとか、可愛すぎやろおまえ！」

つむぎの顔を抱き締めて、顔中にキスしながら、弛緩(しかん)しきった子宮口を遠慮なく突き上げる。

「ほら、抱っこや」

「は、ふぇ……いく……おく、おくぅ……」

「そやな。奥やなぁ？」

凪の体躯でつむぎに覆い被されば、彼女は手と足の先しか見えない。それだけの体格差があるのに、烈しく犯して自分の女だという証を彼女自身に刻み込む。

ああ、全部挿れたい。根元まで全部。でもそれは、つむぎを壊す行為だ。

（ぶっ壊してぇ……）

そんなこと、できるわけもない。

腰を浮かせ、真上から伸し掛かるように喰らい付く。愛液だけでない、快液混じりの本気汁がつむぎからあふれ、凪を奥まで誘い込む。

快感しか拾えなくなった小さな身体に容赦ないピストンを叩き付けると、膣内のうねりが変わって、尋常でない痙攣と搾り取るみたいな締め付けが返ってきた。

肉襞が吸い付くように裏筋を舐め、雁の溝をなぞる。亀頭の先をぬるぬると撫で回し――絶妙な締め付け具合で、頭が焼き切れそうだ。

優しいセックスでは絶対に得られない雌の反応に、凪は思わず声を漏らした。

「…………っ！」

気持ちいい。射精したい。つむぎの中に……

そんな男の欲望が屹立を更に怒らせ、つむぎの中でビキビキと硬さを増していく――

「うお」

ギリギリのギリギリまでつむぎの中を擦り回し、絡み付いてくる肉襞を振り切って一気に引き抜いた。

つむぎの腹に乳房にと白濁汁が飛び散って、頭がくらくらした。甘くて苦くて目が回る。ドッドッドッドッと昂りすぎた心臓が快感を全身に送る。その鮮烈な感覚が、問答無用で凪の魂に刻み込まれた。

「つむぎ……つむぎ……！」

気絶したつむぎを抱き締め、凪はまだ収まりのつかない屹立を扱いて、彼女の腹に二度目の射液をぶちまけた。

◆　◇　◆

「ならこれ、俺が捨てとくから。それでええな？」

シャワーを浴びてパンイチで脱衣所から出てきた凪は、床に放っていたバイブの残骸を拾った。凪に破壊され、もう動かないことは明らかだけど、視界に入るのすら気に入らない。とっとと捨てるに限る。頷いたつむぎは、ローションとコンドーム、それから巾着を持ってきた。

「これはどうする？」

なんでも、これがセットだったそうだ。巾着はどうでもいい。凪はコンドームの箱を一瞬だけチラ見した上で、即、ゴミ箱にダンクシュートした。

「ゴムはあかん。俺、こんなんじゃサイズ合わへんし」

国産コンドームは、どれもサイズが合わないことは既に確認済みだ。輸入物なら合うには合うが、つむぎとするのにゴムありで……というのがまず頭にない凪である。まだ膣内に射精したことはないが、つむぎが身籠もってくれるなら大歓迎だ。まぁ、つむぎがどうしても避妊しろと言うのなら考えなくもないが……

凪はチューブ型のローションを手に取った。ローションはいろいろ種類があるが、バイブとのセット商品らしく女の身体に入っても問題ない代物だ。

「ローションはええな。風呂で塗りっこして遊べるわ」

自分で言いながら、つむぎの柔肌にローションを塗りたくるのを想像して頬が緩む。つむぎのちっちゃな手で、己の息子を扱いてもらうのもいいかもしれない。そう思うと、さっき射精したばかりにもかかわらず、期待した息子がちょっと反応してしまった。

(絶対楽しいやつやん！　よっしゃ、今度しよ)

つむぎはローションを手に持ったまま、見事にフリーズしていた。どんな想像をしているのやら。バイブの件で再認識したのだが、〝練習すればなんとかなる〟という、ある種の根性論に似たポジティブさと、その努力がなんかちょっとズレているというポンコツさが昔から彼女にはあるように思う。まぁ、そこが可愛いのだけれど。

「つむちゃーん、今度ローションプレイしよ？　楽しいと思うで？」

未だ下着姿のつむぎを抱き締めながら甘えてねだると、彼女の頬が赤くなってコクンと俯(うつむ)く。

凪は彼女をベッドに押し倒して、猫のように頬ずりした。

手を握り合い、額をくっ付けながら話す。風呂上がりのつむぎはホカホカあたたかくて、いい匂いがした。

「イブのシフト、早番してくれたか？」

つむぎの黒髪を指に絡めながら尋ねる。彼女はスマートフォンのスケジュールアプリを表示して見せてくれた。

「うん、早番だよ。次の日は遅番。だから次の次の日は休み。本当はイブに休み取れたらよかったんだけど……ごめんね」

「ええよ。つむちゃんは白衣の天使やもんな」

それぐらいの理解はある男のつもりだ。それにイブは夜に会えるし、いいホテルを予約した。クリスマス当日は朝まで一緒だ。

つむぎの部屋でこうしてふたり抱き合って過ごすのも好きだけれど、今回は付き合って初めてのクリスマス。記念と記憶に残るものを贈りたい。

「つむちゃん、俺クリスマスプレゼントなんにしよっかなぁ思て迷ってんねんけど、なにがええ？一応、候補はあって、車よりマンションのほうがええかなー思って——」

「マンション⁉　マンションもらっても困るよ～」

つむぎが苦笑いして言うから、凪はきょとんと目を瞬(またた)かせた。

（マジか。やっベークリプレ外すとこやったわ）

お水の女だったら大喜びするだろうに。つむぎは普通の女だったと思い直しながら、凪は頭をフル回転させた。

「もしかしてアクセとかのほうがよかったりするか？　でも、つむちゃんの職場はアクセとかアウトやんな？」

「うーん、うちの病院は実は結構緩いんだ。だからネックレスもピアスもオッケー。指輪は結婚指輪だけオッケー。うちもネックレスは服に隠れて全然見えないからそのままのことが多いよ。大きめのピアスはロッカーで外してる。患者さんに当たったりしたらいけないと思って」

「つむちゃんは偉いな」

「凪くんからのプレゼントだったらずっと着けてられる物がいいなぁ〜」

「ならネックレスとかのほうが――」

トュルルルルルル。トュルルルルルル。

会話に突然、電子音が割り込んでくる。鳴っているのは凪のスマートフォンだ。凪は小さく舌打ちして、ベッドを下りた。立ったまま、ちゃぶ台の上からスマートフォンを取り、電話に出る。

「はい。もしもし――」

「あー、凪。事務所、戻ってこい。おまえに客や」

電話口から聞こえてきたのは親父の声。つむぎとの時間を邪魔されて、凪は不機嫌に眉を寄せた。

今日、来客の予定なんてない。予定にない来客のためにどうして時間を割かなくてはならないのか。そもそも、凪の予定はつむぎが最優先だ。つむぎ以上に大事な予定なんてないのだから。

「追い返しといてください。俺、今日はもう予定ないはずなんで」

素っ気なく断ると、親父は焦ったように声を潜めた。

「あかん、戻れ！　汪仁会のお嬢さんが来とるんや！　おまえに会わせろって——おまえ、女とは別れたんやろな？」

親父が場所を移動したのか、後半は音の響きが変わる。

事始めで会った武藤雛の挑戦的な顔を思い出して、凪はますます顔をしかめた。

これは組長と組員としての会話ではなく、父子の会話だ。

「いやいや、別れるわけないやろ。なんで別れなあかんねん」

意味がわからない。雛を避け、事始めを中座して、ひとりで先に新幹線で帰ったのが凪の答えだ。武藤の娘というだけでも気に入らない上に、女としても気に入る要素がひとつもない。それ以前に、凪にはもう心に決めた女がいるのだ。

視線をチラッと動かすと、会話から不穏なものを感じ取ったのか、つむぎが怪訝そうな顔でベッドから起き上がるところだった。

（心配せんでもええよ）

そう言ってやりたい気持ちで、ゆっくりとつむぎの頭を撫でる。不安な顔などさせたくない。

自分の最愛はこの女だ。この女以外、いらない。

「あんなぁ、当代に親父から言っといて。俺は——」

「だっておまえ、汪仁会のお嬢さんやぞ！　逆玉の輿やぞ！」

玉の輿ってのは、金がある相手に使う言葉だ。十億の保釈金を誰が払ったと思ってるんだ。どう考えたって凪のほうが金があるのだから、〝逆玉〟はあり得ない。まぁ、武藤に心酔している親父からすれば、向こうが立場は上だし、金で手に入らないものが手に入ると思っているのだろうけれど。残念ながら凪は〝いつか殺すリスト〟に入れている男の下に付く気はハナっからないのだ。

凪は「ケッ」と悪態をつくと、電話に向かって語気を強めた。

「だからなんだよ！　俺はつむぎとは別れねぇ！」

「おま……女ってつむちゃんか……！」

ハッとしたような親父の返事に、凪は再会したつむぎと男女の仲になるのは当たり前だろうと言わんばかりに、怒鳴りつけた。

「そうだよ！」

ブチッ。即座に電話を切ると、つむぎがきゅっと手を握ってくる。

「もしかして、おじさんに……別れろって言われてるの……？」

狭い部屋だ。電話の声が聞こえていたんだろう。つむぎの瞳が不安で大きく揺れている。

「つむちゃんは気にせんでええよ」

本当に気にしなくていいからそう言ったのだけど、つむぎの眉は悲しそうに下がっていくのだ。こんな悲しい顔はさせたくないのに、自分が不甲斐ない。凪は彼女の隣に腰掛けて、手を握り返した。

「ほんまやで？」

「……気になるよ……教えて？」

　つぶらな瞳でそう言われたら、つむぎに隠し事なんてできない凪は、事始めでの出来事を彼女に説明した。

「汪仁会の当代がな……当代ってのは、まぁ汪仁会のトップや。今年逮捕されて、保釈金十億払って釈放されたってのは、前に話したかいな？　そいつが、自分の娘と俺を結婚させたいんやと。俺を自分の息子にしたい、跡目にしたい言うとったけど、俺ァその言葉の通りには取れんな。ヤクザはな、トップが死んだら若頭やった奴が次のトップになるんが普通や。いきなり俺を跡目にしたら、現若頭の奴が黙っとらんやろ。俺の立場は、何人もおる若衆のひとりやぞ？　当代がほんまに俺を跡目にしたいんやったら、娘充てがうんやのうて、俺の親父を若頭に指名すればええねん。若頭交代ってな。当代の保釈金出したんは親父やからな。その十億稼いだんは俺やけど、気前よく払ったんは親父やからな、親父の功績や。まぁ、現若頭とは多少揉めるやろうけど、最終的には落ち着くと思う。親父が若頭になったら、親父が俺を跡目に指名すりゃええ。そうすりゃ、丸く収まる。つまりは、現若頭の奴とは揉めたくねぇ、でも俺を自分側に取り込みたいっちゅー考えなんやろな。俺ァ稼ぐからな。財布にしたいんだろうよ。ま、あとは俺を試してんやろ。ほんまに自分の味方か。肝っ玉のちっせーおっさんやねん」

　つむぎは黙って聞いていたが、徐（おもむろ）に口を開いた。

「なんで凪くんを取り込みたいん？　凪くんは、当代の味方じゃないの？」

保釈金十億も払ったのだから、普通に考えれば味方だろう。だが、凪は「フッ」と笑った。

「俺がおとなしく誰かの下に付く男に見えるか？」

「……見えない」

「な。つまりそういうこっちゃ。今はまだ親父がおるからな。親父が引退したら、俺は俺で好きにやらせてもらうつもりや。汪仁会はまぁ、当代がほんまに俺を跡目にってんなら、〝親父が若頭なるのが先や〟って俺が言うし。そしたら筋通すやろうしな。俺は自分の組がありゃーそれでええんや。――まぁ、親父は違うみたいやから？　親父は親父で好きにしたらええよ。それが親父の生き方や。俺がどうこう言うこっちゃねぇ。でもな、俺に汪仁会の娘を充てがうのはちげーだろって話。まぁ、親父も俺が誰と付き合ってるか知らんかったから、一度は乗り気になったんやろうけど。さっきの電話でつむぎと付き合ってるってわかったやろうし、断ってくれると思うで」

「……そうなの？」

訝しむつむぎの頭をそっと撫でた。

親父は中学の頃、つむぎが突然転校して荒れた凪を知っている。そしてその後、つむぎと似た系統の女とばかり付き合っていたことも知っている。凪のつむぎへの執着を、ある意味一番知っているのは親父だろう。十一年越しに手に入れたつむぎを、凪が離すわけがないのだ。

（それに、親父もつむぎのことは昔から気に入っとうかんな）

「なんや？　誰かに別れろって言われたら、おまえは俺と別れるんか？」

逆につむぎに尋ねると、彼女はムッと膨れた顔でぎゅっと凪に抱き付いてきた。

「別れないもんっ！」

「それでええ」

つむぎの答えに満足しながら、凪は彼女の顎をすくい上げ、その唇にそっと口付けた。

◆　◇　◆

十二月二十四日。クリスマス当日よりクリスマスらしいイブ。

日勤を終えたつむぎは、着替えに入った更衣室で、ロッカーからスマートフォンを取り出した。

『お疲れ。もう駐車場着いてるでー』

凪からのメッセージの受信時間は三十秒前。つむぎはお気に入りのゆるキャラがハートを持っているスタンプをポンッと送った。

『終わったよ！　今から着替えるね。ちょっと待ってて！』

今日はこれから凪とクリスマスデート。特別可愛い自分で彼に会いたくて気合が入る。

だぼっとした真っ白なセーターと、ブラウンのしっかり広がるフレアスカートを合わせる。お気に入りの揺れるピアスも着けて、メイクもしっかりやり直した。

（ふふ。可愛いじゃーん）

自分で言うのもなんだけど、凪に愛されている自信はつむぎをますます可愛くしてくれる。

凪と一緒にいる時間が幸せ。彼に抱かれているのも幸せ。全身全霊で愛してくれる彼に、同じように全身全霊で応える。愛し愛されているという実感を積み重ねる毎に、離れがたくなっていく。

——だから、凪もそうなればいい。

彼が汪仁会にこだわっていないことを聞いて、つむぎはかなりホッとしていた。彼は、自分の組があればいいと言う。

ヤクザを選んだ凪の生き方を否定するつもりはハナっからない。彼の実家のことは子供の頃から知っているし、子供の頃の彼が「親父の跡を継ぐ」となにかの拍子にぽろっと言ったこともあった。だから再会したとき、凪がヤクザになっていたと知ってもまったく驚きはなかったくらいだ。

凪は昔から頭も要領もよかったし、たぶん普通の仕事でもやっていけるんだろうけれど、彼が選んだのはヤクザなのだ。

凪がヤクザとして生きるのは受け入れられる。でも汪仁会は駄目だ。絶賛抗争中の上に、世間一般的にも評判がよくない。危険だ。まぁ正直、ヤクザに評判がいい悪いもないのだけれど……

(凪くんに、汪仁会抜けてって言ったら……抜けてくれるかな……)

凪が本当に汪仁会にこだわりがないのなら、つむぎの願いを叶えてくれる可能性は充分ある。でも、慎重に切り出さなくてはならないだろう。

彼らはこの手の話に敏感だ。まかり間違って絶縁なんてことになれば、この世界では生きていけなくなるからだ。敵対する組だって、余所の組織で絶縁された人間は絶対に取らない。組に忠誠を誓い、組に命を預けるのが普通なのだ。組織替えなんて普通は認められない。

この場合、凪が汪仁会を抜ける手は四つある。

ひとつ、彼が所属する現在の椎塚組が汪仁会から独立する。

ふたつ、彼が所属する現在の椎塚組が汪仁会から独立した上で、汪仁会ではない別の広域組織の傘下に入る。

三つ、凪が独立した新規の組を立ち上げる。

そして最後は、凪が独立した新規の組を立ち上げた上で、汪仁会ではない別の広域組織の傘下に入る……この四つだ。

凪の父親は汪仁会の当代に心酔しているようだから、ひとつ目ふたつ目の「現在の椎塚組が汪仁会から独立する」という線は現実的ではないだろう。

三つ目はかなり困難な道だ。まず、現在の椎塚組とも汪仁会とも敵対することになってしまう。汪仁会の当代は言わずもがな。凪の父親もいい顔をしない。

凪と彼の父親は仲がいい。凪が汪仁会をよく思っていないことは確かだが、それでも現状なにもアクションを起こさないのは、彼の父親の存在が大きいのだろう。そしてなにより、彼の父親は、凪が独立するなんて微塵(みじん)も考えていないということ。そんな背景で、円満独立などあり得ない。加えて世情的にも、広域組織入りせず一本でやっていくのは相当に厳しい。凪なら問題なくやれるかもしれないが。

しかし、一番のネックは父子で対立することだ。それは、四つ目の「汪仁会ではない別の組織の傘下に入る」を選択した場合、より顕著になるだろう。だが、安全ではある。傘下に入るということは、庇護(ひご)下に入るということだから。

どのみち、〝どうやって円満独立するか〟という課題が残る。

（凪くん……うちが護ってあげるんだけどなぁ……）

だがそれは、凪の自尊心と矜持を大いに刺激するだろう。ヤクザの男は誇り高い。ご多分に漏れず、凪もそうだろう。凪が将来、汪仁会を抜けて自分の組一本でやっていくという気概があるならなおさらだ。

「汪仁会を抜けて、別の組織の傘下に入ってほしい」なんてつむぎが言ったら、たとえ本気でつむぎとの結婚を考えていたとしても、それを全部ひっくり返して、怒り狂う可能性もある。特に、凪の父親が汪仁会の若頭になることがあれば、汪仁会に対する凪の気持ちもまた変わるだろう。今は汪仁会にこだわりがなくても、愛着あるものに変わる可能性があるのだ。

正直、まだ凪の反応が読めない。凪が組よりも、自尊心と矜持よりも、自分を選んでくれるという確証が持てない。昔からの仲だから、つむぎに対するイメージが彼の中で固まっているのだ。それと違う自分を見せたとき、彼がどんな反応を見せるのかわからない。

未知が、怖い……

だから今は……まだ言えない……

つむぎはきゅっと口元を引き締めると、ホワイトファーコートを羽織って更衣室をあとにした。

夜間出入り口から外に出て、植え込みのある中庭を抜けるとすぐ駐車場だ。いつものように凪の車を探そうと辺りを見回す。が、今日は車よりも先に、外に出ている凪本人を見付けた。

スーツ姿なのはいつもと変わりないが、様子がおかしい。植え込みの陰からそっと覗いてみる。

まぁ、別にそんなことをしなくても、小柄なつむぎは、背の高い植え込みにすっぽり隠れてしまうのだけれど……

「――ねぇ凪ぃ～。どっか連れてってぇ？　今日イブなんだよ？」

女？　植え込みの葉っぱを人差し指で押し下げて目を細めて眺める。知らない女だ。陽もすっかり落ちて暗いが、外灯のおかげでそれなりに見える。モデル並みに背が高い上に、胸も尻もでかい。しかも派手だ。言うなれば、すべてがつむぎとは正反対。

そんな彼女を見るなり、なるほどとピンときた。

（ああ……あれが……）

彼女が、この間凪が言っていた、汪仁会当代の娘じゃなかろうか。

エコファーコートにピタッとした黒のボトムス。太いヒールが十センチはありそうなショートブーツを履いているので、凪の顔辺りに頭が届いている。そんな女が凪にしなだれかかるから、もう唇が触れ合いそうなほど近い。

だがつむぎは、それを目にしてもなんとも思わなかった。自分にないものを持っている女に嫉妬は湧かない。だって凪が好きなのは自分（つむぎ）だから。その確信があるから心配はしない。ただ黙って様子を窺う。

凪は女を押し返すことをしない代わりに後ろに手を組み、不動で無表情を貫いていた。

「そう言われましても自分はこれから用があるので。お連れの男と楽しまれてはいかがでしょう？」

駐車場に停めてある凪の車を堰（せ）き止めるように、真っ赤なスポーツカーが停めてあるのがさっきから見えていた。はっきり言って他の車にも邪魔な位置だ。運転席では、スーツを着崩したいかにもチンピラという風体の男が煙草をふかしている。

なんとなく感付いてはいたが、わざとのようだ。凪と話すため、彼が車を動かせないようにしているんだろう。

「ふふ、あいつはただの運転手よ？　あたしはアンタがいいの」

「……ご希望に添えず申し訳ありません」

「あたしと一緒になれば、アンタの汪仁会での地位も上がるじゃない？」

「自分はそういうのいいんで……。お嬢さんにはもっと相応しい男がいますよ」

「ふぅん？　そーゆー反応なんだぁ……」

一連のやり取りを見る限り、あの汪仁会のお嬢さんはよほど凪を気に入ったらしい。それで積極的にアピールしているんだろう。

先日の事始めで初めて会ったらしいが、凪はかっこいいし、惹かれるのもわかる。だからって、ここまで凪をつけ回すのはどうかと思うが。

(見る目あるじゃん。――まぁ、うちの男なんだけど……)

汪仁会のお嬢さんはつま先でコツンと小石を蹴り飛ばすと、真っ赤に塗った唇を吊り上げた。

「ここにあんたの女が働いてんでしょ？　バラしちゃおっか？　〝この病院にはヤクザの女やっとお看護師がおるんです～〟って。そんで試そうよ。本当にアンタに付いてくる女なのか。カタギの女なんかどうせ逃げるに決まってるって！」

「……車、退けてもらっていいっすか？」

「うふふ。やーだー。凪がデートしてくれるんなら考えてあ・げ・る」

「……」

抱き付かれて、彼女の白い息が凪の顔に当たる。無表情ながら凪が静かにブチ切れているのがわかる。それがわかるのは、つむぎが凪と付き合いが長いからかもしれないが。

さて、どうしてやろうか……

（ここでしゃしゃり出るのもねぇ）

勤務先の病院で男を巡っての痴話喧嘩なんて演じるつもりはない。かといってこのまま放っておいて、「ヤクザの女をやってる看護師がいる」だなんて騒がれるわけにもいかない。

あのお嬢さんが、どうしてそんなことまで知っているのかはわからないが……

なにはともあれ、これから凪とクリスマスデートなのだ。あんな輩に邪魔されてたまるか！

「……」

つむぎが考えを纏めていると、夜間出入り口のドアがガゴンッと開いた。

「あ。お疲れ様、黒田さん」

「先生、お疲れ様です」

病院から出てきたのは顔馴染みの救急外来の男性研修医だ。つむぎは医師を労いながら、少し眉を下げてみせた。

「あの、先生……」

「ん？　どうしたの？」

人のいい男性医師は小首を傾げながら小走りでつむぎのほうへやってくる。つむぎは植え込みの葉っぱを退け、視線で駐車場を見るように促した。

「ん？　うわ、なんだあれ。車動かせないじゃないか」

明らかに邪魔な真っ赤なスポーツカーに医師が顔をしかめたところで、つむぎはそっと耳打ちした。

「なんかさっきから、あの女の人が妨害してるみたいなんです。もしかして、最近、この辺をうろついてる暴力団関係者ってあの人でしょうか？　女の人だけど……ほら、運転席の男の人はいかにもアレだし……」

凪を被害者に仕立て上げ、元からあった暴力団の噂に乗っかる形でつむぎが告げ口すると、医師は頷いて鼻息を荒くした。

「ああ～かもねぇ。ちょっと待ってて。今、警備員さん呼んでくるから。黒田さんは関わらんほうがいいよ」

「はい。先生、すみません。お疲れのところを……」

「いやいや、大丈夫。ってかあんなところに車停められたら、俺の車も出せないしね」

医師は一度病院内に戻ると、夜間出入り口近くの詰め所に控えていた男性警備員をふたり引き連れてすぐに戻ってきた。

「はいはいはい、なんでこんなところに車停めてるんですか！　今すぐ移動させてください！」

警備員が汪仁会のお嬢さんに詰め寄ると、スポーツカーからチンピラが降りてきて間に入る。そのやり取りを腕組みして眺めながら、つむぎはこれからを考えていた。

しばらくするとお嬢さんが警備員に連れていかれ、スポーツカーが動かされ、凪も自分の車を動かす。医師が戻ってきて、つむぎは彼に頭を下げた。

「先生、ありがとうございました」

「いやいや、別にこれぐらい。……黒田さん、駅まで？　送ろうか？」

有り難い申し出ではあるものの、つむぎは凪以外の車に乗るつもりはない。

「ありがとうございます。でも、これから彼氏と会うことになってますから」

はっきりと男の存在を匂わせると、医師は一瞬だけ表情を強張(こわば)らせて硬い声を出した。

「あ、そう？　なら、お疲れ様」

「お疲れ様でした」

医師が車に向かうのを見送って、ひとりその場に残ったつむぎは自分のスマートフォンを出した。

『凪くんどこ〜？』

スタンプと共にメッセージを送る。そう間を開けずに、彼から返事が来た。

『悪い、悪い。あんなぁ、警備員に追い出されたから、車移動させたんだわ。駅前のロータリーにおるからそっち来てくれるか？』

『わかった〜』

駅まではそう距離はない。病院の前の陸橋を使えばノンストップで行ける。

ロータリーに着いたとき、少し離れたところからピッとクラクションが鳴らされた。そちらを振り向くと、運転席から伸びた手が揺れている。

「お疲れさん」

「凪くん！」

助手席に乗り込んだつむぎは、なに喰わぬ顔で切り出した。

「遅くなってごめんね！　ちょっと気合入れて可愛くしてみた！　どう？」

クリスマス仕様の自分を、両手を広げて見せる。凪はどこか疲れた表情をしていたが、ホッとした様子で笑うと、つむぎの頬をふにふにと突いた。

「俺の彼女はかわええなぁ～？　いつもかわええけど、今日は特別やわ」

「ほんと？　よかった～。駐車場行ったら凪くんいないんだもん、時間かかりすぎて怒ったのかと思った」

「いや、俺ァそんなことでキレんわ。ちゃうねん、警備員に追い出されたんや」

凪は車のギアを入れると、助手席のシートヘッドに手を添えて後ろを見ながら、車をバックで出した。

「今日はなぁ、ホテル予約してん。飯食ってスイートでいちゃいちゃしよ」

いつものように軽く誘ってくれる凪に「嬉し～」と、いつものように返す。その笑顔の裏で、彼の一挙手一投足を見逃さないように窺っているんだから我ながらたちが悪い。

つむぎはそういう女なのだ。全部わかった上で、凪がどうするか見ている。凪に自分を選んではほしいから。凪がなによりも自分を選んでくれると確信したい。組よりも……

しばらく車を走らせていた彼は、徐に口を開いた。

「あんな、病院に迎え行くのやめたほうがええかもしれん」

「なんで？」

彼がそう言い出した理由はわかっているが、一応聞く。

「んー警備員呼ばれたし……」

――その、警備員を呼ばれた理由を凪は言わなかった。汪仁会のお嬢さんが来ていたこともだ。その彼女が『この病院にはヤクザの女をやってる看護師がいる』だなんて言おうとしていたこともなにも。

いつもはなんでも話してくれる凪が、今回はなにも言わなかった理由――それは、つむぎとのクリスマスを台無しにしないための配慮に他ならないだろう。単純につむぎに知られたくないからとも取れるし、つむぎを不安にさせたくないからかもしれない。

彼の言わない思いやりに頬を緩める。

他の女にちょっかいかけられたことをデート前に聞かされたら、面白いわけがない。あんな女、自分の知らないところで片付けてほしいのがつむぎの本音だ。だからつむぎは、凪の配慮に乗っかって、素知らぬふりを決め込んだ。

「そっかぁ、しょうがないね。うちは全然いいよ」

「さっきの駅前ならええやろ。次からあそこに迎え行くわ。つむぎは可愛ええかんなぁ～ひとりで帰したら心配や。俺の可愛いつむちゃーん」

凪はつむぎの頭を撫で回すと、いつもの優しい笑みを向けてくれた。

見ていたからわかるが、彼はあのお嬢さんを煙たがっている。相手にするつもりはないのだ。ただ、彼の立場上、露骨に邪険にするのが難しい。

つむぎだって、勤務先である病院に迷惑をかけるのは本意ではない。待ち合わせ場所を移動するくらいで回避できるなら、当然、回避したい。

（問題は、あの女がそう簡単に凪くんを諦めるとは思えないところだね……）

簡単に手に入らないものほど、余計に欲しくなるものだ。それに、人のものを欲しがる人間だっている。つむぎの目には汪仁会のお嬢さんがそれに見えた。

よっぽどニッチな趣味でもしているなら別だが、あんな迫り方で心惹かれる男はあまりいないだろう。少なくとも凪は苛立つだけで、惹かれはしない。だが、凪がつむぎと別れないことで、彼女の略奪思想を加速させる可能性はある。

あのテの女は手に入れたらすぐに飽きそうだが、あの女の欲を満たすために凪と別れてやる義理はない。

「可愛いつむちゃんが襲われたら、凪くんどうするん？」

笑いながら尋ねると、凪は目を細めて「ソイツ殺したるわ」と、なんでもないように言った。

◆　◇　◆

凪が車で向かったのは、つむぎと再会した日の夜にも訪れたクリスタル・スカイホテル。付き合って初めてのクリスマスに、再会の思い出もプラスしたくてこのホテルを選んだ。単純にこの辺じゃこのホテルが一番ランクが高いからでもあるが。

夜景が綺麗な展望レストランでクリスマスディナーを食べたあとは、スイートルームでのお泊まりだ。つむぎは明日、遅番の仕事が入っているが、チェックアウトギリギリまで寛げるはずだ。

「わぁ、部屋広～い！　綺麗～」

つむぎはスイートルームに入るなり、その広いリビングで両手を広げ、ぐるりと回った。子供のようにはしゃぐ姿を見ると、目尻が下がる。

部屋のドアを開けて回り、ラウンド型の浴槽を見付けたときには、彼女の声は一段と大きくなった。

「お風呂もめっちゃ広い！」

「気に入ってくれたか？」

「もちろん！」

キラキラしたその瞳は嘘を吐かない。つむぎが歓んでくれたならそれでいい。クリスマス仕様の部屋には大きなクリスマスツリーが飾られて、全体的にキラキラしている。窓にまで飾り付けがしてあった。

凪はスイートルームに先に持ち込んでいた紙袋を手に取った。

「つむちゃん、クリスマスプレゼントあんねん」

「ええ、ご飯とスイートルームがプレゼントじゃなかったの？」

リビングのソファに座りながら、つむぎが期待に満ちた目で見上げてきた。

「まぁ、それもプレゼントやけど。形に残る物もやりたいなぁ思て。――ほい」

紙袋から取り出したプレゼントボックスを手渡す。鞄からアクセサリー、コスメに至るまで、いろいろ取り扱っている世界的な高級ファッションブランドのものだ。綺麗にラッピングされたそれを、つむぎは嬉しそうに受け取って夜景と共に写真に収めた。開ける前の状態を写真に撮る意味は凪にはわからないのだが、つむぎはそうしたいらしい。

「えへへ。開けていい？」

「えーよー」

つむぎがニコニコしながらラッピングを開けるのを隣に座って眺める。つむぎの仕事や、彼女の持ち物を考慮した上で選んだプレゼントだ。気に入ってくれたらいいのだが。

「わ！　可愛いっ！」

箱から出てきたのは、馬蹄（ばてい）に似たデザインのシグネチャーネックレス。プラチナとダイヤの輝きに、つむぎの目が釘付けになる。チェーンの長さが調節できるタイプを選んだから、仕事中は長くして制服の中に隠すのも可能だ。

「めっちゃ可愛い！　やーん。こういうの好み！　凪くんありがと！　着けていい？」

どうやら気に入ってくれたらしい。初めてのクリスマスプレゼントを外したくなくて、つむぎにリサーチした甲斐があった。なにも聞かずにいたら、マンションを贈るところだった。

「もちろん。俺が着けたるよ」

髪を掻き上げあらわれた白いうなじに、ちゅっと軽く唇を当てた。

「くすぐった〜い」

「はは。似合うてるよ」

振り返ったつむぎがキラキラした笑顔を見せてくれる。ただでさえ可愛いのに、自分の贈った物を身に着けてもらうと、可愛さが増すから困る。

「つむちゃん、かわええな。病院でちょっかいかけられてへんか？　心配になる可愛さやわ」

「ええ〜そっかなぁ〜？　凪くんに愛されてるからますます可愛くなっちゃう？」

そう言いながら凪の膝に飛び乗ってくるつむぎが愛おしい。

小さいながらも彼女はある種の自信に満ちあふれていて、見ているこっちも気分がいい。低身長をコンプレックスに持っているタイプとは真逆のメンタリティなのは間違いない。

コンプレックスの塊で、グズグズ後ろ向きの面倒くさい女だったら――惚れなかっただろうと凪は思うのだ。カラッとしたところがまた、つむぎの魅力だった。

「あのね、うちからもプレゼントあるの！」

「マジか。なんやろ。もらう前からもう既に嬉しいんやけど？」

大袈裟でもなんでもなく本心だ。つむぎと再会できて、付き合えて、一緒にクリスマスを過ごして……去年だったら想像もつかない時間を手に入れている。それだけで凪は幸せだった。

つむぎはソファの端に置いていた鞄を取ると、悪戯っぽくニマニマと笑うのだ。このなにかを企んでいるような小悪魔的な笑い方が好きだ。

（あーキスしてー）

そんなことを思いながら、つむぎの腰に両手を回す。

「えへへ〜見て見て〜」

つむぎが鞄の中から、凪が渡したのと同じブランドのプレゼントボックスを取り出した。

「プレゼント、同じとこで買っちゃったみたい！　偶然！」

「あはは。マジか。やっぱ俺ら気が合うなぁ」

数あるブランドの中から同じブランドを選んでしまうとは。そういうところも嬉しい。

つむぎを膝に乗せたままラッピングを開けると、中からシックなデザインのキーケースが出てきた。

「凪くん、キーケース使ってないみたいだったから。どうかな〜と思ったんだけど……」

車の鍵は手下に渡すことが多いから本体のままだったのだが、一瞬で気に入った。これからは自分で持ち歩く鍵にはこのキーケースを使おう。手下には触らせない。汚されたらブチ切れるなんてもんじゃ済まさないと思うから。

「使うわ。今から使うわ。嬉しいな。サンキューな」

尻ポケットから出した車の鍵を、もらったばかりのキーケースに早速付けてみる。カラビナが余ったので、つむぎの部屋の鍵と、自分のマンションの鍵と、実家の鍵、それから椎塚組の事務所の鍵も付けてみた。

「おお、ちょうどええ感じやん。大事にするわ」

「えへへ。よかった。気に入ってくれて」

きゅっとつむぎが抱き付いてくる。

小さくて可愛いつむぎ。腕の中にすっぽりと収まるのに、この上なく大きな存在……

抱き締め返しながら、凪はつむぎの頭に頬ずりした。そうしたら彼女が顔を上げてくるから、ちゅっと唇を重ねる。

「なーなーつむちゃん、今日はお泊まりやから、いっぱいいちゃいちゃしよ？」

甘えながら言うと、上目遣いで見てきた彼女が勿体付けたようにクスッと笑う。

照れやはにかみのない笑みは、「そんなにうちが欲しいの？」と言っているようで、正直、唆る。

抱いたとき、泣きながら感じて縋ってくる姿を知っているだけに余計に可愛くて唆るのだ。

凪は、さっきまでつむぎへのプレゼントが入っていた紙袋を引き寄せた。

「実はこれ持ってきてん」

紙袋から取り出したのは、つむぎがバイブと共に買ったローションだ。

『つむちゃーん、今度ローションプレイしよ？　楽しいと思うで？』

いつか凪がそう言ったのを覚えていたのか、つむぎの頬がポンッと赤くなる。それが可愛くて、凪はローションを片手に彼女の身体を抱き寄せた。

「これ使って遊ぼ」

「い、いいけど……どうやって？」

興味はあるんだろう。チラチラとローションのほうを見ながら尋ねてくる。

「身体に塗って、ぬるぬるを楽しむ感じやな。ベッドでやって布団が汚れると寝れんくなるから、風呂場でしよ」

「う、うん」

頷いてくれたつむぎを連れてバスルームに向かう。凪はちゃっちゃと服を脱いだのだが、つむぎはなかなか脱がない。首の後ろに手をやってモタモタしている。

「先入ってて、ネックレス外すから」

「ええやん。付けっぱで」

「え、やだよ。だってローション付けるんでしょ？　凪くんからのプレゼント汚したくないもん」

大事にしようとしてくれるのは嬉しい。でも、馬鹿な男だから、ローションプレイのほうが楽しみで気持ちが逸（はや）ってしまうのだ。

「早よ来（き）いよ」

凪は先にバスルームに入って、頭からシャワーを浴びた。ボディソープで身体を洗いながら、湯船に湯を張る。

湯船に半分ほど湯が溜まりはじめた頃、ようやくつむぎがやってきた。どうやらネックレスだけではなく、ピアスも外したらしい。長い黒髪をバレッタでひとつにまとめ、バスタオルをピッチリと身体に巻いている。胸は小さめのつむぎだが、太腿のムチッとした肉感はたまらない。裸もいいが、見えそうで見えないのもいい。激ミニ丈のバスタオルがチラチラとはためいて、凪の劣情を煽(あお)った。

「つむちゃんおいで」

湯船の中で両手を広げると、素直に湯船に入ってきてくれる。バスタオルは外さなかったけれど、それも唆(そそ)るからいい。

つむぎと向かい合った状態で抱き合いながら、凪は彼女を膝の上に乗せた。ローションを開封すると、ふわっと甘い香りがした。

「なんかおいしい匂いがする～」

つむぎがそう言うからパッケージを見ると、メープル風味の味付けがされており、食品グレードなので食べられると英文で書いてあった。

「へぇ、これ食えるんやて」

「そうなの？」

つむぎの話によると、初心者向けのセット品であって、つむぎがひとつずつ選んだわけではないらしい。

試しに、指先に出してローションを舐(な)めてみる。少し出すつもりが、最初なので手のひらにまで垂れてしまったが、まぁいい。

「甘っ！」

風味というより、ホットケーキにかける、メープルシロップそのものの味だ。香りだけでなく、色味も似ているから余計にそう感じる。なにも言わずにホットケーキにかけて出されたら、たぶん気付かないだろう。

凪の驚きに好奇心が刺激されたのか、つむぎの目が爛々と輝いた。

「うちも食べたい」

言うなり彼女はローションの付いた凪の手を取り、その小さな舌で手のひらをペロリと舐めてきた。

「っ！　おまえ……」

不意に手のひらを舐められてゾクゾクする。しかも、両手で凪の手を握り、「ほんとだ。甘いね」なんて言いながら、ペロペロと舐めてくるのだ。

（狙っとんのか、こいつは……）

可愛い。正直、あざといようにも見えるのに、つむぎの場合はたぶん素だ。本当にただ味見のつもりなんだろう。でも凪としては、挑発されてるようでムラムラしてくる。

凪は手のひらにあふれるほどローションを出すと、つむぎの首筋から胸元のタオルのキワまでべたーっと塗り付けてやった。

「わっ」

そのままつむぎの声を黙殺しつつ、首筋に舌を這わせ、ローションを舐め取る。

（おまえがしたんは、こーゆーことやねん！）

抗議を乗せた目で見上げれば、ようやく意味が伝わったらしく、彼女は口元を押さえて赤くなった。

「あんまっ」

「んっ……」

湯船に沈みそうな身体を水面から持ち上げると、水分を含んだバスタオルがほどける。そうしてあらわれた可愛い膨らみをローションの付いた手で撫で回し、ぱくっと乳首を口に含んだ。

甘い乳首を舐(な)めしゃぶると、そこが一気に硬くしこってくる。味がなくなったら口を離し、手に余っていたローションをまた塗り付け、ちゅぱちゅぱと音を立ててしゃぶってやる。湯の中では起き上がった屹立(きつりつ)がギンギンに聳(そび)え勃っていて、つむぎの中に入りたそうに彼女の尻を押し上げていた。

でもここで挿(い)れたらローションプレイじゃない。

凪は再びローションを手に取り、自分の胸板に塗り付けた。

「つむちゃん、舐(な)めて」

湯船に背中を預け、胸を反(そ)らせながら催促(さいそく)すると、つむぎがポポンッと赤くなるから可愛い。さっきは自分から進んで凪の手を舐(な)めていたくせに。一度性的なことを意識すると恥ずかしがるんだから、つむぎは未だに初心(うぶ)だ。

ローションが垂れるのも構わず、あえてなにも言わずに待っていると、つむぎがおずおずと胸板に両手を突いて、胸に唇を寄せてきた。

ぺろ、ぺろ、ぺろ――……

ゆっくりと小さく動くつむぎの舌が、自分の胸の上を這っているのを見て密かに興奮する。バレッタに留まりきらなかった髪が、何本か束になって彼女の肌に貼り付いているのが妙に色っぽくていい。

つむぎの小さな手を取って胸を触らせる。ローションに濡れた肌が滑って気持ちいい。乳首に指がかすって、凪の背中をゾクッとしたものが走った。

「ん――……んーんんっ！」

思わず声が出てしまい、それを誤魔化すように咳払いする。乳首攻めされて女のように声を漏らすなんて、凪の男としてのプライドが許さない。ちょっと気持ちよかったけれど……もうちょっとしてほしいのが本音だけれど……強要は！　しない！

ぐっとこらえていると、つむぎの指先がツンっと反対の乳首を触ってきて、その滑る感覚がまたいい。正直な凪の息子が硬度を増してピクピクしてくる――と、ぺろっと可愛い舌が乳首を舐めてきた。

望みすぎた故か、それとも事故か……ビクッと漲りのほうが露骨に反応してしまい、つむぎのつぶらな瞳が、若干の攻め感を持った上目遣いに変わって凪を見上げてくる。

「気持ちいい？」

聞いてくれるなと言いたいが、気持ちいいのは事実。

「まぁまぁやな」

強がってみた次の瞬間、カリッと軽く歯を立てられて快感が腰を迫り上がってくる。そしていつの間にかつむぎの右手は湯船の中に沈み、乳首攻めで臨戦態勢になっていた一物をきゅっと握ってきたのだ。

「んっ！」

扱かれて声が漏れそうになるのを必死にこらえる。つむぎは凪の胸に身体を寄せてぴったりと密着し、尖らせた舌先で弾くように乳首を舐めながら、同時に亀頭の先に手のひらを充て撫で擦ってくる。正直、めちゃくちゃ気持ちいい。つむぎの小さな手のひらでやられるのがまた興奮する。つむぎが上目遣いで見てくるのを眺めながら、凪は生唾を呑んだ。

（……つむちゃんのＳっ気がたまらん……）

気が強いつむぎだ。ＳかＭかで言うとややＳ寄り。攻めれば悦んでくれるし愉しんでもくれるが、ドＭでないことは確かだ。セックス中にスパンキングでもしようものなら、彼女はグーで殴り返してくるだろう。そんな気の強い女を喘がせ、善がらせて自分を求めさせるのが愉しいのだが……

鈴口を細い指先でなぞられて、漲りが痛いくらいに反り返った。

「んぁ……つむちゃん……」

どうにも触りたくて、彼女の頬に手をやる。自分の中の秘められたＭっ気が開眼しそうで困る。そんな趣味はなかったはずなのに……つむぎに攻められるのを〝いい〟と思ってしまう自分がいる。

こしょこしょっと頬を触ってみたが無視されたので、今度は無防備な乳房に手をやる。まだローションが残っていたのか、乳首がツルンと指から逃げるものだから、きゅっと強めに摘まんでやった。

「っ！」

乳首を舐めながら睨んでくるつむぎが可愛い。攻められるのもいいけれど、惚れた女に攻められて喘ぐ姿なんか見せたくなくて、凪はつむぎの身体を抱き寄せ、まあるい尻を撫で回しつつ背中側から尻の割れ目に指を滑り込ませた。

「んんっ」

花弁を割り広げ、蜜口を撫で回す。すると、つむぎが漲りを握る手に力を入れた。でも次第に蜜口からとろみを帯びたものがあふれ出し、凪はそこに指を二本挿れた。浅く沈めるだけのつもりだったのに、あまりにも濡れているからそのままずっぷりと奥に入ってしまう。初めの頃とは違う身体。回数を重ねる毎に、凪に馴染んで離れがたくなる。

「ん、ああっ……」

水中での攻防に先に音を上げたのはつむぎ。彼女は蜜口を貫かれ、乳首を弄ばれた状態で、凪の胸に縋り付いてきた。さっきまでの攻め感があった瞳から、今は被虐感が漂っている。長い指で万遍なく中を擦ってやると、快感に負けたつむぎが雌の声で啼いた。その声だけで興奮する。彼女が「凪くん、凪くん」と言いながら気をやるのを、毎度いい気分で聞いているのを彼女は知っているだろうか？

「んんっ、凪くんっ……凪くん……ああ……もぅ……ん、あっ……」

軽くイッているのか、つむぎが悩ましげに眉を寄せ、悶絶している。

「ローション付けてへんのにここぐちょぐちょやん？」

攻められ、男のプライドを刺激されたせいか、今日は一段とつむぎを嬲ってやりたくてしょうがない。言葉で虐めると、つむぎの頬がじわじわと赤くなる。指を鉤状にして、中の好い処を優しく引っ掻いてやれば、つむぎが腕の中で子猫のように啼く。

（あーまじでかわええ……）

もっと虐めたい。この小さくて気の強い彼女を、自分に屈伏させたい。彼女の主になりたいのだ。性的にも、精神的にも、永遠に——

凪はつむぎの唇に一度口付けてから指を抜き、彼女を立たせた。

「付ける必要なさそうやけどなー。せっかくやし、ローション付けよ」

そう言ってローションを手にたっぷり出し、立たせたつむぎの密処に塗り付ける。コリコリした蕾に特に念入りに塗り付け、はむっとそこに喰らい付いた。

「はぁうっ！」

つむぎが喘ぎながらよろめいて一歩後ろに下がる。彼女はバスルームの壁に背を付いて、悶えるように腰を捩った。

「凪くんっ」

「なーん？」

聞き返しながら、尖らせた舌先で恥丘の割れ目をれろれろと撫でる。蕾を見付けてチュッと音を立てて吸い付けば、つむぎが内股になって抵抗した。

「あんっ！　もお……そんなに強く吸っちゃダメだってば……」

「なして？　気持ちようないか？」

舌で蕾を捏ね回しながら尋ねれば、つむぎが赤い顔でそっぽを向く。そのすねた仕草も唆る。声の感じからして、吸うのが本当にダメというわけではなさそうだ。

「ダメなの……」

「ほうか。わかった。せんから舐めさせて。舐めるんはええやろ？」

「………」

ジトッと見てくる目が「まだするの？」と言っている。

あれだけ濡らしていれば、欲しくもなるだろう。だがまだ挿れてやらない。もっともっと欲しがらせたい。狂うくらいに……

「つむちゃん、お願いやって。口でさして。あとでいっぱい挿れたるから」

「〜〜〜っ！」

「挿れられたいんやろ？」と揶揄うと、つむぎがますます赤くなる。どうやら図星だったらしい。

凪はまた蜜口に指を挿れてやった。

「今はこれで我慢しとき」

「ん……んぅ……」

さっきとは指の向きを変え、今度は腹の裏側を撫で回す。そして手首のスナップを利かせてぽんぽんと押し上げると、つむぎが面白いくらいに善がる。

「や、ん……アアッ！　そこ……くっ、あ……んんっ！」

腰をくねらせ、奥歯を噛み締めながらこらえるように小さく喘ぐ姿を目の端に捉えつつ、濡れた蕾を隠す恥丘にむしゃぶり付いた。

蜜口に指を沈めたまま、恥丘と花弁が作る魅惑の割れ目に舌を這わせる。とろみの部分とサラリとした部分を持ち合わせた女の蜜。それは、ローションの人工的な香料が付いたベタつきとは違って、媚薬のように凪を興奮させる。

（もっと舐めたい……）

凪は顔を小さく左右に振って、蜜を顔に浴びながらいやらしく、そして喜んでつむぎのそこを舐めまくった。指を抜き挿ししながら、蜜口を開き、中を覗き見るようにして顔を近付け、またしゃぶる……。

蕾は約束通り吸わない。でも、舌の腹でちゃぷちゃぷと叩き、ねっとりと舐め、ほんのちょっぴり甘噛みする。そしてお詫びに親指で撫で回し、中の好い処を念入りに押し上げると、ぷちゅっと快液が飛び散る。そこに頬ずりする勢いで顔を寄せた。

彼女の蜜と快液を顔中に浴びたい。

「いやぁ、なめないで……なめちゃ、いや……そんなにしちゃ、やぁ……あああ……」

ふと顔を上げると、前屈みになったつむぎが、真っ赤になってこちらを見ていた。

快感と恥辱に濡れた瞳だ。唇を噛み締めているから、怒っているようでもある。でも、快感だけは消せてない。その表情が気に入った。もっとあの表情で啼かせたい。

つむぎは脚の間を隠そうとしたが、無駄なことだ。そこは太腿までぐちょぐちょに濡れて、湯船の水面に向かって細く長い糸を引いている。

「つむちゃん……俺、もう舐めたらあかんの？」

「……だめ……」

彼女の言う〝だめ〟が、本当に〝だめ〟ではないことぐらいわかる。だって、あんな蕩けた瞳なんだから。

凪は立ち上がり、つむぎの身体を抱き締めながら、聳え勃つ腰の物を見せ付けた。

「つむちゃんの舐めてるだけでも、えらい興奮すんのに。ほら見て？」

赤黒いそれは青筋を立てながら力強くいきり勃っていて、鈴口から透明な汁を滲ませている。つむぎは小さな指を鈴口に触れさせ、前後にゆっくりと擦って、指に付いた汁を舐めた。

「凪くん……もぉ、いれて？」

凪の腕の中で身を反転させ、そのきゅっとした尻に悩ましく手を這わせながら、甘えるようなあざとい瞳をこちらに向けてきた。

「だめ？」

「〜〜〜〜っ！」

（ああ〜もう、無理、可愛すぎ、なにこれ……）

顔を覆って天を仰ぐ。

惚れた女が誘ってくれる姿に、声をなくして感極まった。束ね損ねた後れ毛が汗ばんだ肌に纏わり付いて、実に色っぽい。しかも、脚の間をとろとろのぐちょぐちょにして、凪を求めている――

「だめちゃうよ」

凪は舌なめずりすると、つむぎの腰を掴み、濡れた蜜口に自身の刀身を充てがった。何度か腰を前後させ、蜜口からあふれる愛液を刀身に纏わせる。そのときに蕾をぐいぐいと押し上げてやれば、そのたびにつむぎが小さく喘いだ。

「あん……んん……」

「ええな」

ぬぷぬぷと音を立てながらつむぎの中に入る。自然と「ああ……」とため息が出た。

熱い身体だ。入り口がギュッギュッと固く締まっている。中はうんと狭いから襞が纏わり付いてきて気持ちいい。未だ根元まで全部は入らないが、奥には届く。奥処をトンと突き上げてやると、つむぎの身体が軽く浮かんだ。

「んぁ、凪くん……きもちぃ……」

バスルームの壁に両手を突き、脚を開いて尻を突き出すいい格好に興奮する。体格差があるから凪は膝を曲げねばならなかったが、それが気にならないくらいには、つむぎの中が気持ちいい。

腰を遣って奥処を鈴口で撫でてやると、ザワついた媚肉が漲りに群がってきて、扱いてくれる。その締め付けのよさに夢中になって、ゆっくりと腰を前後させていたのが、だんだんと速くなり、息が荒くなる。

凪はつむぎの身体を後ろから抱き締めて、彼女の乳房を揉みしだいた。耳をはむっと口に含みながら囁く。

「好きや。好き。なぁ、つむちゃんは俺のこと好きか？」

わかっているけれど聞きたい。何度だって聞きたくなるのは、もうしょうがない。一度置いていかれたから、もう二度と離れない確証が欲しいのだ。

腰を入れて奥処をぐりぐりと擦ると、つむぎが仰け反りながら呻いた。

「はぁあぁ……すきぃ……なぎくん、すき……あぁ……だいすき……」

快感に蕩けた表情が可愛い。子供の頃には見なかった表情を見るたびに、彼女にハマる。

凪は乳房を揉むのとは反対の手で、繋がった処のすぐ上をコリコリといじった。

挿れられて感度の増した蕾をいじられ、つむぎが腰を振って逃げる。その腰をパァン！　と強く打ち付けて叱り、四本の指で蕾を摘まんだ。

「逃がさんよ。中と外と両方したる」

嘲りながらつむぎを犯すのを愉しむ。蕾を摘まみながら同時に乳首も摘まむと、媚肉が一段と強い力で締まる。

ローションと愛液のとろみで蕾が滑る。ぬるんぬるんと指から逃げるそれを指先で嬲るように弾いてやると、蜜口が痙攣してきた。

「あぁ……だめ……だめぇ……」

つむぎが脚の間の凪の手を押さえながら首を横に振る。脚を内股にして、頬を紅潮させつつぷるぷると震えはじめた。

「お？　イクんか？　ええよ？　イキや。俺にイクとこ見せえ」

「や、あぁ、は、やぁ……いく、いっちゃう……やんっ」

腹の裏側をずこずこと強く抉りながら、蕾をしつこく捏ね回してやると、ビュッとつむぎが快液を吹いた。

「ああ――！　ああ～！　や……やぁ！　とまんないっ」

二回、三回と快液を吹くあそこを隠そうとつむぎが身体を丸めるから、力尽くで仰け反らせ唇を奪った。

強引に辱められながら潮を吹く雌の身体をずこずこと突きまくり、誰に犯され、どうなっているかをわからせる。

「つむちゃん、可愛ええよ。俺に挿れられて潮吹いてんな？　びしょびしょやな？」

「なぎくん、なぎくん……ふ、ぁ……ううう……いく、いく……だめ……もぉ、だめぇ……」

痙攣した肉襞が裏筋から亀頭まで隙間なく這い回り、膣肉全体でぎゅうぎゅうに締め付けてきた。

たっぷり濡れた肉襞が、滑って抜け落ちそうな肉棒を舐めしゃぶる。

ああ、奥まで挿れたい。全部挿れたい。根元まで全部挿れて――

（ああ～！　中に出してぇ……！）

本能に振り回されそうになるのを、唇を噛んで意識を取り戻した。

全部挿れるなんて無理だ。つむぎの小さな身体はまだそんな準備なんてできていない。彼女が気持ちよさそうにしていられるのは、凪が七割ほどしか挿れていないからだ。それでも奥処まで届いているというのに。

（くそ……）

凪はズボッと勢いよく漲りを引き抜いた。このまま続けていたら、つむぎに全部挿れようとする本能に呑まれてしまう。

まだ早い……まだ……

凪が肩で息をしていると、潤んだ瞳のつむぎが振り返った。そして、

「やだぁ、抜かないで、なぎくん……」

だなんて言うのだ。

（こいつは……人の気も知らねぇで……）

我慢しているのに、誘われて理性が焼き切れそうになる。

凪はつむぎの顎を掴んで口付け、再び中に挿れた。ゆっくりトントンと奥処を突きながら、つむぎの身体を抱き締める。

内側で荒ぶるこの気持ちを鎮めるためには、一度射精してしまわねば。

腰を打ち付けつつ、引き抜いて手で扱き、また挿れる。

「ああん！　んっ！」

それを繰り返すと、つむぎも引き抜く摩擦が気持ちいいのか、甘えるように腰を揺らしはじめた。

「なぎくん……」

「つむちゃん、中に出してええ？」

迫(せ)り上がってくる射精感と闘いながらお許しを伺う。すると彼女は悠然と振り返って微笑んだ。

「……だぁめ……」

「！」

犯されて感じているくせに、凪を下に見る目にゾクゾクする。

自分はつむぎの犬だ。彼女に向かって腰を振りながらも、彼女の命令には逆らえない。つむぎがダメだと言えば、ダメなのだ。嫌われたくないから――

忠犬のように従おうとする気持ちの一方で、いつかこの女をめちゃくちゃに犯してやるという気持ちも生まれる。

押さえ付けてでも全部挿(い)れて、いやがっても中に出して、嫌われたって自分の子を産ませたい――そんな暴力的な気持ち。

お預けが長くなればなるほど、この気持ちは突然爆発するだろう。今はまだ大丈夫だけど……そうなったときは許してほしい。我慢の限界に達してしまったときは、きっと自分でもどうしようもない事態になっているはずだ。つむぎは信じて身体を任せてくれているけれど、彼女が思っているほど、凪は優しくないから。

「じゃあ、かけてええ？」

漲(みなぎ)りがつむぎの中でピクピク跳ねながら、奥処をなぞる。つむぎは悩ましく目を細めて、凪の頬に触れてきた。

「いいよ？」

許可を得て腰に力が入る。それでも全部は挿れないように気を付けながら、腰を打ち付けるスピードを速めた。

「ふ、ん……んん……ぁ、ああっ、おく、きてる……きもちぃ……ああ、そこ……んん～ん」

「つむぎ……つむちゃん……好きやで」

嫌わないでほしいという気持ちで囁く。自分の暴力性が彼女に向いたとしても、それは愛故だから。

凪が昂まった漲りを引き抜くと、ビュルッと勢いよくあふれ出た白い射液が、つむぎの細い腰に飛び散った。

身体が一気に満足して、ぴとっとつむぎの背中に抱き付くと、彼女が「はぁ……」と悩ましいため息を吐いた。

ドッドッドッドッと、鼓動が速く、力強く鳴り響く。それはつむぎの背中からも伝わってきて、どっちの鼓動かわからない。それが、自分たちは同じ気持ちでいるんだと思わせてくれる。

「つむちゃん、身体洗ったらベッドでもいちゃいちゃしよ？」

抱き付いた身体を左右に揺らしながら甘えると、振り返ったつむぎが頬にキスして、「凪くんのえっち」と笑った。

◆　◇　◆

凪とラブラブなクリスマスを過ごした数日後。街中からクリスマスイルミネーションが撤去され、お正月仕様へとすっかり様変わりした頃、つむぎの病院で変化があった。

「こちらは入院病棟です。無関係な方の立ち入りはご遠慮ください」

「見舞いや見舞いー！　見舞いに来たんや、なんか文句あっか！　ああん⁉」

「どなたのお見舞いですか。面会カードを見せてください」

「そんなモンないわ！　どうでもええやろ！」

「そういうわけにはいきません！　お見舞いの方は、一階病棟案内で面会カードの手続きが必要になっています！　警備員を呼びますよ！」

看護師総出で押し問答する。

相手は人数こそひとりふたりでそう多くはないものの、どう見てもチンピラ。口ではやんや言うものの、手を上げたり職員の身体に触れたりはしない。それがどこか手慣れた感じだ。

つむぎは入院病棟勤務なので、外来のことは話に聞くだけなのだが、どうもそちらにも行儀の悪い患者が出入りするようになったらしい。

医師や看護師、受付スタッフへの謂(いわ)れのないクレームが激増したらしい。が、なまじ警備員だけで対応できているので、警察を呼ぶまでには至っていないのがいけない。

（警察呼んだらいいのに……もう、うちが電話したくなるなぁ……）

とは思うものの、つむぎもこの病院という組織の中で、極端に浮いた行動は取りたくない。

それに、こういった輩が、突然ゴキブリのように湧いてきたことに驚きはなかった。人種といい、タイミングといい、汪仁会のお嬢さんの差し金と考えるのが妥当だろう。

しかし、彼女が言っていたように、『この病院にはヤクザの女をやってる看護師がいる』と言いふらす連中はいないようだった。

（まぁ、それを下っ端が言ったが最後、凪くんが黙っちゃいないもんねぇ）

どうせあのチンピラどもは汪仁会の若い連中なんだろう。つまりは、凪が怖いのだ。凪が出てこない程度に、病院にいやがらせをしているとも言える。

つむぎに直接の害はないが、〝こういうことをされる心当たりがあるんだろう？〟とプレッシャーを与えることで、つむぎの神経をすり減らすのが目的なのは明らかだ。あわよくば、つむぎのほうから凪に別れを切り出せばいいとでも思っているのだろう。あのお嬢さんの考えそうなことだ。

（……舐めた真似してくれるじゃないの……）

もちろん、つむぎも馬鹿じゃない。

「なんか最近病院に変な人増えたんだよねぇ。患者さんじゃなくて、明らかにチンピラっぽいの」

そう、凪に愚痴をこぼす。そうした翌日は、病院へのチンピラの来襲が必ずなくなる。そして更に翌日、またチラホラやってくるのだ。

凪がやめさせ、お嬢さんが再び突撃の命令を出す、その繰り返しなんだろう。凪とお嬢さんの力関係が汪仁会の中で拮抗しているのかもしれない。だから、連中らはどちらの命令も無視できず、なんとも中途半端なことになっているのだ。

あのチンピラ連中は凪を怒らせたくない。つむぎとしてはそれがわかっているので、恐怖心というのはない。そんなことでビクつくタマではないが、病院に迷惑をかけているのは事実なので、そこに対しての申し訳なさはある。

というか、イライラするのだ。ただでさえ忙しい病院なのに、チンピラが来るたびに業務が滞ってしょうがない。ここをどこだと思っている⁉　病院だぞ⁉

（そろそろお灸を据えてやらないと駄目ね……）

日勤を終えたつむぎが、凪との待ち合わせ場所である駅のロータリーに向かって歩いていると、手の中でスマートフォンが鳴った。

（凪くん？）

ついさっき、そっちに行くと連絡したばかりだから、その返事だろうか？　画面を見ると、予想とは違う相手からのメッセージだった。

『つむぎお嬢さん、お元気ですか？　お勤めになっている病院に、最近、暴力団関係者が出ていると小耳に挟んで心配しております。皆様気を揉んでいらっしゃいますので、私が近々様子を見に行くつもりです』

丁寧な文章の中に見える生真面目さに思わず苦い顔をする。

「まったく……なんで知ってるのよ……」

つむぎは小さく独りごちると、短いメッセージを送った。

「わざわざ来なくて大丈夫です」

そして既読が付いたのを確認すると、サッと相手をブロックした。

大晦日前日の駅はなかなかの混み具合だ。店頭はしめ縄や門松で飾られ、ＢＧＭはお馴染みのお正月ソング。明日から臨時ダイヤになるというお知らせが、至るところに貼ってある。キャリーケースを引きながら足早に歩いていく人たちに紛れて、つむぎはロータリーへ向かった。

「お待たせ、凪くんっ！　あ、電話中……」

声のボリュームを落として助手席に乗ると、凪が舌打ちして電話を切った。凪がつむぎに舌打ちなどするはずもないから、電話の相手にだろう。ため息まで吐いて、眉間に皺も寄っている。どうやらよくない電話だったらしい。つむぎがバイブを持っていたときより不機嫌だ。

「どうしたの？」

「……厄介事」

「厄介事？　どういう？」

つむぎが尋ねると、凪はサッと目を逸らした。聞けば結構いろいろ話してくれる彼だ。もちろん、組の機密事項は教えてくれないが、大抵のことは話してくれる。話せないことでも「これは言ったらあかんねん」と断ってくれる。

言いたくなさそうだということは、〝言える話〟だけど〝言いたくない〟ということなんだろう。長年の付き合いだ。それぐらいわかる。

「凪くん？」

名前を呼ぶと、彼は重たい口を開いた。

「前に話した汪仁会のお嬢さん、覚えとるか？」

病院の駐車場でも見たし、現在進行形で病院にいやがらせをしてくれているであろう相手だ。忘れるわけもない。

つむぎが頷くと、凪は目つきを鋭くし、ハンドルに置いた手をぎゅっと握り締めた。

「そのお嬢さんが……俺のこと、やたら気に入ったらしくて、実力行使に出やがった」

「実力行使？」

いやな予感がしながらも、聞かなくてはならない。彼女が凪になにをしたと言うのか。

「当代通してうちに縁談持ってきやがった！」

「…………」

「ああークソが！　俺は何度も断ってんやぞ、あの女……！」

凪が低い声で唸りながら、ダンッとハンドルを拳で叩く。

つむぎを怖がらせないように控えめではあったものの、握り込めた彼の拳は、爪が食い込み色をなくしている。そんな凪の手にそっと触れながら、つむぎは口を開いた。

「電話おじさんからだったんでしょ？　実家に帰ってこいって言われた？」

「……ああ。あの馬鹿女、今うちに来とるらしい」

ゆっくり彼の拳をほどく。こんなに怒りながらでも、つむぎには返事をしてくれる彼が愛おしい。

つむぎは彼の手を軽く上下に振って明るく言った。

「いいよ、今から凪くん家行こうよ。おじさんとも話したいし」

「行くって……おまえも来るんか？」

驚いたように凪が言うから、つむぎは長い黒髪を掻き上げた。

「行くよ。その泥棒猫の顔を見てやらなきゃね。うちの男に手を出したらどうなるか、思い知らせてやらないと」

ただでさえ最近イライラしていたのだ。原因は本から断つに限る。どうしてやろうか。煮てやろうか、焼いてやろうか。後悔させないと気がすまない。

「お、おう？」

つむぎの笑顔を見た凪が、ビクリと肩を震わすのがおかしい。

「可愛いつむちゃんを前にビクビクするなんてちょっと失礼だぞ」と言わんばかりに、彼の頬を指で突いてやる。が、凪の瞳に映ったつむぎは、真っ黒な笑みを浮かべていた。

◆　◇　◆

（つむぎ、なに考えてんやろ……）

腹に一物ありそうな顔で笑うつむぎを見て、久しぶりにドキリとする。

つむぎが悪戯っぽく目を細めて笑うのが好きだ。なにか企んでいるとき、彼女は含みを持たせた顔で笑う。普段はふわふわしていて可愛らしいのに、時々、非常に好戦的な表情を見せてくるのだ。言うなれば小悪魔。

考えは読めないが、無策ではない予感がした。まぁ、つむぎが無策だろうとなんだろうと構わない。もう腹は括った。自分の意思を無視したこの縁談をぶっ潰す！

そうして車で向かった先は、凪の実家だ。黒い大理石の床に埋め込まれた照明が、四角四角した邸宅の外観を照らす。一億以上かけたモダンな邸宅は三階建て。監視カメラが物々しいが、ここで生まれ育った凪には違和感がよくわからない。

「親父に俺が戻ったって伝えろ。女連れてきたって」

ガレージまで出迎えに来た黒服の若いのにひと声かける。忠犬の忠犬がパッと走っていくのを見送って、凪は助手席のドアを恭しく開けた。

「ひっさしぶりやんなぁ、うち来んの」

「ほんと、懐かしい！　ふふっ、相変わらずおっきいお家」

コロコロと笑いながらつむぎが車から降りる。

つむぎも久しぶりだが、凪も実家の敷居を跨ぐのは半月ぶりだ。前回帰ったのは、事始めの準備のときだった。

黒い壁とは対照的な明るい木目調の玄関ドアを開けてつむぎを先に中に入れる。

先にあった女物のブーツについては華麗に無視して、玄関ホールに飾られた抽象画が昔と違うと笑う彼女に、去年変えたんやと説明しながら、応接室へと案内した。

黒が基調になっているのは玄関だけで、中は白とウッド調だ。玄関の突き当たりは一面ガラス張りになっていて、凪の親父が凝りに凝った庭がこの家を訪れた全員に見えるようになっている。七〇〇坪を超える広大な敷地の半分は、ウッドデッキを兼ね備えた和モダンの中庭。パターゴルフもできる一面芝生もある凝りようだ。

「親父、俺や。入るで」

ひと声かけて、玄関横にある引き戸を開ける。欄間障子と間接照明が印象的な応接室だ。三人掛けのグレーのソファが一枚板を使ったテーブルを挟んで二台置かれている。

上座でソファの背もたれに身体を預け、脚を組んでふてぶてしく座っているのは汪仁会当代の娘、武藤雛。他人の家に来てよくまぁそんなに偉そうに座れるものだと感心してしまう。短いスカートから見たくもない汚パンツが見えそうだ。この女に慎みというものはないのか。対して下座にいるのは凪の親父だ。

「よう、つむちゃん。久しいな。……今日はどないしたんや？」

最初に口を開いたのは、つむぎに会うのが入院以来の親父だった。

声が硬い。口元は笑っているが、急に来たつむぎをどう扱ったものかと考えあぐねているのは明らかだった。なにせ、この場にはヤクザしかいない。つむぎが来たのが雛のいないときだったなら——いや、雛との縁談が申し込まれる前だったなら——この親父は猫撫で声の大喜びで彼女を歓迎しただろうに。

自分が歓迎されていないことをわかりながら、つむぎが深々と頭を下げる。

「突然お伺いして申し訳ありません。今、凪くんとお付き合いさせてもらっています。それでおじさんにご挨拶したくって。……あと、そちらの方にも」

つむぎの視線がチラッと雛に向かう。

「は。なにこのチビ」

「!?」

雛から出たひと言に反応したのは、言われたつむぎではなく凪のほうだった。

(チビ言うたかこのブス！　ちんまいのがええんやろうがい！　わからんのか！)

超絶ミニマム小動物女が好みの凪である。つむぎは性癖ど真ん中……というか、つむぎのせいでこの性癖になった凪としては、つむぎの容姿を揶揄されるのは腹立たしくてたまらない。

「お嬢さん。前もお断りさせてもらった通り、俺はお嬢さんとどうこうなるつもりはありません。なんやお話をいただいとるみたいですが、俺はこの女に操立てとんのです。だから——」

「でもカタギの女でしょ？　パパも言ってたじゃない、カタギの女は駄目だって。どうせ続かないって」

「カタギだろうが、カタギじゃなかろうが、俺はもう昔っからこの女って決めとんのです。こいつとは昨日今日の付き合いやないんですわ」

子供の頃からの筋金入りの気持ちだ。こんなぽっと出の女にあれこれ言われる筋合いはない。

凪は眉間に皺を寄せ、聞き分けのない子供に言い聞かせる母親のように、何度も言葉を換える。

「お嬢さん、俺はね。これでも当代に尽くしてきたつもりですよ。上納金も一等やし、当代の保釈金が足らんって話になったら、喜んで出さしてもらった。その俺を気に入ってもらったのはありがたい。でもだからって、俺の生き方まで指図される謂れはない。わかってくれませんか……」

これ以上ないくらい優しく丁寧に話す。だが、逆にそれが気に入らなかったのか、雛は勢いよく立ち上がるとズケズケと凪の前まで歩いてきた。そしていきなり凪のネクタイをガッと引っ張ったのだ。

「凪、あんた、誰に向かって言ってんの？」

「あなたに言ってるに決まってるじゃないですか。他に誰がいるってのよ」

雛に毅然と言い返したのは凪の隣にいたつむぎだ。彼女は凪のネクタイを引っ掴む雛の手首を押さえると、下から睨み付けた。

「離してもらえます？　この人うちのなんで」

「ああ？」

男もびっくりの攻撃的な雛の唸り声に、凪は思わずつむぎを自分の背に隠した。でも、つむぎもつむぎで煽るのをやめない。

「やだぁ～、この人超怖ぁい」

「黙れチビ！」

雛はキッと目を吊り上げると、ネクタイを握り締めた拳で凪の胸をダンッと叩いてきた。

女の力で殴られたところで痛くもないが、まかり間違ってこの女の拳がつむぎに当たったら、性差関係なくぶっ飛ばす自信がある。それに、こんなに可愛いつむぎをまたチビと言ったのが許せない。

「あんなぁ、おまえ――」

「ええ加減にせぇや」そう言おうとした凪の声に被せてきたのは、背後のつむぎだった。

「うちがいなくったって、あんたは凪くんに選ばれないわよ」

反射的に背後を見ると、煽り目線でつむぎが嗤っていた。

「凪くんはね、うちみたいなチビが好きなんですよ。あんたはデカすぎ。だから無理」

（ああ、それ気付いとったんか……）

自分の性癖がつむぎにバレていたのがどうにも恥ずかしい。でもこの好みは、そもそもつむぎのせいだというのをあとで弁解しておかないと。そんなことを考えていると、凪の後ろからつむぎが出てきた。

「さっきから聞いてりゃ、えらいうちのこと馬鹿にしてくれてるけど、あんたこそ何様？　見下してんじゃないよ！」

初めて聞くつむぎのドスの利いた声に思わず目を剥く。

雛も男顔負けの声を出すが、つむぎも負けちゃいない。今までの可愛いつむぎのイメージをぶっ飛ばす声に、「つ、つむちゃん？」と、思わず声をかけたが、完全にスルーされた。

確かに、昔から好戦的なところがあるつむぎだが、人に怒鳴るようなタイプではなかったはずなのだが……

雛が顔を真っ赤にして、怒りに奥歯を軋ませている。その長い爪で、いつつむぎを引っ掻くかとヒヤヒヤした。

「ハッ、凪の後ろに隠れてるだけのカタギが言うじゃないの……あんた今、汪仁会を敵に回したよ」

「お嬢、ちょっと待ち――」

今までソファに座って静観していた凪の親父が慌てて腰を浮かせ、雛を止めようとする。カタギの一般人相手に組の名前を持ち出すなんて汪仁会の恥もいいところだ。が、雛は止まらない。

「覚えてなよクソチビ。絶対後悔させてやる！　病院にもいられなくしてやるから！」

ここまで言われてもつむぎは怯まなかった。

「男ひとり思い通りにできなくて、逆ギレ？　悪あがきする女は見苦しくってしょうがないね。あげく〝あたしには暴力団が付いてるのよ～〟って？　そうやって男を思い通りにしようとして失敗したばっかだろうに学習能力はないわけ？　頭の栄養が全部身体にいってんじゃないの？」

雛に近付きすぎないよう凪が手で制するが、つむぎが煽る煽る……売られた喧嘩は買うという勢いだ。もしかすると、最近病院にチンピラが湧いていたのが雛の差し金だと気付いているのかもしれない。

転校してきたその日に、クラスの女のリーダー格をふっ飛ばしたのを思い出す。相手が誰であれ、一歩も引かないのがつむぎだ。それは今も健在で、暴力団相手にも怯まない。

凪はそこに惚れたのだ。それに、つむぎが自分のために喧嘩上等で応戦してくれてるのを目の当たりにすると、正直、興奮する。彼女の愛情と独占欲を感じて、胸の奥から沸々と滾ってくるのだ。

ただでさえ大きかったはずのつむぎへの想いが、更に膨らんで、火傷しそうなほど熱くなって身体中に広がっていく。

「それと、病院を人質に考えてるみたいだけど、うちは病院辞めることに抵抗ないから。うちは凪くんさえいればいいの。他の人質でも考えたら？」

凪は思わずぶるりと武者震いした。

（……最高やろ、こいつ……）

——凪の興奮を余所に、つむぎは「フッ」と不敵に笑った。

「他の人質って言っても、あんたはうちがどういう人間か調べもしないで、汪仁会の名前で喧嘩売ったわけよ。わかってんの？　先に吹っかけたのはあんただからね。後悔したって遅いよ」

「凪が入れ込んでるからって調子乗ってんじゃねぇよ！　クソチビがぁ！」

「まったく……チビ以外に言うことないわけ？　凪くんは関係ないよ。あんたが汪仁会の名前出してうちに喧嘩売った時点で、もうこれは、うちとあんたの問題なんよ」

凄む雛に、つむぎは「やっちゃったねぇ」と言い放つと、とびきりの可愛い笑顔でにっこりと微笑んだ。

「そういやまだ自己紹介してなかったね。うちは黒田つむぎ。いっこ予言したげる。あんたは一週間以内にうちに土下座しに来る。そんときは汪仁会の当代も連れてきなね？」

「はぁ!?　あんた、マジで——」

口で負けた雛が、実力行使とばかりにつむぎに殴りかかってくる。凪は咄嗟に身を反転させ、つむぎを庇った。が、雛の拳は一向に届かない。つむぎを抱き締めたまま肩越しに振り返ると——

「お嬢ストップ！」

雛の拳を止めたのは凪の親父だった。親父は雛の拳を掴み、力で捻じ伏せるように下ろさせてから、凪に目を向けた。その表情がなぜか強張っている。

「く、黒田……？　黒田って……もしかして、あの……？」

（え？　あのも、なにも、つむぎの今の苗字やン？）

意味深に目配せしてくる親父がなにを言いたいのかわからない。凪はきょとんして瞬きした。

黒田は再会した日に教えてもらったつむぎの新しい苗字だ。凪としては、前の苗字の印象のほうが強いけれど。

正直、白川だろうと黒田だろうと構わない。自分と結婚すれば、つむぎは〝椎塚つむぎ〟になるのだから。苗字なんて些細なことだ。

凪がなにも言わないでいると、親父の視線は凪に護られているつむぎに向かった。

「うち、そんな大事にするつもりじゃなかったんですけど……ごめんなさい」

親父と目が合ったつむぎは、そんな殊勝なことを言って軽く会釈しているが、顔はちっとも悪いと思っていない。

そこが可愛い。つむぎはなんにも悪くない。喧嘩を売ってきた雛が一〇〇〇％悪い。謝るのはあの女のほうだ。

「おまえがそんなん言う必要ないで？」

凪が雛と距離を取らせながら言うと、つむぎは「えへへ」と笑って凪の腕にじゃれ付いてきた。

「……お嬢さん、帰ってください」

徐に口を開いた親父を見る。なんだか顔色が悪い。でも、〝帰れ〟と言った相手がつむぎではなく、雛であることのほうが重要だった。

つまりそれは、親父がつむぎの肩を持ったということに他ならない。汪仁会直参の椎塚組組長が、本家の娘に背を向けたのだ。普段は当代にペコペコしている親父が。

縁談の話があってもなくても、凪の親父――椎塚組組長としては、なんとしても本家の娘を庇わねばならない。黒いカラスも当代が白と言えば白になる。

当代が「娘を頼む」と言ったのだから、親父はその言葉通り、雛の面倒を見て、雛の味方でなくてはならない。それが当代を親として盃をもらった親父の役目だ。なのに、親父が真逆の行動を取ったものだから、雛は怒り心頭で噛み付いてきた。

「なんで！　あたしがこんなコケにされて――」

「帰れってんだろ‼　わかんねぇのか！」

「～～～～っ！」

それは凪も驚くほどの怒鳴り声で、雛は真っ赤な顔を更に赤くして、両手を戦慄かせた。

この場で親父が雛に付かなかった以上、彼女はひとりだ。四面楚歌のこの状況が不利だということくらい、よっぽどの馬鹿でない限りはわかるはずだ。

彼女は引き戸を外れる勢いで乱暴に閉めると、足音高く応接室を出ていった。

雛の気配が消えて、つむぎの頬を撫でていた凪は徐(おもむろ)に口を開いた。

「親父、俺はつむぎと別れん。つむぎに根性あんのはこれでわかったやろ。俺はこいつの根性に惚れたんや。つむぎはカタギの女やけど、極道の女にも引けはとらん。形(なり)はちんまいけど、中身はでっかい女やで」

「つはぁ……カタギって……おまえなぁ……ちょっと待てよ……どこまで考えてんのや、こんなやべぇのを……」

難しい顔で言い淀(よど)む親父に向き直る。

親父は眉間に深く皺(しわ)を刻み、何度も自分の顔を撫で回しながら「はぁ……どないなっとんねん」とため息を吐いていた。

(親父もつむぎのよさはわかってくれとうはずや。せやからあの馬鹿女を追い出したんやろし)

その確信が凪にはあった。ただ組のしがらみが親父の動きを鈍くしているだけ。板挟みにして悪いとは思っているが、自分の一生が懸かっている。なにより、つむぎを手放したくない。

これ以上なにか言われる前にと、凪は最終手段を繰り出した。

「あんまどうこう言うねんやったら、俺は組を抜ける！　カタギがなんや！　つむぎとは別れん！　組の代わりはあってもつむぎの代わりはおらんからな！」

「……マジかおまえ……」

目を見開き、驚きで顎(あご)を外したように口をぽかーんと開けた親父の間抜け面(づら)に、凪は「マジや！」と叫んだ。

◆　◇　◆

「はぁ……はぁ、はぁ……つむ……つむぎ……つむぎ……」

あれからつむぎのマンションに帰ってきた凪とつむぎは、キスしながらお互いの服を脱がせ、絡まるようにしてバスルームに雪崩れ込んでいた。

シャワーを浴びながら、つむぎの唇を貪り、小さな身体を撫で回す。乳首をコシコシと軽く触ってやると、ピンク色のそれがぷっくりと勃ち上がった。

「凪くん、組、抜けるのん？」

全身を濡らしたつむぎが眉を下げる。

凪はつむぎの身体を抱き上げ、壁に押し付けた。つむぎが頬を撫でてくる。

彼女の両脚は床から離れ、身体は完全に浮き上がっているわけだが——初めての行為でも不安がることなくつむぎは凪に身体を預けてくれる。自分に絶対の信頼を寄せてくれる女の蜜口に、収まりの付かない漲りを押し充て、そのまま問答無用で腰を進めた。まだ指でも口でも愛撫してやっていない中は狭い。でも濡れている。あったかい。いや、熱いくらいだ。うねりながら纏わり付いてくる襞に歓迎され、可愛い大きさの乳房を舐め回す。乳首を軽く噛みながら、みちみちと中を広げて侵入すると、つむぎが「んっ」と小さく感じた声を上げた。

つむぎのあそこが漲りを半分ほど咥えたところで腰を前後させ、肉襞に馴染ませながら、その締まりを堪能する。

「おまえがそうしてほしいならそうするで」

凪の言葉に反応したのか、ぎゅぅうっと隘路が締まって思わず声が漏れる。あまりにも気持ちよくて、腰が勝手に動いた。

脚を開かせた状態でつむぎの身体を抱き上げ、下から突き上げながら彼女の中へ深く入る。壁に押し付けた状態で腰を遣って腹の裏を雁で抉ってやると、つむぎが「あうっ」と雌声で喘ぐ。つむぎの顎を掴んで顔を上げさせると、凪は目を見ながら彼女の感じる処を念入りに抉った。

「でもな、俺ァ、ヤクザ辞めても、男辞めるつもりはないで。おまえだけは絶対離さへん。おまえは俺ンのや……」

しっかり腰を叩き付け、自身が誰の女なのかを刻み付けるように犯しながら口内に舌を捻じ込む。つむぎのうっとりした顔を見ていると、男が潜在的に持っている暴力的な支配欲が顔を出す。

「わかっとうやろ？」

実家でやらかした大立ち回りの結果がどうなろうと構わない。つむぎの取った行動が愛おしい。彼女も自分と離れたくないと思ってくれていることが、凪はなにより嬉しかった。

つむぎが欲しい。欲しくて、欲しくて、欲しくて、欲しくて——離したくない。

漲りをあそこで扱き、唾液を飲ませ、セックスに絶対的な服従を強いる中で、凪は突然、漲りを引き抜いた。

「んぁんっ！」

愛液でぬらついた漲(みなぎ)りを何度も滑らせ、蕾(つぼみ)を刺激してやる。

「好きやで、つむぎ」

「あん、んぅ凪くん……凪くん――ひぃ！」

名前を呼ぶつむぎを一気に貫き、ずこずこと奥まで穿(うが)つ。つむぎの白い肌が赤く火照(ほて)っていく。

クリスマスに贈ったネックレスが水に濡れて、キラキラしている。胸の膨らみにそって水滴が流れるのを目の端に入れながら、ぱちゅんぱちゅんと水を跳ねさせ肉を打った。つむぎの中にいるだけで、脳の一部が痺(しび)れるほどに気持ちよくて、癖になるのだ。いや、もう癖になってるんだろう。この快感は、相手がつむぎでなくちゃ得られない。彼女の代わりなんかいない。

この唯一の女を自分のものにして、雁字搦(がんじがら)めにして、支配して――誰にも渡したくない。

そのくせ、相手が自分から凪の元に残ってくれるように、優しくもする。

欲望と狡(ずる)さを兼ね備えているから、男ってものはたちが悪い。

(狡(ずる)いな、俺は)

わかっているから、凪はまた漲(みなぎ)りを引き抜いた。

「ああ……や、んっ」

愛液まみれの漲(みなぎ)りの先を蕾(つぼみ)に擦り付け、入りそうで入らないギリギリを楽しむ。つむぎの腰が揺れて、怨みがましい目で見つめられた。その目にゾクゾクする。

「いじわるいやぁ……抜かないで……んーんー……凪くん……おねがい……」

優越感の正体が、彼女に求められたいという渇望(かつぼう)にあるのだとわかりながら、そうするしか方法を知らない。

　凪は興奮しながら再びつむぎの中に入った。

「ああ……いい……ぅん……ん……いく、ああ……」

　角度を変えて子宮口をぐりぐりと擦ってやると、つむぎが身を震わせながら仰け反る。後ろが壁だからそう身動きは取れないが、そこがまたいい。抱えた脚を開かせ、親指で蕾を撫でてやる。

「きもちぃ、それきもちぃ……すき……ん、んぁ……はぁはぁはぁ……んん……きもちぃ……」

「奥ガン突きしてええか？」

「んぅ～だめ……こわれちゃう……」

　中に入らなかった漲りの根元を軽く扱かれて、舌舐めずりする。

（ああ……もう、かわええ……たまらん。ぶっ壊したろかほんま……）

　そう思う傍らで、ただでさえ体格差があるんだからと躊躇する自分もいる。

　更には、たったひとりしかいないつむぎを、大事にしなければと思う一方で、犯しまくって再起不能になるくらいに壊して、ベッドで飼ってやりたくなる狂暴な自分もいた。

　ただ、いつでも思うのは、もっとつむぎの奥に入りたい。全部奥まで挿れたい。彼女を自分の女にしたい。――そして、愛されたい。

　もっと愛されるにはどうしたらいい？

「じゃあ、手ぇ、俺の首に回してみ？　抱っこしたるから。怖ないで？」

「え～？」

そう言いながらもつむぎは、言われた通りに首に両手を巻き付けてくるから可愛い。それが信頼の証しなんだろう。

つむぎは軽いから片手でも抱けるけれど、不安にさせたくなくて壁と自身の身体で挟みつつ、全部挿れないように気を付けながらねっとりと腰を遣った。

首の左側面——刺青の処にチュッと口付けられてゾクゾクする。頬ずりすると、蜜口から奥までぎゅぅうっと締め付けられた。

「これぐらいが気持ちええか?」

「うん……きもちぃ……」

身体に負担をかけないよう、ゆっくりゆっくり出し挿れして、互いの身体が繋がっていることを確かめる。

「凪くん……」

ふと、つむぎがコツンと額を合わせてくる。シャワーが降り注ぐ中、お互いに見つめ合う。つむぎの瞳の中の自分は、自分でも恥ずかしくなるくらい優しい表情をしていた。それを見ると、この女にめちゃくちゃするなんてできないと思うのだ。

ずっと優しくしていたら、もっと愛してくれるだろうか。たまに意地悪をしたくなる性分だけど、その分優しくするから側にいてほしい。

「うち、凪くんがいい……凪くんがうちから逃げようとしたって、逃がさないよ? ホントだよ? いいの?」

「なんやとぉ？」

冗談めいた口調で言うつむぎに、思わず笑ってしまう。それはこっちの台詞だ。つむぎが逃げようとしたら……それこそ自分がどういう行動を取るかわからない。だからどうか逃げようなんて考えないでほしい。これ以上ないくらい優しくするから。

（おまえにだけ、優しくすっからさぁ……）

「俺がおまえから逃げるわけねーだろ。俺ァ、おまえさえおってくれたら他はどうでもええ……」

今のままじゃつむぎと一緒になれないなら、カタギにでもなんでもなってやる。つむぎより大事なものなんてひとつもない。ヤクザでなくても、自分ならなんでもやれる自信がある。

凪はつむぎの濡れた頬に触れた。

「つむぎ。俺と一緒になってくれるか？」

いつかした告白の返事を聞かせてほしい。彼女の返事はもうわかっているけれど。それでも聞かせてほしいのは、自分を選んでほしいから。これ以上ない愛おしい存在に選ばれたい。

「うん」

微笑んだつむぎがきゅっと抱き付きながら、唇にキスしてくれる。優しいキスだ。触れるだけで脈がおかしくなる。

欲しかった返事に胸が逸るのと同時に、つむぎの中で漲りがますます滾った。

自然と腰が動いて、奥に奥にと入りたがるのは男の性だ。返事をもらった興奮で、自分で自分が止められそうにない。

「絶対、幸せにしたる！」

そう断言すると、凪はつむぎの唇にかぶりついた。

まずは女の歓(よろこ)びを与えたい。たくさん感じさせて、啼(な)かせて、愛してやりたい。

凪は興奮したまま、つむぎを抱き締めガツガツと腰を遣った。

念入りに肉襞を抉(えぐ)りながら、つむぎの中を堪能する。

強めに穿(うが)って引き抜くと、ぬるぬるの媚肉が吸盤のように吸い付いてきて離れない。裏筋の好(い)い処(ところ)に充てるようにしてゴシゴシと擦ると、つむぎも気持ちいいのか一段とうねりが増した。

「つむぎ、つむぎ。つむぎ……おまえが好きや……いっちゃん好きや……絶対に離さへん……！」

「凪くん……凪くん……すきっ……んん～はぁあんっ！」

可愛いつむぎが快感に堕ちて、恍惚(こうこつ)の表情で見つめてくる。自分に抱かれ、身体を貫かれ、めちゃくちゃにされているのに、こんなに蕩(とろ)けた表情を見せてくれるのか。愛しくってたまらない。

「つむぎ……つむぎ……」

凪はぐったりとしたつむぎの唇をねぶりながら、また腰を振っていた。

4

コーンと鹿威し(ししおど)の音が定期的に響く日本庭園を横に、凪はスーツ姿で畳に正座していた。両膝に拳(こぶし)を置き、微動だにせず正面を見つめているものの……内心はひどく落ち着かない。真冬だというのに、凪は背中の汗が止まらないのだ。

真横では、汪仁会当代の武藤隆盛が娘の雛と共に畳に頭を擦り付けて土下座している。表情は見えないが、死にそうな顔をしていることは間違いないだろう。もう雰囲気がお通夜(つや)だ。

彼らが頭を下げている相手こそ、指定暴力団黒田會(くろだかい)の総裁、黒田朋親(ともちか)。ヤクザの世界に身を置いて、この名を知らない奴はモグリだ。黒田朋親こそ、正真正銘国内ヤクザのトップ。そして黒田會の二番手——会長は、総裁である朋親の実弟が務めている。この黒田兄弟は、もう半世紀近く向かうところ敵なしを貫いていた。

黒田會自体は、幕末以前の任侠(にんきょう)がルーツの老舗(しにせ)関東極道だ。歴史は一度途絶えたが、大正時代には港湾荷役や芸能興行を主要な稼業としていた実業組織として復活。それが次第にヤクザ組織の性格を帯びるようになった博徒系組織で、構成員は全国に広がっている。

特に当代の朋親は〝黒田の天皇〟の異名を持つ業界の有名人で、西も東も関係なく顔が広い上に、気に入らないことがあると代紋違いの親分でも平気で呼びつける。噂では、政界とも繋がっているんだとか……

　黒田會に比べれば、汪仁会は下の下。組の規模も、歴史も、全国暴力団ランキングも比較にならない。汪仁会なんて関西一府二県で細々とやっているだけの木端組織だ。その汪仁会の下についている椎塚組なんて、きっと朋親に認知すらされていないレベルだろう。

（なんでこないなことになってんや……）

　普通に生きていれば絶対にお目にかかれない人物を前に、恐怖を超えて畏怖すら感じる。

　伝え聞いたところによると、年は七十五歳。髪は白いが、もみ上げから顎髭、口髭と繋がっていて非常に貫禄がある。白髪から覗く腫れて変形した柔道耳が、この人が完全武闘派であることを知らしめている。

　黒紺の男羽織に同色の正絹の着物を献上柄角帯で纏めた洒落た姿で、いきなりダーンと膝を立てたものだから、着物の裾から脚の刺青がチラ見えして、武藤父娘が更に畳にめり込む勢いで頭を下げた。〝いつか殺すリスト〟入りさせている武藤だが、初めて哀れに思う。甘やかして育てた娘が馬鹿なばっかりに、関東まで来て土下座する羽目になるんだから……

「おじいちゃん、時間取ってくれてありがと」

　場に似合わない明るい第一声を放ったのは他の誰でもない、つむぎだ。彼女はニットカーディガンとチェック柄スカートを合わせている。もちろん首には凪が贈ったネックレス。渋い和室の中で、可愛さ抜群のコーデで浮きまくっている。

（〝おじいちゃん〟……〝おじいちゃん〟って……はぁ……もう……ああ……）

ため息しか出ない。

なんのこたない。つむぎの祖父が、この黒田朋親なのだ。

『うちの家族に会ってほしいの』

そう言うつむぎに頷いたのは大晦日（おおみそか）だった。

正月は勤務に入ったつむぎのスケジュールに合わせ、正月明けの新幹線に乗ったのだが、連れてこられた先はある意味地獄。

でかいと思っていた自分の実家がそのまま入ってしまいそうな屋敷に案内されたとき、凪はつむぎを「つむぎさん」と呼んだ。

文化財に指定されててもおかしくなさそうな年季の入った武家屋敷。重っ苦しい日本瓦が装備された屋敷が、ひとつの敷地に三軒四軒と余裕で建っているんだから、圧倒されるなんてもんじゃない。純日本庭園の風格は、そこへ足を踏み入れることすら躊躇（ためら）われるほど。

カタギの看護師さんだと思い込んでいた小さくて可愛いつむちゃんの正体が、国内最大手の老舗（しにせ）極道一家直系の孫娘と聞かされたときの衝撃は、泡食ったなんてもんじゃなくて、凪を「え？　ホンマに？」を繰り返すただのポンコツに成り下がらせた。

しかもそれを、行きの新幹線の中で言うんだから本気でやめてほしい。

「なんでもっと早よ言ってくれんかったんや～」と凪が半泣きになったのは、当然の反応だと思う。

なんでもつむぎ自身、子供の頃は自分が黒田朋親の孫だとは知らなかったんだそうだ。

というのも、つむぎの両親が駆け落ちした原因は朋親の反対にあったから。なのでつむぎの父親が存命の間は黒田――つまり、母方の実家とは交流がなかったらしい。

ところがつむぎの父親の病死で、母親が実家に身を寄せることになった。そこで初めて、つむぎは祖父に会い、母親が黒田朋親のひとり娘であること、そして自身が唯一の孫娘であることを知ったらしい。

こんな状況になった要因のひとつは、昔から知っているからと、つむぎの身辺調査を凪がしなかったからだ。凪どころか凪の親父も、再会したつむぎを調べやしなかった。

子供の頃から家に出入りしていた同級生の女の子を、調べようなんて思わないのは当たり前だろう。苗字が変わった？　そんなのよくある話じゃないか。凪も凪の親父も、つむぎの両親を知っていたのだから。

色白で細身のどこにでもいるサラリーマンの父親と、良家のお嬢様のような小柄でふわふわした母親。そしてちんまいつむぎ。

学校行事で、近所で、とたびたび会ってきたあの家族のどこを極道と結びつけろと言うのか。むしろ、自分のようなヤクザ者と対極の位置にいる一家だと思っていた。それなのに――

「いいんだよ。つむちゃん。物事のけじめはちゃんと付けないかんからな。組の名前出してつむちゃんに喧嘩吹っかけるなんてな、女の喧嘩にしちゃあ穏やかやないわな。そんなんおじいちゃん黙っちゃいられんわ。――で？　うちの孫相手に暴言吐いたっつーアバズレはこいつか。なんだ、アレか。おめぇんとこの娘は、自殺志願者かなんかか？　海沈むか？　ああ？」

たぶん、朋親は普通に話しているんだろう。だが、酒焼けしたダミ声は重低音となって腹にどっしりと響く。しかも、身体の前に持ってきた肘置きにもたれながら、葉巻をプカプカやるんだから、威圧感が違う。

生まれも育ちも関西の凪は、おっさんどもの関西訛りの暴言を浴びて育ったようなもんで、ちょっとやそっとで怖じ気づくタマじゃないつもりだが、知らぬ間に生唾を呑んでいた。

圧がすごい。これが国内ヤクザのトップ。ヤクザというより、極道のほうが言い得て妙だ。

（つむぎの親父さん、ようこの爺さんから娘攫って逃げたな……尊敬するわ……）

ひょろっとして柔和に笑っていたつむぎの亡き父に思いを馳せる。あの人は間違いなく一般人だった。それなのに、極道のひとり娘を攫って逃げたのだ。しかも子供まで産ませて。とんでもない行動力じゃないか？　肝が据わってるなんてもんじゃない。捕まれば最後、山コースか海コースだっただろうに。あの世まで逃げおおせたんだから。

「違う違う、その女ただのバカなんだと思うから手加減したって。おじいちゃん」

つむぎはいつものようにケラケラと笑っているが、威圧する朋親との温度差で風邪ひきそうだ。

凪の愛するつむちゃんは、汪仁会の武藤父娘を凪に内緒で呼びつけて、自分が着くまで土下座させていたというんだから怖い。

つむぎと雛のキャットファイトのとき、親父が雛を止めた理由を、凪はやっとのこと呑み込めた。

〝黒田〟の苗字を聞いたとき、親父はつむぎが黒田會の血縁だと気付いたんだろう。

凪はまったく気付かなかった。つむぎの気が強いのは昔からだし、彼女が自分と別れないために喧嘩してくれているのが嬉しかったから。まさか、彼女の正体が国内最大手の老舗極道一家直系の孫娘だなんて思いもしなかった。

『あんまどうこう言うねんやったら、俺は組を抜ける！　カタギがなんや！　つむぎとは別れん！　組の代わりはあってもつむぎの代わりはおらんからな！』

『……マジかおまえ……』

凪の一世一代の直(じか)談判に、親父の絶句した表情が忘れられない。

あのときの親父が言った「マジか」は、「こいつ、本気でつむちゃんがカタギの女やと思ってんのか？」の「マジか」だったわけだ。

自分が、惚れた女のことに限っては、ここまで盲目(バカ)になれる男だとは……

(親父もなんで言ってくれんのや)

つむぎが黒田朋親の孫娘だと気付いたのなら、もっとちゃんと言ってほしい。

まぁ、コレに関しては、あれから実家に寄り付かず、親父からの電話もメッセージも全部無視していた凪が悪いのだが。今思えば再会したとき、刺青(いれずみ)を見せた凪に対して、『うちのおじいちゃんも入ってるよ。結構立派なやつ』だなんて言ったつむぎの話を、聞き流すんじゃなかった。

「ハイ！　ただの馬鹿です！　こいつは昔からほんま、馬鹿でアホで、こらえ性もなくて！　親の私も手を焼いてまして！」

「………」

「病院にチンピラ使っていやがらせまでしたそうやないか。カタギさんに迷惑かけるったーどういう了見なんだ。ん？　行儀悪いなんてもんじゃねぇな」

「ほんまに、お恥ずかしい限りです！」

「うちの孫は優しいからな。注意で済ましてやれって言うがよ。こいつが男やったら海に沈めて、親のおまえはエンコ詰めさすとこやぞ。女の喧嘩でよかったなぁ」

「ハイ！　お嬢さんにはほんま感謝しとります。ありがとうございます！」

武藤が雛の頭を押さえ付け、平身低頭詫びを入れる。

当の雛は状況が呑み込めていないのか、それとも恐怖で硬直しているのか、なにも言わずに唇を噛み締めている。つむぎの宣言通り、一週間以内にこうして土下座する羽目になったのを、彼女はどう思っているんだろう？

「おめぇンとこは、アレだな……もちっと落ち着いたほうがいいな。抗争も長いことやっとるそうやないか。ん？　みんな仲良うせいとは言わん。言わんが、もちっとどうにかなるんじゃねぇか？違うか？」

「ハイ！　仰る通りです！　私が至らんばっかりに……！」

武藤はひたすらに頭を下げる機械と化している。

地元じゃあんなに偉そうにふんぞり返ってるくせに。余所のトップにはヘコヘコするんだから情けない。まぁ、付いてくる組が五団体しかない極小の八代目汪仁会なんて、黒田會と徹底抗戦したって瞬殺されること間違いなしだから、目を付けられないようにどうにか生き残りを賭けて小さくなっているしかないんだろうが。

（親父に見せたいわ……ほんまにこいつの下に付いとる価値あるんかって）

この情けない姿を見せたら、親父の忠犬根性もどうにかなるのではと思ってしまう。

凪が冷めた目で武藤の頭を見つめていると、朋親のギラついた視線が飛んできた。

「んで？　つむちゃんが気に入った男ってのがこいつか？」

一段と低い声に背中に汗が伝う。けれどもそれを顔には出さず、凪は両手の拳を畳に付けて、頭を下げた。

「お初にお目にかかります。八代目汪仁会直参、椎塚組組長の息子、椎塚凪と申します」

「いい身体しとるやないか。ええ？」

「ね？　凪くん、かっこいいでしょ？」

つむぎの場違いな明るい声に思わず笑ってしまう。

つむぎが黒田會の縁者であっても、凪の気持ちは変わらない。

――つむぎが欲しい。

諦めるなんてできない。なら、彼女の祖父である黒田朋親に、なんとしても気に入ってもらわねばならない。

つむぎの母親はほとんど表に出ないそうだし、父親は病死。関東に引っ越してからこっち、つむぎは朋親に溺愛されて育ったのだと言う。

今までのやり取りを見ても、朋親がつむぎにデレデレなのは明らか……朋親の攻略ならずして、つむぎとの未来はない。

（ほんまにあかんかったら駆け落ちしよ）

もうそれしかない。つむぎの親父にできたんだ。自分にできない道理はない。

つむぎを攫ってヤクザを辞めて、誰も知る人のいない土地で、ふたりで身を寄せ合って暮らすのもいいだろう。司法試験は受かっているから、極道上がりの弁護士にでもなって、つむぎを食わせていくくらいわけない。

腹を括ってしまえばゆとりが生まれる。ゆっくりと頭を上げ、朋親を正面から見据えながら口角を上げた。

「ありがとうございます。お会いできて光栄です」

「ふん」

朋親は葉巻を吸いながら凪をじっくりと品定めしてくる。

「な、凪は頭もいいし人望もあるし機転も利く。お嬢さんが目を付けるのも当然の男です!!」

武藤からの援護を朋親は軽く舌打ちして黙らせると、「ふう」と煙を吐き出した。

「……そいつはコイツとサシで話せばわかることだ」

瞬きひとつしない眼光に射抜かれてゾクゾクする。こいつは武者震いだ。ふたりになった途端、投げ飛ばされることだってあり得るんじゃなかろうか。負ける気はしないが……

「おじいちゃん。凪くんのこと虐めないでね？　うちのいい人なんだから」

「別に虐めないよぉ。つむちゃん。ちょっとお話しするだけだって。だから安心して、おじいちゃんと凪くんをふたりにしてくれないかなぁ？」

「殴ったりしない？　指詰めとかも駄目よ？」

「しないしない、絶対しない」

ダミ声の猫撫で声なんて気味が悪いものを聞いてしまった。たぶんこいつは聞いちゃいけなかった声なんだろうと思いながら、凪は平常心でつむぎに向かって頷いた。

「はぁい」

つむぎが渋々立ち上がるのを見るなり、今が好機とばかりに武藤も腰を浮かせる。

「当代。では私らも失礼します。このたびは、ほんまに申し訳ありませんでした！」

「次あったら女でも容赦せんぞ。命でけじめ付けさすからな。そのアバズレに言い聞かせとけ！」

「ハイ！　それはもう！　重々！　ハイ！」

武藤が後退り（あとずさり）しながら何度も頭を下げて、和室を出ていくつむぎのあとに続いた。

◆　◇　◆

祖父と凪を和室に残して縁側に出たつむぎは、振り返るなりニヤリと笑った。

「ね？　うちの予言、当たったでしょ？」

そう言ってやると、雛の顔が面白いぐらい不細工（ぶさいく）に歪ん（ゆがん）でつむぎを睨ん（にらん）でくる。いい気味だ。凪に手を出そうとした報いを受けさせ、胸がすく。

（凪くんはうちの男だから！　ちょっかいかけるとか絶対許せないし！）

「お嬢さん、このたびはホンマに申し訳ない。こいつも凪に惚れて周りが見えんくなっとったんです。許したってください。この通りです！」

親の武藤が雛の頭を押さえ付け詫びを入れてくる。だが、元凶はこの武藤の強欲であることは凪から聞いている。

「……凪はうちのなんで。それだけ頭に置いてもらって。次あったら、うちもおじいちゃんを止められないかもしれないんで」

今後をどうするかは凪が決めることだが、〝つむぎと一緒になるためなら、組を抜けてもいい〟〝ヤクザを辞めてもいい〟とまで彼は言ってくれた。だったら、もうつむぎも汪仁会なんぞに遠慮するつもりはない。

今回、仕置きをせずに注意だけで済ませたのは、汪仁会に恩を売るためだ。口利きをしたつむぎにも、恩を感じてもらわなくては。そしてこの先、凪が汪仁会を抜けるのが当たり前の空気にしておきたい。

つむぎとしては、凪が父親の椎塚組から独立して自分の組を持ち、黒田會の傘下に入ってくれるのが理想だ。黒田會で幹部として活動し、行く行くは会長、そして総裁の座に――

(それにしても、ちょうどいい具合にこのバカ女が喧嘩売ってくれたわ)

「もう、こういうことがないといいなと思っています」

腹の中でそう思いつつも、顔には出さずに武藤に釘を刺した。

「ハイ！　それはもう――……ハイ！」

つむぎは「わかってるならいいんですよ」と笑って人を呼んだ。

「ちょっと、誰か！」

「お呼びですか、つむぎお嬢さん」

すぐさま黒服の男がひとり駆け寄ってきて腰を低くする。

この男は安西（あんざい）といって、朋親のお気に入りだ。幹部として若衆の纏（まと）め役をしており、常に朋親の側に控えて側仕えのような役割をしている。つむぎとは十歳違いの三十五歳。十年来の付き合いだからそれなりに仲はいい。

「安西さん、もうお帰りになるから、この人ら玄関までお送りしてほしいんですけど」

「はい、かしこまりました。——おい」

安西がひと声かけると、奥からもうひとり黒服が走ってきて、武藤父娘を先導していった。

「ありがとうございます」

ひと言お礼を言って縁側から庭に下りる。整えられた庭は気持ちがいい。

朋親と凪の話はまだ続いているようだ。なら、ここを離れるわけにはいかない。つむぎに甘い朋親だからこそ、孫娘に手を出した凪をどうするつもりなのかわからない。指詰めなんか迫ってないといいが。

朋親が凪を気に入るかはわからないが、たとえ気に入らなくとも、つむぎに凪を諦めるつもりはない。

（おじいちゃんに反対されたら、お母さんたちみたいに駆け落ちしよっと）

たぶん、凪もそうしようと言ってくれるはずだから。

つむぎが凪たちの話が終わるのを待っていると、安西が側に寄ってきた。黒髪で短髪。凪よりは十センチほど背は低いが、やや垂れ目の甘いマスクで、人好きそうな顔をしている。細身で都会的な洗練された雰囲気の男だ。

「寒くない？　コート取ってこようか？」

「ううん、大丈夫」

空気はキンと冷えているが、それを心地よいと感じるくらいには身体が熱い。軽く高揚しているんだろう。

「あの男が、前言っていたつむちゃんの初恋の男？」

玉砂利の中を歩きながら、安西の質問に頷いた。

「うん。引っ越してすぐ見付けた。っていうか、向こうがうちを見付けてくれたんだけど。うちら両想いだから」

「そっか」

「…………」

そこで話が途切れる。

実はこの男、安西、安西と呼ばれているが、戸籍上の立場はつむぎの従叔父（いとこおじ）である。朋親の実弟――黒田會会長の養子なのだ。

病院に雛の指示でチンピラが来ていたとき、〝様子を見に行く〟とつむぎにメッセージを送ってきたのがこの安西だ。

黒田會の跡目は代々黒田の血族が引き継いできた。朋親の次は朋親の実弟が継ぐことになっているが、彼には子供がいない。朋親には娘がひとりしかいないし、そのひとり娘は、一般人の男と駆け落ちしてしまった。代々続いてきた黒田會に、初めて血族相続の危機が訪れたのだ。

そこで黒田會を背負う黒田兄弟はこう考えた。〝血族での運営を諦めて、有望な男を養子に迎えて跡取りとしよう〟こうして、十一年前に選ばれたのがこの安西だった。

安西を会長の養子に迎え、彼を次期後継者にする方針で一旦は落ち着いた黒田會だったが、突然の転機が訪れる。

一般人と駆け落ちした朋親の娘――春美(はるみ)が、未亡人となって子連れで戻ってきたのだ。

こうなると、後継者に血族を入れたくなる欲が働く。

初めは戻ってきた春美と安西を再婚させようとしたのだが、未亡人となった春美はこれを拒否。死んだ夫を想って泣き暮らす有様。それに、彼女は当時二十二歳だった安西より十歳も年上の三十二歳。しかもコブ付き。姉さん女房にも限度はあるだろうと、話は流れた。

そして上がった次の案が、春美が生んだ娘――つまり、つむぎと安西の結婚だ。

つむぎと安西なら、安西が十歳年上。子供の頃から一緒に過ごさせれば、なんとかなるだろうと目論(もくろ)んだのだ。

だが、この計画を知るなり異議を唱えたのは、当事者であるつむぎだ。

凪を忘れられなかったつむぎは、年頃になって安西との結婚話が持ち上がったとき、結婚するのなら凪がいいと、凪を探しに幼少期を過ごした関西に単身で引っ越したのだ。

実際に凪を見付けられるかは賭けだったわけだが、つむぎはその賭けに勝った。

「俺じゃあ駄目なのかな？」

「………」

安西の声は聞こえていたが、つむぎは振り返らなかった。ただ庭のナンテンの実をさわりと撫でながらゆっくりと歩く。

「俺、つむちゃんのためならなんでもできるよ」

安西のような洗練された大人の男にそんなことを言われたら、ときめく女もいるだろうが、つむぎは違う。

「凪くんはもっと素敵に言ってくれますよー」

そう言って肩越しに振り返ると、安西は取り付く島もないあしらいに苦笑いして肩を竦めた。

「安西さんはいい人です。うちがここに連れてこられたとき、落ち込んでたのを励ましてくれたのは安西さんだから。すごく有り難かったし、頼りにもしてました。でも、うちが好きなのは今も昔も凪くんなんです。凪くんが一番好き。安西さんに出会うより前からずっと、うちは凪くん一筋なんです」

言うなれば、安西は気のいい親戚のおじさん、という感じだ。それ以上の思いは抱けない。つむぎの心はとっくの昔に凪のものだから。

「……関西行き、もっと気合入れて止めるべきだったかなぁ。どうせ見付けられないって思っちゃったんだよねぇ」

昔の記憶だけを頼りに、たったひとりの男を探すなんて、確かに無謀だと思うのが普通だろう。まだその街にいるのかもわからないのに。たとえ見付けたとしても、向こうに女がいるかもしれない。それに、男がヤクザならヤクザの障害が、カタギならカタギの障害がある。諦めて帰ってきたつむぎをうまいこと宥めて結婚すればいいと、安西は思っていたのかもしれない。

「安西さんって、そうやって弱った心に付け込もうとするからきらーい」

「えー？　俺はつむちゃんにだけ優しくしてるつもりなんだけどなぁ？」

「嘘つきはもっときらーい」

彼は笑って頭をひと掻きした。その笑い方がなんとも嘘臭い。が、すぐにつむぎを真っ直ぐ見据えてくる。

「でもね、つむちゃん。つむちゃんはあの男を信用してるんだろうけど、俺は信用できないなぁ。結局あいつは汪仁会の人間なんだよ。極道の盃はね、血縁より重いんだ。わかってるだろ？」

安西の言いたいことはわかるが、凪が汪仁会の当代を嫌っているのは以前から聞いている。彼は自分の父親が汪仁会の下に付いているからそうしているだけだ。それに、他のなによりもつむぎを取ると啖呵を切ってくれたあの人を、つむぎは信じている。

「凪くんは、そこに生まれたからいるだけ。選べるならうちを選んでくれる。そういう人です」

「じゃあ彼は、汪仁会から黒田會に鞍替えすんのかな？　つむちゃんが惚れてるからっていう理由だけで？　そんでつむちゃんと結婚して黒田會の総裁になるって？　軽いなぁ……冗談じゃないね。そんな奴の下に付けってか？　そもそも誰が付いてくんのさ？　黒田會になんの思い入れもない奴に好き勝手されるのは、ちょーっと黙ってらんないな」

安西の目が鋭く光った。長年、黒田會に忠義を誓っている彼としては、ぽっと出の凪にすべてを持っていかれるのが気に入らないんだろう。なにせ彼は、黒田會の後継者となるために、会長の養子になり、好きでもなんでもないつむぎとの結婚のために、今まで独身を貫いてきた男だ。黒田會への愛着と執着は人一倍強い。そして、野心も——

「結局は、つむちゃんを口説くのが総裁への最短ルートってことじゃないか。じゃあ、俺。本気出しちゃおっかな」

大股で近付いてきた安西が、髪に触れてこようと伸ばした手を、つむぎはパシンと払った。

「安西さん。うちはあなたの想い人の代わりじゃないんで。本命に全然相手にされないからって、うちに来んのやめてもらえます？」

「……そういうつもりじゃないんだけどね。俺、つむちゃんのこと好きだよ？　つむちゃんが思ってるよりずっとね。どう？　俺と付き合ってみない？　あの男と天秤にかけてもいいからさ。どっちがイイか試してみたら。俺、自信あるよ？」

なんの自信があると言うのか、聞きたくもない。

つむぎの冷めた目をものともせずに、彼が作り物のような嘘臭い笑顔で迫ってきたそのとき——

ジャリッと玉砂利を踏み締める音が近付いてきた。

「おお、つむちゃん、ここにおったか——安西も」

祖父、朋親が凪を伴って機嫌よさそうに歩いてくる。後ろを歩く凪は若干気疲れしているようにも見えたが、首と胴体は繋がっているし、小指もある。

「なかなかきっぷのいい男じゃないか。気に入ったよ。つむちゃんのためなら、たとえ火の中水の中……ってなところがいいねぇ」

「でしょ？」

つむぎは笑うと、安西の前を素通りして凪の腕にじゃれ付いた。

「凪くん、うちのこと昔っから大好きだもんね」

「凪。今日はうちに泊まっていけ。つむぎの母親にも会わせるから」

朋親の思わぬひと言に、凪は驚いたようだったが嬉しそうに頭を下げた。

「ありがとうございます。お言葉に甘えさせてもらいます」

凪を無表情で見つめる安西を警戒しながら、つむぎは凪の手をぎゅっと握った。

◆◇◆

「へぇ……ここがつむぎの部屋か」

湯上がりの凪が、欄間(らんま)に頭をぶつけないよう、辺りを見回しながら部屋に入ってくる。来客用の浴衣(ゆかた)の丈が少し短いが、それでも似合っていて、はだけた胸元が男らしい。同じく湯上がりのつむぎは、もこもこのパジャマ姿で彼の横にちょこんと座った。

この和室は離れにあるつむぎの部屋だ。母屋(おもや)には朋親が寝起きしており、他の組員の出入りもあるが、離れはつむぎの母だけが住んでいて、こちらに組員は滅多に来ない。

関西に引っ越すまでは、つむぎも離れのこの部屋に住んでいた。いずれ戻ってくるつもりだったから、荷物も家具もそのままだ。

十二畳の広さがあるこの和室には、つむぎが好んで集めたキャラもののグッズが多い。特にキャビネットの上はぬいぐるみが数十個飾られており、あふれ返りそうになっている。

特に今の独り暮らしの部屋と違うのは、勉強机と本棚の存在だろうか。使用感のある机には年季の入った電気スタンドが置かれ、本棚には看護に関する本がずらりと並んでいる。代わりにベッドはなく、敷き布団だ。あと、全体的にパステルピンクで統一されている。

家を出てまだ一年も経っていないけれど、やっぱり懐かしい。

「独り暮らしの部屋より荷物多いし、ごちゃごちゃしてるでしょ。あ、凪くんの部屋は隣ね。その襖開けたらお布団敷いてあるよ」

言いながら襖を指差す。凪は襖のほうは一瞥しただけで、またつむぎの部屋を眺めた。壁のコルクボードに貼られた写真には、小学生、中学生の時分の凪とつむぎの笑顔が弾けている。懐かしい写真だ。

「……俺とおらん間、おまえはずっとここにおったんやなぁ……」

しみじみとした凪の声に、なんだか照れてしまう。寂しくなるたびに、凪の写真を眺めては「凪くんに会いたい、向こうに帰りたい」と思っていた。傷心の母にも、よくしてくれる祖父にも、誰にも言えなかったけれど……ずっと凪の側に戻りたかった。

（でも今は凪くんがいる！）

つむぎは照れ隠しに、凪の脇腹をツンと突いた。

「うお、やめれ。俺、脇腹弱いんや」

「知ってる。可愛い」

「お袋さん、元気そうやったな。つむぎも久しぶりに会ったんちゃうか？」

「うん」

夕飯のときにつむぎの母に凪を紹介した。母は凪のことをしっかり覚えており、「仲良かったもんね」と歓迎してくれた。父が亡くなってからあまり笑わなくなってしまった母だけど、今日はよく笑顔を見せてくれていたように思う。こんなに嬉しそうな母は、つむぎが看護師になったとき以来だ。

「凪くん、めちゃくちゃ緊張してたね」

「当たり前やろ……総裁だけやのうて、会長までおるし……飯食った気せんわ……」

つむぎが男を連れて帰ってきたということで、普段はこの邸にいない朋親の実弟まで凪を品定めしに来るんだから無理もない。自分の父親より年上の男ふたりに囲まれても堂々としていた凪だけど、つむぎには彼の緊張がちゃんとわかっていた。

「つむぎ、全然助けてくれんのやから参るわ。あんなごっつい兄弟相手にすんの辛いって。ひとりでも辛いのに、ふたりやで？　ふたり。めっちゃ疲れたわ……」

「えー、凪くん普通に話してたじゃん。堂々としてたよ？　すっごい緊張してたけど」

会話も盛り上がっていたし、黒田兄弟に交互に酒を注がれ、普段は飲まない凪もさすがに断れずに飲んでいたっけ。つむぎもつむぎで、特に止めなかったのだけど。

あのふたりのお眼鏡にかなった男は今まで安西しかいなかった。そこに凪が斬り込んでくれただけでも嬉しい。自分の目に狂いはなかったと、つむぎは鼻高々だ。

「大丈夫だよ。おじいちゃんも、大叔父も、凪くんのこと気に入ってくれたみたい。当然だよね。凪くんいい男だし」

「いやまぁ、それは嬉しいんやけどな？　つむぎの家族に認められるちゅーことやから」

「――ま、気に入られなかったとしても、別にいいんだけどね。そのときは駆け落ちすればいいんだし」

なにげなくそう言うと、凪がゴロリと横になってつむぎの膝に頭を乗せてきた。

「俺も同じこと思っとった。つむぎの親父さんにできたんや、俺も同じことやったるわーって」

「あはは。うちら気が合うね～」

額をくっ付けて笑うと、凪が頬に触れてきて、唇をちゅっと吸ってくる。

つむぎは湿った凪の髪を触りながら尋ねた。

「おじいちゃんとふたりでなに話してたの？」

「んー？　ああ、いろいろ。黒田會は黒田の血族が継いでるから、つむぎの婿が黒田會の総裁になるんやろ？　その黒田會を継ぐ覚悟はあんのかって」

「凪くんはなんて言ったの？」

「ありません言うた」

正直な凪に思わず笑ってしまう。

「だっておまえが黒田総裁の孫やって聞いたん、今朝やぞ。今朝。覚悟なんかできるかい」

「ふふふ。確かに」

じゃあ、なんて答えたのかと聞くと、凪はつむぎの頬に手を伸ばしてきた。

「なにをおいても、つむぎを幸せにする覚悟なら決めとりますって答えたわ」

嘘のない強い眼差しに真っ直ぐ見つめられて、胸が熱くなる。

「うれし」

つむぎが唇を寄せると、彼は笑いながらそれを吸って愛おしそうに目を細めた。

「おまえと一緒におるためなら、俺ァなんでもするわ。汪仁会抜けて、黒田會に入らなあかんのやったら喜んで入るし、黒田會で総裁にならなあかんのやったらそうする。おまえがカタギになってくれ言うなら、おまえ攫(さら)ってどこまでも逃げるわ。だから俺は、黒田會を継ぐ覚悟なんてない。つむぎを大事にする……つむぎを幸せにする覚悟しかない」

「………」

彼は間違いなく、その言葉通りにするだろう。昔から凪はつむぎを優先してくれていた。たまに意地悪もするけれど、肝心なところはいつもつむぎを一番大事にしてくれていた。

「——ったら、笑われたわ」

湯上がりのせいか、酒が入っているせいか、それとも照れているのか、いつもより凪の顔が赤かった。

「ありがとうな。俺を探しに来てくれて」

唐突な――でも、嬉しいひと言に、自然と頬が緩む。

「会いたかったんよ。ずっと」

「俺も会いたかった。でも、正直どうにもならんかった……。つむぎが動いてくれんかったら、俺ら一生会えんかったと思うわ」

子供時代にどこに引っ越したかもわからないつむぎを探すのは、正直、凪からすると手掛かりがなさすぎる。しかもつむぎは苗字まで変わっているのだ。だが、つむぎから凪を探すのは案外いけるという自信があった。子供の頃に過ごした街に戻って、椎塚組を探せばいい。

本当は引っ越してからすぐ、つむぎは学校経由で凪に手紙を出そうとしたことがあった。でも、自分の祖父が実は老舗極道の黒田會の総裁だと知って、手紙を出すのをやめてしまったのだ。凪になんて言えばいいのかわからなかったから。

凪の実父が所属している汪仁会と、黒田會はまったく別の組織だ。そしてちょうど汪仁会が内輪揉めをはじめた時期でもあったから、祖父たちは汪仁会を随分毛嫌いしていて、組織間の仲が悪いのだとも思った。だから自分と凪とは結ばれないのだと……

でも成長するに従ってヤクザに対する知識が増え、黒田會と汪仁会はまったく接点がないことを知った。敵対していないのなら、いくらでもやりようがある。

黒田會を継ぐことに忌避意識はなかった。ただ、好きでもない安西と結婚するのはいやだった。

凪がいい。

どうしても彼がいい。

安西との結婚を蹴って家を出たつむぎは、実家からの援助も全部断って関西で就職した。実際、凪と病院で再会する前は、職場に慣れた頃にでも凪の実家を訪ねるつもりだったのだ。

彼の実家は大きいから、引っ越ししていなければすぐに見つかると思っていた。凪に忘れられていないか、凪に彼女がいないか……そっちのほうが心配だった。まぁ、忘れられていたら思い出させればいいだけだけれど。

子供の頃の凪は、実父の跡を継いでヤクザになると言っていたから、彼が本当にヤクザになっていたなら、今いる組を抜けて黒田會を継いでくれないだろうかと思ったし、それが無理なら、自分と駆け落ちしてくれないだろうかなんて思ったりもした。

それぐらい、愛してくれないだろうかと……願っていた。そして彼は、つむぎの願い通りに愛してくれた――なにも知らなくても。それがなにより嬉しい。

黒田會総裁になりたいからではなく、つむぎの側にいたいから。つむぎだけを想ってくれる彼が好きだ。

「うちは絶対会えるって思ってたから……」

そう囁くと、凪は嬉しそうに目を細め、つむぎの腹に抱き付いてきた。

「つむちゃーん、俺、隣の部屋行かなあかんの？」

「んん～？　ここで寝たいの？」

部屋はいくつもあるが、この離れには母もいるし、母屋には朋親もいるのに。凪はとろんとした目でつむぎの頬から首筋を撫で、お腹に頬ずりしてくる。こんなに甘えてくる凪は珍しい。酔っているんだろうか？

「つむちゃんと一緒がええなぁ……」

「んもう、甘えん坊なんだから」

また髪を撫でて、凪の目尻にキスする。そのまま何度か頬に鼻先を擦り付けて、同時に頭を撫でると、突然凪が両手でつむぎを抱き締め、布団に押し倒した。

「ひゃっ！」

驚いたのも束の間、凪は布団をバサッと頭から被り、つむぎの上に覆い被さると、有無を言わさず唇を押し付けてきた。

「ん……んん……ぷは……ん……ぁん……」

布団の中で貪られるようにするキスは、なんだかいつもよりドキドキして身体を熱くする。凪が服の中に手を入れてきて、お腹を撫でながられろりと舌を舐めてきた。

「やばい……めっちゃしたい……」

唇を触れ合わせたまま囁かれる。太腿にグイッと腰を押し付けられて、つむぎは目を見開いた。はだけた浴衣の裾から押し充てられたそれは熱く、今にもはち切れそうだ。もうこんなになっているなんて……

凪にセックスを仕込まれた身体がじゅんっと濡れた。同時にお腹の奥が疼いて、あの雄々しい物が欲しいと泣く。

「な、凪、くん……」

(したいって……ここ、実家ぁ!)

広い家で部屋はいくつもあるとはいえ、同じ離れには母がいる。組員は来ないが、お手伝いさんは複数人いるのだ。しかも、目と鼻の先の母屋(おもや)には祖父もいる! ここで? 鍵だってないのに!

「つむ……つむちゃん、好きや……さして……抱かしてくれ」

「あ、んっ、だめ……人が来たらどうするの」

「もう、こんな時間やで、さすがに来んやろ」

確かにもう二十三時を回っている。こんな時間に客人の部屋を訪れる者はいないだろうが……

お腹から乳房に手が動いて下から揉み上げられる。頬に唇にとキスをされ身を捩(よじ)ろうとしたけれど、凪の巨体がそれを許さない。つむぎの小さな身体を押さえ込み、発情しきった身体を押し付けてくる。

凪は布団の中でつむぎの乳房を揉みしだき、乳首を舐(な)めては吸って舐(な)めては齧(かじ)ってと繰り返しながら、ズボンの中に手を入れてきた。ショーツのクロッチの横から指が這(は)うように侵入してきて、花弁を広げ、更にはなんの迷いも躊躇(ためら)いもなく蜜口の中にまで入ってくる。

「~~~~っ!」

ぐちゅっ!

濡れ具合を確かめるように奥まで二本の指で探られる。ぐりっと手首を回転させ、指の節々で媚肉を抉られると、身体がビクビクと反応してしまう。それだけじゃない。つむぎの身体を知り尽くした凪の指が、好い処を押し上げるように強く擦ってくるのだ。快感から逃げられない。

（だめ、なの……にっ……ん〜！）

凪の指技に女の身体は強烈に反応してしまう。だって凪に女にされたのだ。凪のセックスがどれだけ気持ちいいか、身体が覚えてしまっている。気持ちより先に身体が欲しがって、それでも抵抗しようと身を捩る。でも……動けない。辛うじて手がシーツを掴むだけ。

舌を絡めながら凪が手首のスナップを利かせ、お腹の裏をリズミカルに押し上げてくる。

抜き挿しするんじゃない。挿れたまま、好い処を一点集中でトントンと優しく叩いてくるのだ。お腹の内側から響く振動が、雌の本能を呼び覚まし、脊髄を伝って優秀な雄を迎えるように命令する。その命令に逆らえない。

ああ、抱かれたい。大好きなこの男に抱かれたい。唯一無二のこの男。大きくって、優しくって、つむぎの隅々まで愛してくれる男。

つむぎのあそこがヒクついて、凪の指をしゃぶった。

（だめ……だ、め……いく、いっちゃう……こ、れ以上はぁ……）

気持ちいい。気持ちよくて、でもそれに抗うように全身に力を入れる。つま先までピンと伸ばして、ぷるぷると震えた。

（いく、いくいくいく、ああ〜んんぅ〜〜！）

つむぎはいつの間にか、凪の身体にしがみ付いていていた。

声もなく昇り詰め、肩で息をする。

なにも考えられない。子宮が疼いて、もっともっとと凪の指を締め付けようとする。

凪はつむぎのお腹を撫でながら、勿体付けるように指を引き抜いた。寂しくなった穴からじわっと愛液が滴ってショーツを濡らす。もう、恥ずかしくって顔から火が出そうだった。

「あっつ」と布団を脱いだ凪を怨みがましく睨む。なんて男なんだろ。ここはつむぎの実家なのに。天下の黒田朋親のお膝元で、その孫娘を抱こうなんて。さっきまで「緊張した、緊張した」なんて言っていたくせに！

彼は笑いながらつむぎの両脚からズボンとショーツを抜き取り、頭上の電気を消した。

「かわええつむちゃんは、その気になってくれたか？」

甘えた口調のくせに、つむぎの答えは聞かないんだからずるい。女の身体なんて、一度火をつけてしまえば途中でやめられないことを彼は知っているのだ。

真っ暗になった部屋に凪のシルエットが浮かぶ。彼はつむぎの太腿を下から抱え込み、蕾にむしゃぶり付いてきた。

「んぅ……」

とろとろに濡れた淫溝を凪の舌が何度も上下になぞって、割れ目から中に入ってきた。指でいじられた処を今度は舌でされる羞恥心は未だに慣れない。特に、もしも人が来たらどうしようという落ち着かなさがある中で、凪にねちっこく舐められているのだ。思わず声が出てしまいそうで、つむぎは自分で自分の口を押さえ、声が出ないよう圧し殺した。

凪は蕾をちゅっと音がするほど強く吸い上げ、尖らせた舌先で突き、かと思ったら柔らかい舌の腹で包み込むようにねっとりと舐め上げてくる。気持ちよくってたまらない。甘く苦しい刺激に腰が揺れてしまう。

「駄目だ」と思えば思うほど、身体は昂って、蜜口がヒクつく。触られていないのに、蜜穴からとろーっと愛液が滴った。

そうしたら凪は、散々舐めた蕾を指先で捏ね回してきた。

「あんっ！」

こらえていたはずの声が漏れて、慌てて口を塞ぐ。でも、凪の舌が舐めた蕾を今度は指が捏ねてきて、描く円を追いかけるようにまた舌が絡み付いてくるのだ。つむぎはたまらずずり上がったが、腰ごと引き戻されてまた指と舌で嬲られる。

「ふ……う……んっ、は……ひんんぅ～」

（そんな、したら……また……いく……）

親指の付け根を噛み、ぐっと声をこらえるけれど快感は逃がせない。凪は蕾ばかりを執拗に舐めて吸い、恥丘の肉ごと齧り付くように口に含むのだ。

ちゃぷちゃぷ、ちゃぷちゃぷと音を立てながら舌の腹で蕾を叩き、尖らせた舌先で舐めたと思ったら、今度は指先で撫で回す。

つむぎは首を反らし、総身を震わせながら静かに昇り詰めた。

「あーもう、ほんま、かわええ」

凪は掠れた声でつぶやくと口元を拭って、浴衣の前を寛げる。そして、つむぎの片膝を折り曲げ、そのまま中に押し入ってきた。

「はぅっ！」

手首ほど太さのある物で、奥までズンッと突き上げられ、腰が浮き上がる。張り出した雁と、ビキビキに青筋立った竿で蜜口が限界まで引き伸ばされ、息が止まった。

小さな穴に、その何倍もある物を無理やり挿れられたのに、入ってしまうんだから恐ろしい。最初は入らなかったのに、何度も何度も繰り返し挿れられて、いろんな体位で慣らされたつむぎの小さな身体は、凪の太くて長い物を八割近くも咥え込めるまでに仕込まれていた。

「声はあかん」

すぐに覆い被さってきた凪に、身体を押し付けられる。凪の重みが全身を拘束し、ねっとりと唇を舐めながら腰を揺らされる。

凪は前後に動くのではなく、腰を回しながら上下に動いて蜜口を馴染ませると、いきなり奥処を責め立てるようにつむぎを犯してきた。

「んぉっ」

子宮口を思いっきり突き上げられて、本気で感じる声が上がる。凪はつむぎの上着を捲り上げ、乳首をしゃぶりながら、大きく腰を振ってきた。

「～～～～っ！」

（おく、つきぬけちゃう！　もぉ、はいらないのに……）

懸命に口を塞ぎながら、仰け反る。奥に奥にと入り込もうとしてくる凪の漲りが、中でどんどん大きくなって肉襞をゴシゴシと擦ってくる。

「……おまえがいっちゃん好きや……わかるか？　俺の本気」

両手で頬を包み込み、顔中にキスしながら絞り出すように囁いてくる声。それが、つむぎを求められる快感に酔わせる。

自分の愛した最高の男に求められる幸せ。場所も構わず、理性もさかぬまま、獣のように求められ、愛される。

つむぎはもう、びしょびしょに濡れて、自分から腰を振っていた。

凪はつむぎの乳房を強い力で揉みしだき、子宮の蠕動を促しながら思いっきりプレスしてくる。

踊るように腰を打ち付けられ、肉襞をずりゅずりゅと力強く擦られた。

苦しいはずなのに、気持ちいい。凪の太い腕がつむぎの頭を囲い、揺れる身体をぎゅぅうっと抱き締めてくる。

凪の身体が熱い。酒なんて言い訳にならないくらい、まるで発熱しているかのように熱い。つむぎは無意識のうちに彼を抱き締め返していた。

(凪くん、凪くん、凪くん――！)

両脚を彼の腰に絡め、全身でしがみ付く。ただされるがまま、無我夢中で凪を受けとめる。

身体がふわふわして、頭はもう真っ白だった。

「う……ぁ……」

噛み締めた唇からわずかに声が漏れる。ぐったりとしたつむぎの手が凪の背中から落ちると、彼はしっかりと唇を合わせ、つむぎの唾液を啜った。

「……次、後ろからや」

繋がったまま脚を持ち上げられ、ぐるんと反転させられる。肉襞を三六〇度全部、雁で擦られ、つむぎは枕を抱えて声を圧し殺した。

「んぁ……」

枕に抱き付くよううつ伏せ寝にされ、腰だけをグイッと持ち上げられる。以前この体位でされた強制交尾を思い出し、徹底的に犯される予感に身体がぶるりと震えた。

「どうした。興奮しとんのか？　また濡れてきたで。中、ぐちょぐちょやんか」

背中に乗っかり、耳の縁を舐めながら囁かれ、また濡れる。烈しい出し挿れではなく、ただ奥に奥に入ってくる感じ。子宮口をじんわりと押し上げてくるこの感じが……切なく求められているようで……

「つむぎ……つむちゃん……俺のつむちゃん、かわいいな、ほんまかわええ……おまえがかわええから抱きたくなるんや」

（凪くん――）

半裸の浴衣が纏わり付く凪の身体。その大きな身体が、つむぎを離すまいとぎゅううっと絡み付いてきて、どうしようもなく愛おしい。

凪の手がつむぎの唇を触り、口の中に入ってくる。舌をなぞり、摘まむように触りながら、反対の手で乳首をくりくりといじられ、蜜口がきゅっと締まった。

「ただでさえキツキツなのに、更に締めたらあかんよ……おまえの中、めちゃくちゃ気持ちええんやから。いい子やから力抜いてみ？　たっぷり可愛がったるから」

首筋や肩を舐めながら優しい声で囁かれ、また蜜口が締まる。こんなに優しい声はずるい。この男が自分にだけ、この声で囁いてくれるのだと思うと、優越感に痺れる。

凪は笑いながら「かわええ……」と繰り返し、胸を触っていた手を下に沈めてきた。

胸から鳩尾、鳩尾からお腹、お腹から脚の付け根――どんどん辿っていって、凪の漲りでみちみちに広げられた女の穴を確かめるように触る。そして、すぐ上で震えている蕾をとろんと撫で上げてきた。

「はぅ！」

敏感な処を軽く触られただけで、脳髄が痺れてしまう。つむぎは唇を噛み締めながら快感を逃がそうと腰を浮かせた。

だが、凪は蕾を優しく触りながら、ゆっくりと腰を打ち付けてくる。子宮口をトントンと連続で押し上げられるのが気持ちよすぎていけない。ぬるん、ぬるん、さゅっ……蕾を撫で回しながら時々強めに摘まれ、その甘美な刺激に蕩けてしまう。

「めっちゃ締め付けてくるやんか。どうや？　気持ちええか？」

「うん……」

素直に頷く。

口の中には指を、あそこには雄々しい物を、上から下から貫かれて、こんなにひどく弄ばれているのに、幸せを感じる。気持ちいい。もっとされたい……

求めてくれた凪が満足するまで、いっぱい……

すると凪は指を挿れた口に舌を差し込み、舐めるようなキスをしながら、ぐっと腰を押し進めてきた。

「っ!?」

「びしょびしょで、しゃぶられてるみたいやわ。ヤリまくってるからだいぶ熟れてきたな。襞が前より柔らかくて気持ちええわ。……今日はいつもより奥に入りそうや……全部挿れるぞ」

「え？　あ――――！」

悲鳴を上げるつむぎの口を凪が大きな手で塞ぐ。

身体を突き抜けてしまうのではないかと錯覚するほど、凪が奥まで入ってくる。もう入らないのに、無理なのに……言葉の通じない獣のように、どんどん中に入って――

（イく……）

意識がバチンと弾け飛んだつむぎは、目を剥いて震えた。

このまま完全に意識を飛ばせていたらよかったかもしれない。でも、凪の鋭く重たい抽送がつむぎを内側から揺さぶって起こす。飛んだ意識を引き戻す。根元まで挿れ、勢いよく引き抜き、また根元まで挿れる。

体格差や凶器のような長さ、太さに怯える子宮に体重を掛け、突き上げ、腰を押さえ付け、あの雄々(おお)しい屹立(きつりつ)を全部挿(い)れて犯してくる。

どちゅっ！　どちゅっ！　と突き上げられるたびに、壊れた身体から快液が飛ぶ。

気付くと可愛い喘(あえ)ぎ声なんかではなく、ただの呻(うめ)き声が漏れ出ている。でも、怖いくらいに気持ちいい。彼の物が全部入るなんて思っていなかった。でも入っている。

今まで知らなかった深い処(ところ)を貫かれ、擦られ、揺すられる。しかも速いリズムでされると、絶頂に絶頂が追いかけてきて、その連続した波に溺(おぼ)れる。

「んー！　んんー！　んんん！　ん～～！」

（いくいくいくいくいくいく、だめ、はやいの、だめ、ひぃぅ！　まって、いま、いってるのに、いまいってるのぉ！　まってぇ、おねがい、おねがい、アアッ！）

蕾(つぼみ)を捻(ひね)るのと同時に奥処を抉(えぐ)られ、ビュッと快液が吹き出した。

「つむ……つむちゃん……かわええな。このちんまい身体で俺の全部咥(くわ)えてほんまかわええ。いっぱいイッてええよ。一緒に気持ちよくなろうな？」

コシコシコシコシ――すっかり硬くしこった蕾(つぼみ)を入念に擦られて、泣きたくなる。気持ちいいのだ。そこにどちゅっ！　と子宮を突き上げられ、お腹が痺(しび)れる。

「ああ……めっちゃしゃぶってくる。なんやこれ、気持ちええ……こんな最高やろ。よすぎて腰止まらん。――はぁはぁはぁはぁ……いい、はぁはぁはぁはぁ、脚広げ。もっと犯したる、ほら」

（ああ……うち……めちゃくちゃに、され、ちゃうぅ……）

つむぎの身体はとっくに限界を迎えているのに、凪はやめてくれない。それどころか、強引に脚を開かせ辱め、蕾を叩くように嬲ってくるのだ。抽送がどんどん速くなって、膣内が火傷しそうなくらい擦られ、大きなストロークで奥まで突き上げてくる。もうそこに、いつもの遠慮はなかった。

それどころか、いつもどれだけ優しく丁寧に抱いていてくれたのかと思い知るほどに、強く、烈しく、荒々しくつむぎを犯す。

「んん！　んーんー！　んん〜〜ぅ！　〜〜〜〜!!」

（いく、いく……あぁ、いくいくいくいくいくいく、や、いく――）

声なんか出せない。凪がつむぎの口を大きな手でしっかりと塞いでいるから。酸欠になった身体が、ぶるぶると震えるように痙攣して、つむぎはもう何度目かわからない法悦を極めた。

凪はつむぎの耳に唇を寄せ、縁を舐めながら囁いてきた。

「……今日は中に射精すで……いややったら抵抗しぃ……」

「〜〜〜〜っ！」

許可を求めるのではなく、そうするという宣言に抵抗なんかできない。凪も抵抗させる気なんてないんだろう。ガッチリと身体を押さえ込み、全体重を掛けてプレスしながら犯してくる。

つむぎはいやがるどころか、犯される歓びに震えた。この人の子が欲しいと、膣内が射液を求めてうねりにうねる。

もう、焦点が合わない。頭はくらくらするのに、恥ずかしげもなく雌犬のように必死になって腰を振ってしまう。無意識というより本能だった。

強い雄の物を奥まで咥え込む歓びに目覚め、涎を垂らしながら、「もっとください、もっと犯してください、お願いします、どうか中で射精してください」と、媚びて甘えるのだ。

「なんや、腰振ってからに。射精されたいんか？」

愛する男との交わりに酔う。

本当はずっとこうされたかったのかもしれない。我慢できないほど、求められたかった。だから今、こうやって求められているのが嬉しい。

この男のすべてを与えてもらえることに、雌の本能が先に喜んで、凶器を舐めしゃぶるように媚肉が波打ってうねる。膣の蠕動が、いやらしく吸い上げるような動きに変わった。

「……おまえは俺ンのや……」

「〜〜〜〜！」

ぞくぞく、ぞくぞく……耳元で囁かれた甘い絶対に、身体が内側から昂められて溶ける。

つむぎは途切れ途切れに意識を飛ばしながら、お腹の奥に熱を感じた。

何度も何度も分けて注がれる射液が、身体に染み込んでいく。初めて子宮に精を浴びせられて、つむぎは恍惚の表情を浮かべた。

心臓が壊れそうなほどに速くなって、身体が沸騰したように熱い。指一本動かせそうにないのに、蜜口だけはヒクヒクしている。

「はーはーはー……めっちゃ出た……興奮しすぎて頭おかしなりそうや……」

つむぎの口内に指を挿れ、舌を撫でながら頬にこめかみにと凪がキスしてくる。彼はつむぎのお腹を愛おしそうにひと撫でしてゴロンと横になると、背にぴったりとくっ付いてきた。さっきまであんなにつむぎを押さえ付けていたのに、今度はきゅっと抱き寄せるんだから。

「あ――こんまま繋がって寝たい……」

ポロリとこぼれたのは彼の本音だろう。つむぎも同じ気持ちだった。離れたくない。身体はこんなにクタクタなのに、痺れるような気持ちよさだけがまだ残っている。

充実した気怠さは満ち足りた歓びとなって、身体に留まっている。離れたら、この快感が終わってしまいそうで惜しい。

「つむちゃん……好きやで……つむちゃん……」

汗ばんだ首筋を凪が舐める。口からようやく指を引き抜き、唾液で濡れた指でつむぎの乳首をいじりながら、またお腹を撫でてきた。

「明日ン朝、シャワー浴びるまで、こぼさんと腹ン中に俺の精子入れとき。わかったな？　孕んだってええで？」

甘い声で下される命令に、じゅんっと身体が濡れて、未だ身体の中にいる凪の物を締め付ける。

つむぎがお腹を触る凪の手に触れると、彼は指を絡めて握り返し、つむぎの頭を抱き込むようにして唇を吸ってきた。

「つむぎ……俺、おまえとおれるよう頑張るわ……」

「……うん……」

つむぎは凪の胸にすっぽりと背を預けると、彼に抱かれたまま目を閉じた。

◆　◇　◆

次の日の昼過ぎ——

つむぎと凪はタクシーが横付けされた玄関で、朋親とつむぎの母に見送られていた。その後ろにはズラッと黒服の連中が並んでいるのだけど、そこは背景の一部という認識でいよう。

「つむぎ、身体に気を付けて」

「ありがと。お母さんもね。凪くんの件が片付いたら、こっち帰ってくるつもりだから」

つむぎは隣の凪を見上げた。青空の下で上等なコートとスーツを着こなし、自信有りげに微笑む彼は控えめに言ってもいい男だ。

つむぎと凪が一緒にいるためには、凪が汪仁会を抜けて黒田會の傘下に入る必要がある。おそらく凪が独立することになるだろうが、武藤が凪の独立をすんなり認めるかが問題だ。

今回の件で、武藤は朋親に借りを作った形だし、つむぎからも念押ししたが、凪は汪仁会の稼ぎ頭だ。武藤としては手放したくないのが本音だろう。だが、つむぎが凪を欲しがっているのはわかっているので、凪の独立と引き換えに、黒田會と汪仁会で五分の兄弟盃を交わし、友好関係を築きたいとかなんとか言い出す可能性もある。

黒田會と汪仁会が五分なんてとんでもない話だ。朋親だって認めないだろう。だが、抗争を抱えた汪仁会としては、黒田會の名前だけでも有効的に使いたいはず——

汪仁会の出方次第では、いろいろ考えなくてはならない。

(もう、汪仁会潰しちゃえば楽なんだけど)

しかし、汪仁会には凪の父親がいる。あの人は凪と違って汪仁会に忠誠を誓っているのだ。黒田會と汪仁会が抗争なんてことになったら、凪父子を争わせることになってしまう。さすがにそれはつむぎとしても避けたい。

「凪。まぁ、近いうちに、こっちから連絡するから、親父さんによろしく言っといてくれや」

朋親がそう言って右手を差し出す。その手を両手で握り返し、凪は頭を下げた。

「はい、必ず。今回お会いできてよかったです。汪仁会のお嬢の件は、本当に申し訳ありませんでした。私からも重ねてお詫び申し上げます」

「フン。あのアバズレのことで、おめーが詫び入れる必要はねぇよ」

「しかし――」

そう言われても、まだ所属している組織のことである以上、凪としては頭を下げないわけにはいかない。筋は通す。そういうところも、朋親が気に入った所以(ゆえん)だろう。朋親は凪の肩をバシンと強めに叩いた。

「おめーは黒田になるんだろうが、頭上げろ」

「はい」

頭を上げた凪を見て朋親は満足そうに頷くと、つむぎを見て笑った。

「つむちゃんは男を見る目があるねぇ。凪ならおじいちゃんも満足だ」

つむぎは笑顔で祖父に抱き付き、こそっと耳打ちした。

「……安西さんにもそれ言っといてね、おじいちゃん」

朋親のすぐ後ろにいる黒服連中の中から、真ん中にいる安西を見付けてひと睨みする。彼は他の黒服同様、両手を後ろ手に組んで整列しているが、表情は一番にこやかだ。

（……なんで笑ってるの？　あの人、なに考えてるのか、ほんとわかんない……）

つむぎが安西の名前を出すと、朋親は少しだけ顔をしかめた。チラッと後ろを窺う素振りを見せたが、振り返りはしない。

「……あいつは……まぁ、わかってくれると思うがね……」

「ならいいんだけど！　――新幹線の時間もあるし、もう行くね」

「ああ。気を付けてな」

母親にもぎゅっとハグして、タクシーに乗り込んだ。

「じゃあ、またね～！」

「では失礼します」

手を振るつむぎと、会釈をする凪を乗せて、タクシーは出発した。

「つむちゃーん、俺頑張ったで」

タクシーが角を曲がった途端、凪がつむぎにもたれ掛かって甘えてきた。さっきまでビシッとしていたのに、まるで別人のようだ。

彼は大きな猫のようにつむぎに頬ずりして、甘えに甘えてくる。

凪に触れられただけで、昨夜抱かれたことが思い出されてドキドキしてしまう。結局あのあと、ふたりして泥のように眠っていた。朝、慌てて起きて、使っていない凪の布団を乱して〝ちゃんと別々に寝ましたよ〜〟と言わんばかりに、使用感を出す小細工をしたくらいだ。

お腹の中には彼が注いでくれたものがたっぷり残っていて、朝からすごく幸せな気分だった。だって、彼のすべてを手に入れたのだから。

「お疲れ様。ありがとうね、凪くん」

凪を家族に紹介できたし、受け入れてもらえた。汪仁会の雛にもひと泡吹かせてやったし、つむぎとしては大満足の帰省になったと言える。

ワックスでセットされた髪を崩さないよう軽く撫でると、彼が左手を握ってきた。

「つむぎは、指輪どこのブランドが好きや？　俺なぁ、指輪用意してちゃんとプロポーズしたいんやけど、つむぎの好みは絶対に外したくないねん。サイズもあるし、だから今度一緒に見に行ってほしいんやけど、ええ？　サプライズにはならんのやけど」

左手の薬指を触りながら、そんなことを言う凪が可愛い。

この人は独り善がりなことをせず、つむぎの好みに寄り添おうとしてくれるから好きだ。サプライズで、趣味じゃないサイズ違いの指輪を贈られるよりうんと嬉しい。

「これからずっと身に着ける物だから、たくさん見比べて選びたいな」

「ええな。そうしよ。毎年プレゼントしてもええで？」

「ええ？　結婚指輪が毎年変わるの？」

「俺のは一個でええんやけど、つむぎは無理に一個に絞らんでもええよって言いたかってん。おまえが目ぇ付けたやつ、毎年の記念日にプレゼントしてもええやん」

なるほど、そういう意味か。考えもしなかった。でも、そういう太っ腹な提案も嬉しい。

「えへへ、うれし」

「俺の指輪も選んでな？」

「うん！」

タクシーの中で、手を繋ぎ寄り添って過ごす。だから、このあとあんなことが起こるなんて、つむぎは思いも寄らなかった。

5

「ごめんな。送れんで」

「大丈夫だよ。気にしないで」

昼の十五時。つむぎの部屋の玄関で靴を履いた凪は、ネクタイを整えてコートを羽織った。

スーツ姿の彼は今日もかっこいい。はっきり言ってそこいらのサラリーマンよりいい物を着ているし、体格もいいから絵になる。

つむぎの実家から帰ってきて三日後の今日、汪仁会で凪の除名について話し合われることになった。汪仁会幹部を召集しての話し合いらしいが、凪の除名はもう決まっている。

決まらなかったら？　つむぎが黒田朋親(おじいちゃん)を連れて乗り込むまでだ。なので実際話し合われるのは、せっかく得た黒田會との縁をどう繋いでいくか——といった、汪仁会の今後の方針だろう。

「ん。まぁ、黒田會と汪仁会に五分の兄弟盃(さかずき)とか、俺の組を後見するとか言い出したら、ひと暴れしてくるわ。そんなん、黒田の総裁に顔向けできひん。昨日も言うたけど、俺と武藤のおっさんの、五分の兄弟盃(さかずき)くらいで手を打つつもりや。実際そうなると思う」

「うん。凪くん、頑張ってね」

古巣と友好関係くらいは築いておいたほうがいい。だが、黒田會が汪仁会ごときと盃(さかずき)を交わすなんてあり得ないから、凪と武藤の個人的な盃で収めるということだ。そうすれば、つむぎと雛の因縁が終わって、ちゃんと手打ちになっていることのけじめにもなるし、凪の除名が汪仁会と喧嘩別れや破門ではないことの証にもなる。

「ま、帰りは迎え行けるわ。つむぎも夜勤頑張ってな。いつもの駅のとこで待ち合わせしよっか」

「うん。わかった」

凪のことが片付けば、三ヶ月後の四月を目処につむぎは病院を辞めるつもりだ。そうして、ふたりで関東に引っ越し、凪に付いてきてくれた若衆と共に新たに組を立ち上げるのだ。凪はしばらく、黒田會で顔見せを兼ねた下積みがあるだろうが、そう長い期間にはならないはずだ。

頷いたつむぎの頬にチュッと口付けてから、凪が出掛けていった。

ひとりになったつむぎは、部屋を見回してふむと考えた。

(出勤まであと一時間あるし、洗濯物一回くらい回せちゃうね。やっとこーっと)

今はまだ部屋着だが、メイクと着替えには三十分もあればいい。それに、洗濯物を部屋干ししていれば、冬場の乾燥対策にもなる。つむぎはベッドからシーツを引っ剥がし、洗濯機に放り込んだ。

ピンポーン。

そのとき、チャイムが鳴ってつむぎは顔を上げた。凪以外の来客などない家である。オートロックだからセールスもほぼない。宅配はコンビニ受け取りにするし、そもそもなにも注文していない。

(凪くんかな?　なんか忘れ物した?)

一番可能性の高いのはこれだ。つむぎはトントントンと跳ねるように玄関に向かった。

「ハーイ、凪――」

ガチャッと無防備に玄関ドアを開けた瞬間、そこに立っていた人を見てスーッと目を細め、二秒後には静かにドアを閉める。

「いやいや、待って待って！　閉めない閉めない！」

来訪者――安西はそう言って、爽やかな笑顔でドアの隙間に頑丈な革靴をデンと置いた。これじゃあ、ドアを閉められないじゃないか。

「チッ……」

つむぎは露骨に舌打ちすると、半開きになったドアの前で腕組みして彼を見上げた。この男も凪と引けを取らないくらいの、三つ揃いのいいスーツを着ている。

「なんの用です？」

「言ったでしょ？　つむちゃん口説くの本気出すって」

ウインクなんかされて、「は？」と素で眉を寄せる。

三十過ぎの男がなにをやっているのか。二十五のつむぎからすると、三十五の彼は立派におじさんだ。髪に白髪がまじりはじめているくせに、おじさんはおじさんらしくしてほしい。年齢以前に、自分の恋愛射程圏外の男から口説かれることに虫酸が走る。足でも踏んづけて目を覚まさせてやろうか。

つむぎにはもう凪がいる。それはこの前、実家に帰ったときに説明した。つむぎが頼んだから、朋親からも説明があったはずだ。

「おじいちゃんから話あったんじゃないんですか?」

「う～ん。あったけれど、俺がつむちゃんを諦めきれないってこと」

どうやらこの安西は、〝未来の黒田會総裁の座〟を諦めきれないらしい。野心家なのは知っていたつもりだが、想像以上だったようだ。朋親の付き人のくせに側を離れ、朋親の話を無視してまでつむぎに構うのは、それだけ本気ということ、もしくは焦っているということか。

「そんなこと言われても、うちは安西さんに興味ないんで、お引き取りください」

「それは俺を従兄(いとこ)のお兄ちゃんみたいに思ってるからでしょ? 男として見てみてよ」

「無理」

「早いって。とりあえず、部屋入れてよ。メッセずっとブロックするのひどくない? 解除して? そんで、今度の休みにデートしよ?」

軽快に笑ってはいるものの、この男、ずっと目が笑っていない。部屋に入れるなんてとんでもない!

(だからいやなんだって……)

意志の強い男だというのは知っている。そこを黒田兄弟に買われているのだが、彼が動く基準は黒田會。〝つむぎ〟ではないことは確かだ。

確固たる信念があるところには一目置いているが、気味の悪い男だとも思っている。執念深いと言えばいいいか。

年上の男を相手にしないといけない面倒くささを感じながら、つむぎはため息を吐いた。

「安西さん、本当に無理ですって。うちの感覚だと、〝従兄のお兄ちゃん〟ってより、〝親戚のおじさん〟のほうが近いんですけど」

「………………」

遠慮のない本音をぶつけるつむぎに、安西が真顔で目を瞬いた。久方ぶりにこの男の表情らしい表情を見た気がする。作り物ではない素の彼の表情は、失礼なことを言われたにもかかわらず、まったく怒ってはいなかった。

「だって十歳も年上なんだもん。そんな年上を男として見ろって言われても、普通に無理なんですけど。だいたい安西さん、うちの好みじゃないし。ってかうちの好み凪くんだし」

「……ふむ。それはつまり、〝お父さん〟ということかな？」

「あ？」

本性丸出しでつむぎがガッツリとガンを飛ばす。しかし安西は、涼やかな――むしろちょっと嬉しそうな顔でその形のよい顎をさする。

「つむちゃんに〝お父さん〟みたいだと言われるなら、それはかなり嬉しいね」

「誰もそんなこと言ってないでしょ？」

「またまたぁ、照れちゃって」

（殴りたい～）

いつの間にか握り締めていた拳がぶるぶると震える。だがそんなつむぎをそっちのけで、安西はひとりで盛り上がっているのだ。

「〝お父さん〟としてはねぇ、やっぱり汪仁会の人間ってだけでもう信用ならんのだよね。あそこは離反者が多いんだよ。分裂抗争してるくらいだしね。知ってる？　汪仁会の当代の保釈金、払ったのは実質あいつだって話。保釈金十億をポンと出すくらい忠誠誓ってるのかと思いきや、うちの総裁の前に自分とこの当代、土下座させてさ。本当ならなにがなんでも庇うとこだろ。盃交わせば、当代は親だ。つむちゃんと結婚すれば、黒田會の総裁の座が転がり込んでくるからって、あんなの自分の親を売ったも同然だろ。極道の盃舐めてんのか。親売る奴に碌な奴はいねぇんだよ。外から見てるとね、あいつはやってることめちゃくちゃで一貫性がない。そんな二心ある奴に黒田會に入ってほしくないね。あいつへの恋心も、子供の頃の思い出で美化されてるだけじゃないか？　つむちゃんにはもっと相応しい男がいると思うんだよ。俺とかさ？」

「う……さ……そ……こ……わな……」

下を向き、きゅっと噛み締めた唇から怨嗟のような声が漏れる。が、安西には聞こえなかったらしい。

「え？」

聞き返された瞬間、つむぎはキッと安西を睨んで叫んだ。

「うちのお父さんはそんなこと言わない！」

「…………」

安西の顔から笑顔が消えて、少し眉が下がる。

一貫性ならある。

凪が親を――汪仁会の当代を売ったように見えたのは、単純に彼がつむぎを取ってくれたからだ。組を抜けてもいいと言ってくれるほど、つむぎを愛してくれたから。

凪の行動の基準はすべてつむぎだ。それを言うに事欠いて、凪を悪く言う材料にするなんて！

つむぎはドアを固定する安西の革靴を蹴り飛ばして、下から睨み付けた。

「出てって」

「でもね、つむちゃん。本当に思い出だけで結婚するのは――」

「出てって。お母さんに、〝安西さんに着替え覗かれた〟って吹き込まれたくなかったらね」

二度目の警告にピクッと安西の頬が引き攣る。

ここで、総裁の朋親でも、安西の養父の会長でもない、つむぎの母にと言ったのには理由がある。

この男、つむぎの母――春美が好きなのだ。

十一年前、夫と死に別れた春美がつむぎを連れて実家に戻ったとき、彼女は三十二歳の女盛り。娘のつむぎが言うのもなんだが、春美は非常に可愛らしい容姿をしている。小柄で、お嬢様然としていて、労働と無縁なふわふわした雰囲気の人で、男の庇護欲を唆るのだと思う。四十代になった今でも、母は年齢不詳の若さを保っている。三十五歳の安西の隣に立っても違和感なんてないだろう。今だってそうなのだから、十一年前の春美はどれほど愛らしかったか。

当時、二十二歳だった安西は、夫を亡くして泣き暮らす未亡人に一目惚れしたときたもんだ。春美が拒否したことと、黒田會総裁と会長の意向もあって春美と安西の結婚話は流れたが、そこから十一年、ずっと春美一筋なのだからある意味一途だ。娘のつむぎにも随分とよくしてくれた。以前彼が、つむぎのことは好きだと言ったのも嘘ではないんだろう。

この男、本心では春美と結婚して、つむぎの〝父親〟になりたいのだが、春美は未だに死に別れたつむぎの父親を愛している。

本命を振り向かせることは叶わない。加えて黒田會の意向には従わなくてはならない。じゃあどうする？　となったとき、この男は、春美の娘であるつむぎとの結婚話を嬉々(きき)として了承したのだ。

（お母さんが見向きもしないからって、娘のうちに来てんじゃないよ、気持ち悪い！）

本命が無理ならその娘に——もちろん、黒田會の意向があったからだろうが。意向があったからといって、なんの迷いもなく、本命の娘に手を出そうとするのだから気味が悪い。

子供の頃どれだけこの男によくしてもらっても、恋愛対象にすらならなかったのは、本能的に拒絶反応が働いたからだ。

自分の母親に懸想(けそう)している男と、あーだこーだなるなんて想像すらしたくない。ゾッとする。

この男にとって、黒田會は絶対なのだ。春美を心から想っていながら、それをあっさり諦めてしまえるくらいの絶対。彼にとっては黒田會がすべてなのだ。組とつむぎなら、つむぎを取ると豪語した凪とは真逆の思考回路をしている。

なのに、ここに来て安西は、初めて黒田會の意向と違うことをしはじめた。それだけ黒田會の総裁になりたいということなのだろう。ぽっと出の凪(おとこ)の下に付くのが、我慢ならないのかもしれない。

「……春美さんに誤解されるのはいやだな。俺、そんな趣味ないし」

よっぽど春美からのマイナス評価が怖いらしい。安西の足がスッと退く。彼は両手をスラックスのポケットに入れ、息を吐きながらつむぎを見下ろしてきた。

「ふー。でもねぇ、つむちゃん。あいつが黒田會の総裁になるとして、いったい誰が付いてくんの？　今はおやっさんに気に入られてるみたいだけど、おやっさんがいなくなったあとは？　みんなね、おやっさんの言うことを聞いてるんであって、おやっさんがいなくなったら話は違うぜ。少なくとも俺はごめんだね。俺の上に立つのは、俺自身が認めた男じゃないと許せないなぁ。つむちゃんは忘れてるかも知んないけど、俺も〝黒田〟なんだよ。これでもね？　俺に付いてきてくれる連中も、結構いるわけよ。なんせ、俺が黒田を継ぐことは、十年以上も前に決まってたんだ。俺はずっと黒田の後継者として生きてきたんだぜ？」

「…………」

「まぁ、また話そ？　俺はさぁ、つむちゃんを大事にしたいしさ」

スカしたセリフを吐いて立ち去っていく安西を、奥歯を噛み締めながら見送ったつむぎは、勢いよく玄関ドアを閉めた。

（なにあれ！　お母さんのことが好きなら、誠心誠意口説けばいいのになんでうちに来るのよ！　――ってか、やだな……安西さん、おじいちゃんに言われても納得してないってことじゃん）

つむぎの結婚は、〝黒田會の未来の総裁〟を決める要因になる。

安西は、そう簡単には引かないつもりなんだろう。なぜなら彼は、つむぎさえ手に入れれば、彼の黒田會総裁就任に文句を言う人間はひとりもいない存在だから。きっと黒田會内部の掌握は既に終わっているに違いない。

最悪の未来は、つむぎの夫となった凪と、会長の養子の安西で、どっちが黒田會の総裁になるか内輪揉めがはじまることだ。

凪も安西も、どちらも総裁の座に相応しい器だ。

凪は元汪仁会出身という瑕疵があるものの、誰よりも稼ぐ能力がある。汪仁会の当代の保釈金十億をポンと出した実例があるだけに、その能力は疑いようがない。なにより彼には現総裁の血を引くつむぎが付いているし、総裁と会長のお墨付きも得ている。将来的につむぎが凪の子を産めば、黒田會は存続していく。

対する安西は、とにかくよく気が付く男だ。会長の養子で、総裁の信頼も厚い。しかも、黒田會の内部の人間関係については、誰よりもよく理解している。仕切らせれば間違いないし、彼に付いていく人間は多い。だが、黒田の血が入っていない。養子は養子だ。つむぎとの結婚話が出たのだって、結局、彼がどうあっても黒田の血族ではないからだ。

正直、色眼鏡抜きで考えれば甲乙付けがたいふたりだ。つむぎが付いたぶん、凪が一歩リードしているにすぎない。それだけに、安西からすると、〝つむぎさえ振り向かせれば〟という思いが強くなるのだろう。実質、つむぎの争奪戦と言ってもいい。

ふたりが争い、汪仁会のように分裂抗争になっては洒落にならない。

黒田會が長い歴史を誇っているのは、統率が取れているからだ。絶対的な強者である総裁に皆が付き従う一枚岩。そこに亀裂を作ることなど許されない。それも、自分の代で、自分が原因で――

（絶対、安西さんに認めさせなきゃ。納得した上で凪くんの下に付いてもらわないと……）

凪はつむぎのために、関西で築いたものすべてを捨てて黒田會に来てくれるのだ。そんな彼の黒田會での居場所、立場を用意するのは、つむぎの義務だ。まかり間違っても、彼と対立する人間を残してはおけない。凪がつむぎのためになんでもしてくれるように、つむぎも凪のためになんでもしたいと思っているのだから。

つむぎはしばらく無言で考え込んでいた。

夜勤明けのつむぎを迎えに行くため車を走らせていた凪は、ひらひらと舞い散るように降ってきた雪に目を細めた。

（雪やんか。どうりで冷えると思ったわ。せや、今日は病院のほうに迎え行こ。つむも寒いやろ）

雛との一悶着があって警備員を呼ばれて以降、つむぎとの待ち合わせは駅に変更していたのだが、雛の件は解決したようなものだから、もう警備員を呼ばれる事態にはならないだろう。雪も降ってきたことだし、今日からまた病院の駐車場でつむぎを待つか。

天気のせいか、今日は道が若干混んでいる。凪は赤信号の合間に、スマートフォンでつむぎにメッセージを送った。

『雪降ってきたから、病院の駐車場で待ち合わせしよ』

ドアポケットにスマートフォンを入れるついでに画面の時計に目をやる。

今、ちょうど九時を回ったところだ。つむぎの夜勤終了時間は朝八時だ。いつもより遅くなってしまった。

汪仁会を抜けて黒田會に移籍するため、昨日から話し合いや、それに関する日取りの打ち合わせなんかで忙しかった。

昨夜行われた汪仁会との話し合いは、比較的穏便に終わったものの、外野から多少の突き上げを喰らった。しかしそんな中、当代の武藤がコレといってなにも言ってこなかったのは幸いだった。

黒田會と汪仁会に五分の兄弟盃の話はないにしても、凪が新しく作る組の後見の申し出くらいは言ってくるかと思っていたが、それもなかった。雛のやらかしが尾を引いているんだろう。どうやら凪が心配しすぎていたようだ。

指定暴力団の中でも小さな汪仁会だ。だがいくら小さい組といっても武藤は首領。事の機微を読む力くらいはあったらしい。というか、あの黒田會の総裁を目の当たりにして、逆らおうなんて思う頭の悪い奴は、この世界で生き残れない。武藤はそこまで馬鹿じゃなかったということか。

黒田會との縁は、凪と武藤の兄弟盃、そして凪の実父が汪仁会にいることで保たれる。それ以上の欲をかく必要はないのだ。

無論、五分の兄弟盃を交わすからといって、「武藤のためなら命を賭けてもいい」だなんて昔気質なことは一ミリも思っていない凪である。

単純に「凪が黒田會に行くことは汪仁会も知ってますよ」「凪の除名は喧嘩別れじゃありません

よ」という対外的なアピールのために他ならない。

汪仁会を抜けたあと、武藤のおっさんと凪とで五分の兄弟盃(さかずき)を交わし、凪は付いてきてくれる何人かの若衆を連れて関東で独立、そして黒田會にゲソをつける運びとなる。

（それにしても……つむぎが黒田會の孫娘、かぁ……）

車を走らせながら、小さくため息を吐く。つい四日前に聞いた事実に、まだ気持ちが追いついていない。

つむぎとは、子供の頃からの付き合いであるだけに、彼女のことで知らないことがあったというのが、地味にショックだった。昔から凪は、つむぎと一番親しい男は自分だと思っていたし、つむぎのことならなんでも知っている自負があった。

それなのに——実はなにも知らなかったなんて。

黒田會で彼女の祖父と対峙したとき、黒田會の成り立ちから在り方について、ひと通り聞かされた。黒田會は黒田の血族が継いできた老舗(しにせ)極道で、例外はないのだそうだ。が、ここに来て血族継承の危機が訪れた。総裁には娘がひとりしか生まれず、実弟の会長に至っては子がひとりもいない。

総裁のひとり娘であるつむぎの母は、黒田會を背負(しょ)って立つに相応(ふさわ)しい男と結婚するように言い聞かされて育ったのだが、それが彼女には重圧だったのだろう。一般人の男——つむぎの父と出会って駆け落ちしてしまった。

相手が一般人では手が出せない。この先はもう、血族での運営は諦めようと決めて、若衆の中から一番優秀な男を会長の養子に迎えたのに、出ていった娘がコブ付きで戻ってきたときたもんだ。

一度は諦めた血族運営だったが、ひとり娘が戻ってきたなら話が変わってくる。

養子と娘を再婚させる案も出たが、先ず以て夫を亡くして傷心している娘が受け入れない。じゃあ娘が産んだ孫娘——つむぎと養子を結婚させようとなったのだが、当のつむぎがそれを拒否した。

『うちは好きな人がいるの！　初恋の人！　その人連れてきて組継ぐから！』

そう言って家を飛び出した彼女が、関西に移り住んでまで探したのが自分だった。

黒田會の血脈が今後も続いていくかは、つむぎに懸かっている。だが、いくら凪がつむぎの選んだ男でも、総裁の器ではないと判断すれば組は養子に継がせるつもりだ——そう聞かされた。

それを聞いて思ったのは、つむぎはどうしてその話を再会したときにしてくれなかったのかということ。

もちろん、彼女にも彼女の考えがあったのだろう。だがせめて、再会したときに、〝実は黒田會総裁の孫娘なんだ〟とひと言言ってくれていたら、自分と付き合うことで彼女をヤクザの女にしてしまうと罪悪感を抱いたり、彼女の親に結婚を反対されるかもしれないだなんて心配をしたりする必要はなかったのに……という釈然としない思いが胸に湧くのだ。

（まぁ、どっちみち俺はつむぎでないとあかんのやけど……でもなぁ……）

なんでもかんでもスパッと決めたように見えるかもしれないが、これでも凪は凪なりに悩んでいたのだ。それが無駄な悩みだったと知らされれば、開放感と共にある種の落胆のようなものを感じるのが人の性だろう。

特に昨日、汪仁会の当代をはじめ組の重鎮等の前で、汪仁会脱退の意思表明をしたとき、外野から「黒田會の女やて、ほんまは知っとったんやろ？」と、嫌味を言われたもんだから、凪としてもやるせない。

外野からしてみれば、「自分の女の出自も知らんでカタギの女やと思い込んでたなんて、そんな嘘臭い話があるかい！」ということなんだろう。「そらそうやな」という気持ちが自分でもあるので、特に反論はしなかったが。本音は「それが、マジで知らんかったんすわ……」である。

親父が汪仁会にゲソつけていたから、親父の組に入れば、自動的に汪仁会に入ることになっただけで、凪自身は汪仁会になんのこだわりも、思い入れもない。だから汪仁会から黒田會に鞍替えするのにも抵抗はなかった。黒田會で次期総裁云々（うんぬん）というのは些（いささ）か身に余ると思うが、それでつむぎが手に入るなら喜んで頷く。

だからなのだ。

もっと早くつむぎの口から聞きたかった。

あんな行き掛けの新幹線で「実は……」と、後先なくなってから聞かされたくはなかった。そうしたら、きっとこんなモヤモヤした気持ちにならずに済んだのに。

（俺ァ……つむぎになら、なんて言われたって受け入れるんやけどなぁ）

実際、そうしてきたつもりだ。

でもつむぎは、そう思っていなかったということなんだろうか。凪が、「じゃあ、別れよう」と言うとでも思っていたのだろうか。つむぎへの想いを見くびってもらっちゃ困るのだが。

（……やめや。こんなん考えてもしゃーないわ。それよか関東でどうシノギを作るか考えな。黒田會でしっかり目立たなあかん。やっぱ上納金はド派手にカマしたらなな。どうしようかな〜。ちょっと前に会社の金横領したおっさんおったよな。あいつ使うたろうか——）

そんなことを考えているうちに、病院に着いた。助手席のシートヘッドに手を添えて後ろを見ながら、車をバックで駐車する。

『着いたで』

そうつむぎにメッセージを送ろうとしたとき、植え込みの向こうから一際小柄な女の姿が見えた。つむぎだ。白いコートに身を包み、雪に濡れないよう軒下に立っていた。

いつもより遅くなったから待たせてしまったようだ。つむぎの姿を見ただけで、さっきまで胸を塞いでいたモヤモヤも忘れて凪は頬を緩めた。だが——

彼女に向かって、透明のビニール傘を差した男がいるではないか。黒いコートに二つ揃いのスーツというフォーマルな格好のその男は、自分の傘でつむぎが濡れないようにしている。その距離が近い。しかもふたりは、なにやら真面目な顔で話し込んでいるような？

その様子を見た凪は、ガタッと身体を起こした。

「は？　誰？」

すぐさま車を降りてつむぎに駆け寄る。

「つむ」

声をかけると、ハッとしたようにこっちを向いた彼女の表情が少し険しい。やっぱりあの男となにか話していたようだ。

「凪くん……」

（どないしたんや？）

つむぎと向かい合っていた男の顔を見ると、なんとなく見覚えがあった。

凪より少し年上。髪に白髪がまざりはじめているが、目鼻立ちの整った男で、自分より背は低くともまぁまぁにいい男だ。この病院の医師は何度か見たが違う気がする。どこで見たんだろう？

それを思い出そうとしている間に、目が合った奴は「ふん」と鼻を鳴らした。

「つむちゃんは、こんな男がいいのか？」

「なんやて？」

いきなり随分な挨拶じゃないか。喧嘩を売られているようで気分が悪い。だが、売られた喧嘩は買う主義だ。

「なんやおまえ」

凪が見下ろしながら凄むと、つむぎに腕を取られた。

「凪くん、いいから行こ？」

「こんな人に構わないでいいから」と、つむぎは言うが、その態度がどうにもこの男を庇っているように見えた。まるで、凪から護るように――

凪の不快感がつむぎに向かった瞬間だった。

「つむ……」

「行こ？」

「…………」

苛立ちながらも、つむぎに手を引かれるまま車に向かう。途中、振り返って男の面をじっくりと拝んでやりながら、凪は車に乗り込んだ。

つむぎを助手席に乗せて車を出したが、どうにも気持ちが収まらない。

あの男は誰だ？　ふたりでなにを話していたのか？　しかも、〝つむちゃん〟だなんて、随分親しげにつむぎを呼んでくれるじゃないか。おまけに〝こんな男〟とまで言われて――

「なぁ、さっきの奴、誰や？」

チラッとつむぎのほうを見て尋ねる。彼女は長い髪を手で梳いて、小さく息を吐いた。

「おじいちゃんの部下」

「総裁の？」

そう言われて、頭の中でわーっと記憶が遡った。

朋親とサシで話したとき、庭で待っていたつむぎの横に男がいた。そういえばあの顔だった気がする。帰りの見送りの際も、朋親の後ろに並んだ若衆の中に、同じ男がいたはずだ。確か、安西と呼ばれていたっけ……

ということは、あの男は関東からわざわざ来たのか。なんのために？

「そいつがなんでおまえに会いに来るんや？　なんか総裁から伝言か？」

「…………」

「――いや、でもそんなん電話すりゃいい話やしな……」

無言のつむぎに、自分で自分にツッコむ。そう、電話すればいいのだ。なのにわざわざ来ている。そこに理由があるはずだ。しかも、つむぎと結婚する予定の——いわば、婚約者の凪を前に〝こんな男〟と喧嘩を売る理由が。無性に胸の奥がざわついた。

朋親からは養子とつむぎを結婚させようとしたら、つむぎがいやがったとしか聞いていない。養子の名前も誰だかも知らない。が、勘は悪いほうじゃない。

もしかして、あの安西という男が、つむぎと結婚の話が出ていた養子なんじゃないだろうか？

あの男は、つむぎが凪と結婚することに異議を唱えて、つむぎの元に来たんじゃないか？　それ以外にわざわざ関東からここまで来る理由が思いつかない。

つむぎが自分を選んでくれたのはわかっているが、どうして養子との結婚を拒否したのかは知らない。あの男は顔も悪くなかったし、養子に選ばれるだけの実力もあるはずだ。つまり、つむぎが結婚をいやがる決定的ななにかがあるんだろう。

決定的ななにかというのは、ある程度関わりがないと生まれないものだ。

つむぎの初めての男が自分だというのはわかっている。だが、十一年間離れている間に、つむぎが一度も他の男に心惹かれなかったということはないだろう。

朋親の話だと、つむぎが関東に引っ越してからずっと養子を側に付けていたらしいし、ふたりの間になにかあったっておかしくはない。もしかしたら、あの男に惹かれたことだって——

「あの男となに話しとったんや？」

「なんにもないよ」

つむぎはサラリとそう言ったが、こっちを見ない彼女が隠し事をしているように見えて、凪はきゅっと眉を寄せた。

「おまえ……肝心なことはなんも言うてくれへんのやな」

小さく息を吐く。

つむぎはいつもそうだ。昔っからそうなのだ。

凪はなんでもつむぎに話すのに、彼女はそうじゃない。弱音を吐かない性格で、意志が強いのはいいことだが、なんでも自分で決めて、なんでも自分で解決しようとする。実際、彼女は解決できるんだろう。でも、ひとりで突っ走ることだってよくある。

子供の頃だって、父親が病気だと話してくれてもよかったじゃないか。急に引っ越すことになったときもそうだ。本当に話す時間はなかったのか？　引っ越してから、手紙の一枚も書けなかったのか？

実家のことだってそうだ。雛が汪仁会の名前を出してつむぎに喧嘩を売ったから、つむぎも黒田會を出してきたが、じゃあ、雛の件がなかったら、いったいいつ凪に黒田會総裁の孫娘だと話すつもりだったのか！

なにか事が起こってから話すんじゃなくて、事が起こる前に――いや、事が起こる起こらないに関係なく、なんでも話してほしいのに……

凪はつむぎのマンションの前で車を停めて、手で軽く頭を押さえた。

車が二台ギリギリすれ違えるだけの幅しかない住宅地の道路は、通勤通学の時間帯が終わって出歩く人がほぼいない。ただ雪が粉砂糖のように舞い散っているだけ。

「もうええ。聞かんどく。俺、ちょっと車走らせてくるわ」

「凪くん……」

「頭冷えたら戻る……おまえ、先戻っとき」

いつもだったら、夜勤明けのつむぎになにか料理を作って食べさせ、一緒にシャワーを浴びてベッドでいちゃいちゃするのに。昨日の汪仁会との話し合いで決まったことについても話そうと思っていたのに。今はそんな気になれない。

「………」

つむぎはなにも言わずに車から降りた。

（……なんでなんも言ってくれんのや……）

「変な誤解しないでね！　あの人はおじいちゃんの用事で来ただけなの！」――つむぎがそう言ってくれたら、馬鹿みたいにそのまま受け入れたのに。

それが嘘でも本当でもどっちでもいい。つむぎがそう言うのなら、それが凪のすべてだから。

なのに、なにも言ってくれなかったら、なにを信じればいいかわからないじゃないか！

凪はつむぎを一瞥（いちべつ）すると、ギアをドライブに入れた。

ルームミラーに映るつむぎの姿がどんどん小さくなっていくのを見ながら、凪はぎゅっと目を細めた。

どうしてつむぎはなにも言ってくれないのか。

こんなに愛しているのに、無性に彼女を遠く感じる。

愛されているのはわかるが、信頼してもらえている気はしない。もしかして、頼りないと思われているんだろうか？　黒田會を継ぐには足りないと……？

元の組の規模が違いすぎるから？　関東での活動実績がないから？　汪仁会の出身だから？　黒田會のことをなにも知らないから？　稼ぐことしか能がないから？

愛を交わす相手としてはよくても、黒田會を継ぐ男としては弱いと思われている⁉

いや、そんなはずはないと頭を振って、前を見る。

つむぎは昔から変わっていない。昔からずっと一途に自分を想ってくれている。でも、つむぎが他の男と話しているのを見たら、自分でも制御できない感情が湧き起こってどうにもならない。

あの男となにを話していたのか。自分には教えられないことなのか。自分を選んでくれたのなら、包み隠さず全部話してほしいのに。彼女はなにも言ってくれない。

一度入ってしまった迷宮は壁ばかりで、どっちに進めば抜け出せるのかわからない。考える毎に右に左にと道が増えていくが、それらすべてが間違っているように感じる。

つむぎに辿り着く正解が見えない。

「つむぎ……」

昔から恋いこがれてきた女の名前をつぶやいて、もう一度ルームミラーを見た。その場に立ち尽くしたままのつむぎが小さく見える。その瞬間、彼女の横に白いワンボックスカーが横付けされ、後部座席のドアから伸びてきた手につむぎが捕らえられた。

「つむ⁉」

バッと背後を振り向くと、つむぎを車内に引きずり込んだワンボックスカーは、狭い路地にもかかわらず猛スピードでT字路を右折して走り去っていく。凪は咄嗟にギアをリバースに入れると、そのままバックで爆走した。約一〇〇メールの距離をバックして、ワンボックスカーが曲がったT字路を右折する。

「誰や⁉　なんでつむぎを――」

こんな朝っぱらから拉致だと？　なにが目的だ、と考えたとき、最初に思い浮かんだのが、強姦目的。小柄なつむぎはさぞ狙い目だろう。実際、つむぎは簡単に車に引きずり込まれた。

（ぶっ殺したる！）

ギリギリと奥歯を噛み締め、メーターが振り切れる勢いでアクセルを踏み込んでエンジンを唸らせる。どこのどいつか知らないが、誰の女に手を出してやがるのか。生まれてきたことを後悔させてやる。

住宅街を抜けたワンボックスカーは、繁華街を避けて迷いなく走っていく。人気のない道を選んでいるところを見ると、随分と土地勘があるらしい。だが、それは凪も同じだ。地元でやすやすと引き離されたりはしない。と、そのとき、ルームミラーがキラッと光った。視線をやると、後続車がパッシングしている。

（なんや？）

ハイグレードモデルの黒のセダンだ。気にならないと言えば嘘になるが、今は構っていられない。

凪は更にスピードを上げた。

　行き交う車にトラックが増え、ぐおんっと道が下り坂に入って、トンネルが見えてくる。ここは海底トンネルで人口島まで一直線だ。この時点で凪はかなりいやな予感がしていた。

（嘘やろ……最悪や、あの馬鹿がッ!!）

　速度落とせの標示がそこかしこにあるが、構わずトンネルに突っ込む。オレンジ色のライトに照らされた車内で、凪はぎゅっとハンドルを握り締める。

　トンネルを出てすぐの信号が黄色から赤に変わる瞬間にワンボックスカーが十字路を通り抜けていくから、凪はパ――――ッ！　とクラクションを鳴らしながら赤信号を無視してワンボックスカーを追った。

「誰が逃がすか……」

　チラッとルームミラーを見たが、パッシングしてきたセダンはいない。さっきの信号で引っ掛かったんだろう。それはどうでもいい。

　問題は、この先にあるのが汪仁会の系列組織名義の倉庫だということだ。つまり、つむぎを拉致したのは、汪仁会関連の人間の可能性が大、というか、それ以外に考えられない。

（馬鹿娘かおっさんか……他の誰かか……）

　先日、汪仁会脱退の意思表明をしたとき、会合の席にいた幹部たちの顔を思い出す。誰も彼もが凪の脱退に苦い顔をしていた。急に汪仁会の稼ぎ頭が抜けると聞いて、笑顔で見送る奴はいない。親父だってそうだ。親父はむしろ、申し訳なさそうにしていたっけ。

武藤はあっさりと凪の脱退を認めたが、その報復がコレなら頭が悪すぎる。つむぎに手を出せば、汪仁会と黒田會の全面戦争は避けられないというのに。

(もう終わりや……クソが……)

武藤との盃も取りやめだ。なにが友好関係だ。そんなもん、クソ喰らえだ。

それがたとえ、実の親父と対立することになったとしても――

「つむぎ……待っとけよ……」

凪はいっそう強くアクセルを踏み込んだ。

◆　◇　◆

「いいか？　出すぞ!?　出すぞ!?」

「ドアドアドアまだ――」

「出すぞ!!」

頭の上を飛び交う若い声に息を潜める。運転席にひとり、後部座席にふたり。合計三人の男たちは、量販店でコスプレ用に売っていそうな不気味な仮面をそれぞれ付けていた。

凪の車を降りて、しばらくその場で彼の車を見送っていたつむぎは、どこからともなく走ってきた白のワンボックスカーの後部座席に引きずり込まれたのだ。

自分が拉致されたとすぐに気が付いたので、抵抗はしなかった。無駄に抵抗して怪我をするのがいやだったのだ。それに、前方を走っていた凪の車が、猛スピードでバックしてきたのが見えたから、追ってきてくれるという安心感もあった。

（大丈夫。凪くんが来てくれてる……）

「おい、ちょ、待て！　あの車、めっちゃバックしてくる！」

「マジで⁉　曲がれ曲がれ‼」

「追ってくるんだけど⁉　もっとスピード出せよ‼　下手くそ！」

「うっせぇ！　おまえが運転しろや！」

ぎゅいんと車が曲がり、遠心力で身体が振り回され、仮面の男たちの間でもみくちゃにされる。

仮面の男たちは焦りに焦っているのか、内輪揉めをはじめそうな勢いだ。

「あんたら汪仁会？」

体勢を戻しながらつむぎが尋ねると、全員の視線がこちらを向く。無機質な仮面の穴から見える生身の瞳は、不安と焦燥（しょうそう）に揺れていた。

「は？　おう？　なんだって？」

後部座席でつむぎの腕を掴んでいる男が聞き返してくる。自分が所属している組の名前を一度で聞き取れない？　そんなことがあるだろうか？

「汪仁会じゃないの？」

もう一度、今度はゆっくり発音してやる。それでも彼らは、まったくわかっていなさそうだった。

（違うの？）

自分を狙うなら汪仁会の関係者だろうと思っていたのだが……もしかして、誰でもよかった？

いや、まさか……

仮面の男はつむぎの両手を後ろ手にすると、チープな手錠をカチャンと嵌めた。そしてどこかに電話をかけはじめる。

「目標捕まえました。車で指定された場所に向かってます――はい、はい――わかりました」

電話を切った男は運転手に「このまま進め」と指示を出した。

「目的はなに？」

電話の内容から、やっぱりつむぎが標的だったらしいことは確かなようだったので、再び尋ねてみる。だが返ってきたのは意外な答えだった。

「知らん。俺らはあんたを目的地まで連れていけばいいだけ」

「誰の指示？」

「だから知らねぇって！　ネットであんたを拉致ったら一〇〇万くれるって書いてあったんだよ」

（わーお）

もしかして、最近流行りの闇バイトかなにかか？

汪仁会が表立って動けば黒田會と対立する。そこで意図的に闇バイトを経由したか、もしくは組員を動かせずこんなのしか雇えなかったか、だろう。どちらにせよこの仮面の男たちは捨て駒で、本当になにも知らない可能性が高い。汪仁会の名前を知らなかったのがその証拠だ。

彼らに聞いても無駄な気がして、つむぎは小さくため息を吐いた。

（はぁ……凪くん、怒ってたなぁ……）

安西と話していたところを凪に見られてしまった。

『あの男となに話しとったんや？』

『なんにもないよ』

凪の問いかけにまともに答えられなかったのは、彼に聞かせたくないことを話していたから……。

たぶん、それが彼に伝わったのだろう。

『おまえ……肝心なことはなんも言うてくれへんのやな』

凪は圧し殺すようにそう言って、小さくため息を吐いた。

それでも言いたくなかったのだ。安西に——かつて結婚の話が出たことのある男に、凪の下に付いてくれるように頼んでいたなんて。

安西が凪と対立することを危惧したつむぎは、自分の仕事が終わる時間に安西を病院に呼び出した。凪との待ち合わせ場所は駅だから、その前に安西を説得しようと思ったのだ。それが自分の責任だと思ったし、自分にしかできないことだと思ったから。

『安西さん。安西さんの基準とは違うかもしれないけれど、凪は筋の通った男なんですよ。あの人の基準はうちなんです。あの人は別に、親を売ったわけでも、黒田會の総裁になりたくてうちと結婚するんでもない。うちが頼んだから黒田會にゲソつけるって決めてくれたんです。うちと一緒に黒田の人間として生きようとしてくれてるだけ。そんな凪を支えてやってくれませんか。お願いします』

――つむぎ……俺、おまえとおれるよう頑張るわ……

どこまでも真っ直ぐな凪の言葉を思い出す。

凪はつむぎのために躊躇いなくいろんなものを捨てる。そこまでしてくれる彼を後悔させたくない。凪だけに頑張らせるのは違うはずだ。つむぎだって、ふたりの未来のためにあがきたい。

『でも、安西さんがどうしても総裁になりたい、凪の下には付けんと言うんだったら、それもしょうがないことです。安西さんが黒田會を大事に思ってるのは理解してるつもりだから。凪を認めてもらえないなら、うちは凪と黒田を出ていくだけです。黒田會をふたつに割るくらいだったら、そのほうがマシ。うちが言ったら、あの人は〝そうか〟って言ってくれる。だから、安西さんが決めて。うちが安西さんと結婚するのは、絶対にないから』

安西からの返事は聞けなかったが、彼と話しているところを、まさか凪に見られるとは。凪の知らないところで解決できるなら、そのほうがずっといいと思ったのだ。

凪を思ってしたことだったが、彼を怒らせてしまったら本末転倒だ。

(はぁ……ちゃんと話そう……)

拉致されていることよりも、優しい凪を怒らせてしまったことに頭がいっぱいのつむぎは、また悲しげにため息を吐いた。

つむぎを乗せた車は、どんどん郊外から離れていき、海底トンネルを通っていく。

「まだ追ってくるか？」

「ああ。めっちゃ張り付いてくる」

「チッ、しつけぇな……次の交差点で振り切ったる」

運転手の男は仮面を外してハンドルを握って前のめりになった。気合が入りすぎていていやだ。雪が降っているのに、事故でも起こされたら洒落にならない。スピード違反も大概にしてほしい。

トンネルを出てすぐの交差点を、黄色から赤になる直前に直進していく。そしてそのすぐあと、後ろからパ――――ッとクラクションが鳴り響いた。

「げっ!!　追ってきやがった!!」

「嘘だろ!?」

「クソ！　とりあえず倉庫行こう。この女さえ引き渡せばそれで終いや」

目的地らしい倉庫で、つむぎは誰かに引き渡されるらしい。そいつがさっきの電話の相手――この拉致の主犯だろう。

直線道路を猛スピードで走る車外の景色が開けてきて、同じ形の倉庫が連続して立ち並び、対向車線にトラックが列を成していた。

「おまえら掴まれ！　右曲がるぞ！　トラックで切ったる！」

言うなり、ぐんっと上体を振り回される感覚と共に車が右折し、トラックの列の切れ目をすり抜けていく。つむぎは思わず後ろを見た。

少し間をあけて付いてきていた凪の車が、十台ばかりのトラックに阻まれて立ち往生している。その間に、ワンボックスカーはどんどん先に進んで、凪の車が小さく見えなくなっていく――

(ああ……凪くん……)

「よっしゃ！」

「イェーイ！　一〇〇万山分けな！」

仮面の男たちは、つむぎの頭の上でハイタッチなんかして喜んでいるから腹が立つ。

つむぎを乗せたワンボックスカーはそのまま沿岸部をしばらく走行していった。

窓から無数のコンテナや、トラック、フォークリフトが見える。コンテナが切れたと思ったら、今度は倉庫が並ぶ風景に変わった。

コンクリート製の壁と、三角屋根をした同じ形の倉庫が連続していて、違いと言えばシャッター上に白のペンキで描かれたナンバーだけ。

そのひとつの前に車が停まったとき、粉雪はいつの間にか小雨になっていた。

「降りろ。さっき気にしてた依頼人はここにいるはずだぜ」

（ふん！　なんとなく誰かは想像ついてるけど……バカの顔を拝んでやろうじゃないの）

つむぎは車から降りると、シャッターの開いた倉庫の中へ入っていった。運転手だった男が先導し、後部座席にいた仮面の男ふたりがつむぎの左右の腕を掴んで歩く。歩くたびに、手首に着けられた手錠がカチャカチャ鳴るのが耳障りだ。

倉庫のシャッター前には大型バイクが一台停まっていて、それが依頼人の交通手段のようだった。

広い倉庫の中には不自然なほど物がない。上下に重なったコンテナが二基。ドラム缶が五つくらい。横にはセメント袋が積み重なっており、不穏な空気を漂(ただよ)わせている。隅に置かれた錆(さ)びた鉄製ラックには、几帳面なほどに整頓された工具類が置かれていた。

「いいザマね」

話しかけてきたのは、倉庫の中ほどで偉そうに腕組みしている女——武藤雛だ。彼女の姿を見るなり、つむぎは予想が当たってげんなりしながらため息を吐いた。

つい数日前につむぎの実家で土下座したばかりなのに、呆れてものも言えない。

雛は冬のライダーの宿命か、寒さ対策にジャケットを重ね着して着ぶくれしており、せっかくのスタイルが台無しだ。彼女の後ろには、いつかスポーツカーを運転していた男が、同じく冬装備のライダー仕様で仁王立ちしていた。

「ついこの間、うちに土下座した人とまた会うとは思わなかったなぁ。雛ちゃん、もしかしてお勉強苦手なタイプやった？　なんか難しかったかなぁ？　ごめんねぇ、バカに難しぃこと言って」

「うっさい！　卑怯者！　裏に組チラつかせやがって！」

「それ、自己紹介？」

ギャグなのかと思わず突っ込んでしまう。それが彼女の神経を逆撫でしたのか、つむぎは頬を殴打された。いきなりだったのと、両腕を押さえられていたのとで避けられず、まともに喰らってしまい口内に血の味が広がる。

「ッ……」

突然、暴力を振るってきた雛にドン引きしたのか、つむぎの両腕を掴んでいた仮面の男が咄嗟に手を離した。

「あんなぁ……そうゆんは俺らが帰ってからやってくれ。巻き込むなや。これ女の手錠の鍵な——

じゃあ、約束の金」

唯一仮面をしていない運転手の男が雛に催促する。雛は振り返って連れの男に目配せし、運転手に金を渡すように促した。運転手の男は、そこそこ厚みのある茶封筒と引き換えに手錠の鍵を渡す。

「じゃあ、俺ら帰るから」

三人の男たちがつむぎに背を向けた途端、つむぎは反対側の頬を殴打された。顔の向きが変わるほどの力によろめいたところを、今度は脚に蹴りを入れられ、コンクリートの床に倒れ込む。

関東に引っ越してからは、黒田會の敷地内で育ったつむぎだ。しくじって鉄拳制裁を喰らっている組員を見たのは一度や二度じゃないが、その暴力が自分に向かってきたことは一度もない。朋親に、蝶よ花よと猫可愛がりされて育ったのだから当然だ。打たれた悔しさに涙が滲んで、奥歯を噛み締める。唇の端から血が垂れた。

「さすが、汪仁会のお嬢さんはやることが野蛮ね。あんたのお父さん、拘置所にいたほうがずっと安全だったんじゃない？」

顔を上げ、暗に黒田會からの報復を匂わせると、雛は「ハン」と鼻で笑った。

「バレなきゃいいんだよ。あんたを埋めればいいんだから」

(凪くんの目の前で拉致っておきながら、それは無理があるんじゃない？)

とは思ったが、知らないようなので黙っておく。つむぎを拉致した実行犯の三人も、途中まで追跡されたことを言わなかった。撒いたからそれでいいと思っているんだろう。めちゃくちゃな仕事だ。これが本当に汪仁会の組員だったら……彼らの縄張りで、つむぎは本当に行方不明になっていたかもしれない。

凪は絶対に来てくれる。その確信がつむぎにはあった。確かにトラックに阻まれた凪だったが、それしきのことで彼が諦めるはずがない。

「…………」

つむぎが黙ったのを恐怖によるものだと勘違いしたのか、雛はサディスティックに顔を歪めると、つむぎの黒髪を乱暴に掴んできた。

「このあたしを馬鹿にしやがって。絶対許さない！　楽に死ねると思うなよ。輪姦させて、〝殺してくれ〟って言うまでめちゃくちゃにしてや――」

「ギャッ!!」

突然、倉庫の外から男の悲鳴が上がった。すぐにドゴッと重たいものを打ち付ける音がしたと思ったら、入り口に並べてあったドラム缶がグワングワンと音を立てて倒れてくる。そして、鼻血を吹き出した男が仮面を飛ばしながら倉庫に入ってきて倒れた。

「凪くんッ!!」

つむぎは咄嗟に叫んでいた。

「つむぎッ!!　無事か!?」

倉庫内に響く凪の声に、「ふうっ」と力が抜けるほど安堵する。もう大丈夫だと思った。

凪はつむぎを拉致した実行犯を左右にひとりずつ引きずりながら、倉庫の中に入ってきた。

「……おまえら逃げんなよ。逃げたら殺す……」

雛のほうを見据えながらそう言った彼は、引きずっていた実行犯のうち、元気に暴れていたひとりの顔面に拳(こぶし)を叩き付けると、床に打ち捨てて鳩尾(みぞおち)を蹴り飛ばした。

大柄で身体の厚みもある凪と比べると、実行犯の男たちなんて小柄も小柄。筋肉の付いていない細身の身体は、空(あ)き缶のようにへしゃげて転がっていく。それを見ていたもうひとりの男が腰を抜かして座り込み、しゃくり上げながら泣いていた。

凪は無造作に歩いてくるが、その目が完全に据わっている。地面に倒れ込むつむぎと、つむぎの髪を掴んでいる雛を瞬(まばた)きひとつせずに見つめたまま、無言で近付いてくるのだ。そんな彼に恐怖したのか、雛が叫んだ。

「早くあいつを止めて！」

「つむぎから手ぇ離せ……」

唸(うな)る凪の前に、雛の連れの男が立ちはだかる。その手には鉄パイプが握られていた。

男は無言で鉄パイプを振りかざすが、次の瞬間には、カンッとコンクリートの床に鉄パイプが叩き付けられ、男の鳩尾(みぞおち)に凪の拳(こぶし)が吸い込まれている。くの字に折れ曲がった男の顔面に膝を叩き付けて、凪はもう一度雛に言った。

「おい……。つむぎから手ぇ離せ言うてるやろ。ええ加減にせぇよ、おまえ……」

雛には冷静に言葉で諭(さと)しているぶん、男への鉄拳制裁に容赦がない。凪は拾った鉄パイプをゴルフクラブのように使い、膝を突いた男の脳天めがけてフルスイングをかました。

つむぎを拉致(らち)した実行犯の三人も、雛の連れも、凪ひとりにフルボッコにされて倒れている。普段は「つむちゃん、つむちゃん」と猫撫で声で甘えてくる男の豹変ぶりに、つむぎは我知らずのうちに笑顔になっていた。

彼が自分のために振るう暴力が嬉しいのだ。こんな自分はおかしいのかもしれない。でも、嬉しい。つむぎのために、こんなに感情を剥き出しにして怒って護ろうとしてくれるこの人にゾクゾクする。

「凪くん……」

「ちょっと!! 寝てないで起きなさいよ!! なにやってんの!?」

凪はポイッと鉄パイプを放ると、金切り声を上げる雛にのっしのっしと近付いてくる。

怒鳴りもせず、表情も変えず、ただ暴力にものを言わせてここまで来た男は、つむぎの髪を掴んでいた雛の手首を掴み、ギリギリと捩じ上げた。

「何度も言わすなや……」

「っ……いた……」

雛が小さく悲鳴を上げるのと同時に、つむぎの髪が彼女の手から解放される。今度は雛が涙目になる番だった。それにもかかわらず、彼女はキャンキャンと吠えに吠える。

「あたしは汪仁会、武藤隆盛の娘よ!? あたしにこんなことして、パパが許さないんだから！ あんた汪仁会を裏切る気!?」

「黙れクソアマ!! 汪仁会がなんぼのもんや!! つむぎが最優先に決まってんだろうが!!」

ここに来て初めて声を荒らげた凪に、つむぎの胸の奥が歓喜で揺さぶられる。この人を選んだ自分は間違ってなかった。

　凪といれば絶対に幸せになれる。

「だいたい裏切るもなにも、俺の生き方にアヤ付けられんのは、つむぎだけや！」

「――そこまで覚悟決まってんなら……まぁ認めてやらんこともないかなぁ……」

　突如、倉庫内に響いた男の声に、つむぎ、凪、雛の全員の視線が入り口に向かう。そこにいたのは病院で別れた安西だった。

「おまえ、さっきの……」

　安西は、こっそり逃げようとしていた拉致実行犯のうちのひとりを無造作に足蹴にし、にこやかな笑顔で近付いてきた。

「黒田會本部総裁付き、安西組組長の安西が助太刀しますよ。椎塚凪さん？」

　自己紹介してきた安西を、凪は笑顔で歓迎した。

「ちょうどよかった。助かりますわ。こいつ、汪仁会の武藤の娘なんすわ。俺ァ、汪仁会の武藤との盃も全部なしにしよ思ってましてね。こいつの単独か、誰かの指示かはまだわからんのですけど、つむぎにこんなんされて、友好とかあり得んでしょう。汪仁会ぶっ潰すつもりやから、黒田の総裁にも伝えとってください」

「承りました」

　目礼する安西の仕草がどこか恭しい。

「――っ！」

真っ赤になった雛が凪の手を振りほどこうと暴れに暴れる。雛が暴れたところで、凪はビクともしないが、それが雛を更にエスカレートさせた。

「なによ！　なんなのよ！　汪仁会潰すって、すっかり黒田の人間ぶって！　凪は汪仁会の人間でしょ!?　裏切り者！　絶対許さないっ！」

掴まれているのとは反対の手で、雛が凪の顔を引っ掻こうとしたそのとき――

「うちの男になにするのよ！」

つむぎは勢いよく立ち上がり、突き上げるようにして雛の顎に頭突きした。

ガチン！　と歯が当たる音がして、雛が一瞬、白目を剥いて仰け反る。完璧な角度で顎につむぎの頭が当たったらしい。しかもちょうどよく凪が手を離したものだから、彼女はなんの支えもなく真後ろに倒れた。

「いっつ……！　な、なにすんのよ、このクソチビ！」

ひっくり返りながら怒鳴られても怖くもなんともない。さっき顔に二発もビンタされた仕返しができていい気味だ。内心、ざまぁ見ろとばかりにベーッと舌を出しながら、雛を無視して可憐に凪の胸に飛び込んだ。

「凪くんっ！」

「つむぎ！」

凪にぎゅっと強く抱き締められて、思いっきり彼の匂いを吸い込む。安心する匂いだ。手錠で手を拘束されているため抱き締め返すことはできないが、それでも大きくて、寄り掛かってもビクともしない大樹のようなこの人に包まれて、つむぎは自分に向けられる愛の大きさに感動していた。

つむぎをこんなに愛してくれる人は他にいない。

「凪くん……凪くん……怖かったぁ～」

凪が追ってきてくれているのがわかっていたから、言うほど怖がってはいなかったが、好きな男の前ではしおらしくしたいつむぎである。目にちょっと涙を浮かべて凪を見上げる。

「そうだよな、怖かったよな。ごめんな、遅くなって。帰ろな？　もう大丈夫やから」

凪が何度も頬を撫で、頭の天辺にキスしてくれる。

安西は拉致実行犯のうちのひとりをビンタして起こし、つむぎに着けられた手錠の鍵の在り処を尋ね、雛の連れの男が持っていることを突き止めると、こちらに向かって歩いてきた。そして、倒れている男のポケットや懐を漁って鍵を探す。

「鍵、鍵……あった。これか？　――つむちゃん、後ろ向いて」

安西に手錠を外してもらい、ホッと息をつく。手首がちょっと痛い。赤くなったところをさすっていると、凪が痛ましそうに眉を下げた。

「痛いか？　ほんまムカつくわ。クソッタレが」

座り込んで歯噛みしている雛に凪がツバを吐き捨てる。顔に付いたツバを拭いながら、雛は目を吊り上げた。

「あたしにこんなことして、絶対にパパが黙ってないんだから！」

「おまえ……誰に喧嘩売ったんかほんまにわかってへんのやな……」

凪が心底呆れたと、雛を見下ろしている。

そう、雛はなにもわかっていない。汪仁会のお嬢さんとしてチヤホヤされて育った彼女には、自分より上の人間の存在がいると理解できていないのだ。これから自分がどうなるか、汪仁会がどうなるか、想像すらできないんだろう。

「つむぎにこんなんして、無事に帰れるわけねぇだろ。おまえも終わりやけど、汪仁会も終わりや。おまえのせいでな」

冷たい凪の声に、雛はようやくたじろいだ。

「……あ、あたしをどうする気？」

「おまえがつむぎにしようとしたこと、そのままやな」

「…………」

『絶対許さない！　楽に死ねると思うなよ。輪姦させて、〝殺してくれ〟って言うまでめちゃくちゃにしてやる』

自分がつむぎになにをしようとしたのか、さすがに心当たりはあったようで、雛は初めて青くなった。

「いや……いや……たすけて……」

「おっと。逃げられませんよ？」

安西がガッチリと雛を捕まえて意地悪そうに目を細めると、彼女の片手につむぎが着けられていた手錠を嵌めた。そしてもう片方を、気絶している連れの男の腕に嵌める。頭をカチ割られてノックダウンしている男を、雛が連れて逃げるのは不可能だろう。

（〝次あったら、命でけじめ付けさす〟っておじいちゃんが言ってたのに。本気にしてなかったのかなぁ）

安西にコトが知られたからには、黒田會総裁の朋親の耳にも絶対に入る。つむぎが止めれば凪は止まるだろうが、朋親は止まらない。総裁の朋親が孫可愛さに言葉を違えるわけにはいかないのだ。メンツに関わる。

もうこれは、つむぎと雛の問題ではなく、黒田會と汪仁会の問題になったのだ。それでもつむぎは、安西にひと言添えた。

「汪仁会は潰していいけど、この人は本当にただのバカなんだと思うから手加減してやってね」

「〝バカは死ななきゃ治らない〟って言いますけどね」

怯えきった雛を冷めた目で見ながら、安西はどこ吹く風でそっぽを向く。

「もう――」

また口を開こうとしたつむぎを凪がひょいっと抱きかかえた。彼の太い腕にちょんと座る形だ。

「帰ろうな、つむ」

「うん。でも……」

改めて辺りを見回すと、随分な惨状だ。が、彼らをここに残して帰ると、安西がひとりで対応しなくてはならない。それはさすがに無理があるのでは？

すると、安西が微笑んでつむぎの心配を払拭してくれた。

「ご心配なく。後始末は俺が引き受けますよ」

「でも……」

つむぎが凪に抱えられたまま安西を振り返ると、彼はスマートフォンを出して左右に軽く振った。

「関西にも黒田會の系列はいますからね。問題ありませんよ」

たとえここが汪仁会のお膝元でも、ヤクザのすべてが全部汪仁会ではない。国内最大規模を誇る黒田會の系列組はどこにでもいるのだ。

「それに、お誂え向きにそこの工具置き場にロープもあるようなので。残りは縛っときます」

安西が指した鉄製のラックには、彼の言う通り工具に交じってロープが置かれている。この倉庫自体、碌な使われ方をしていなかったようだ。

「悪いけど頼みます。俺ァ、こんなとこに一秒だってつむぎを置いておきたくない」

「同感です。あとはこの安西にお任せください」

安西が凪に向かって畏まった調子で目礼する。

(安西さん、凪くんのこと認めてくれたの?)

つむぎに対して一途で一生懸命な凪を見たことで、彼に否定的だった安西の考えが変わったんだろうか？　凪の下に付いてほしいなんて、つむぎから安西に頼む必要はなかったのかもしれない。凪の一本筋の通ったところを目にすれば、信頼できる人間だとすぐにわかるはずだから。

(うち、余計なことしちゃったかも)

そうは思ったが、安西が認めてくれたのならそれでいいとも思う。つむぎは凪の首にきゅっと抱き付いた。

「もうええやろ？　帰ろな？」

凪はつむぎの首元に猫のように顔をすり寄せると、倉庫をあとにした。

◆　◇　◆

「つむぎ、ごめんな。おまえをひとりにして悪かった。正直、こんなんになるとは思っとらんかった。脇甘かったわ。本当に悪かった」

倉庫の入り口に停めてあった凪の車に乗ってつむぎのマンションに帰る途中、謝ってきた凪に面喰らう。運転中でなかったら、土下座しそうな勢いだ。

「なんで！　凪くんのせいじゃないよ！　あの子がバカなだけでしょ！」

「でも、それを止めれんかった」

雛を止めるべきだったのは、汪仁会当代であり、彼女の父親でもある武藤だ。凪は汪仁会を抜ける身であり、雛とはなんの関係もないのだから。

「違うよ。あの子があんなことするなんて、きっと誰にもわからなかった。だから凪くんのせいじゃないよ。それに、凪くんはちゃんとうちを助けてくれたじゃない？」

そう言って彼の背中に手を添える。

信号で車を停めた凪は、少し目を逸らして「せやけど……」と唇を噛む。

「俺がおまえをひとりにせんかったらよかったんや。つむぎが俺の知らん男とおったから、ちょっとイラついて……」

「妬いたん？」

頬を緩め、コンソールボックスに身を乗り出し、凪の耳元で囁く。彼の頬と耳の縁がじんわりと色付いていくのが可愛い。

「……妬いた。なに話してたのか気になったし。あいつ、安西言うたっけ、会長の養子やろ？　おまえと結婚の話があったっていう……」

「だから妬いた」と言うこの人が本当に可愛くて、つむぎは俯く凪に抱き付いた。

「うちと安西さんがなんかあると思ったんだ？」

「…………」

プイッと顔を逸らしながらも、凪が頭に手を添えてくる。そのちょっとむくれた表情も、つむぎの存在を確かめるように丁寧に撫でる手つきも、なにもかもが愛おしくて、思わず笑ってしまった。

「本当になんにもないんだよ？」

「……だったらなんで関西まで来るんや？　なんか用事あったんやろ？　つむぎに……」

わずかに不安の色を残しながら、じっと見つめてくる凪に隠し事なんかできない。

この人はつむぎを愛してくれている。一緒にいるために、なんでもしようとしてくれる。わかっているのに、いつもなにも言わずに試してしまうのは、つむぎが臆病だから。

この人を愛しすぎて、万が一にも嫌われたくなくて言葉を選んでしまって……結局なにも言わなかったりする。でも彼は、つむぎが思っている以上に愛してくれていて、つむぎのすべてを受けとめてくれるんだろう。

つむぎは彼の手をきゅっと握った。

「安西さんはおじいちゃんの言うことはなんでも聞いてきた人なんだけど、なんか突然、うちを本気で口説くとか言い出して……それでこっちに来たの」

「…………」

凪はなにも言わない。なにも言わずに赤信号をじっと見つめ、奥歯を噛み締めている。伝わってくるのは彼の静かな怒り。でも凪は難しい表情をしながらも、途中で口を挟んだり声を荒らげたりはしなかった。

つむぎの話を全部聞いてから判断しようとする彼の意思を感じるから、つむぎは話を続けた。

「病院でね、うち、凪くんの下に付いていてほしいって安西さんに頼んだの。それが無理なら、うちは凪くんと駆け落ちするからって。組を割るわけにはいかないし、安西さんが望むなら黒田會を継げばいい。うちは安西さんとは絶対一緒にならないって……言ったんだ。――余計だったよね……ごめん」

凪はつむぎの手を軽く握り返すと、その手で頭を撫でてくれた。

「……いや。ええよ。ありがとうな。おまえが俺のためにいろいろ考えてくれとったってことやろ。その気持ちが嬉しいわ」

黒田會でこれからどう自分を示していくか、凪にも考えがあっただろうに。裏工作と取られてもおかしくない根回しをしたつむぎを、彼は叱らなかった。

「余計なことをするな！」と、怒鳴られてもおかしくないのに、逆につむぎを慮ってくれる。凪の優しさと懐の深さを見て、自分が本当に余計なことをしたんだと身に染みる。つむぎが安西に頼まなくたって、凪は実力で周囲を認めさせ黒田會総裁の座を勝ち取っただろう。

「もうしないから……余計なことだってわかったから」

「んーまぁ、余計かどうかは置いといて、俺ァおまえが他の男と話しとんの見るだけでムカつくからやめてくれ」

冗談とも本気ともつかない言い方をする凪に思わず笑ってしまう。

「うん。わかった。――安西さん、凪くんの下に付くのはいやそうだったのに、さっきの感じじゃ、そんなことなさそうだったね？」

「どうやろな。それは話してみなわからんけど、俺ァどっちでもええ。つむぎさえ俺のんやったらそれでええ」

「うん。うちは凪くんのだよ」

「当たり前や」

凪は短く言うと、つむぎの後頭部を抱き寄せ、唇に齧り付いてきた。口内に舌を入れられた途端、雛に顔を殴打されたときに切った傷が痛んでビクッと身を竦ませる。

「っ！」

「どないした？」

「口痛い……凪くんが来る前に、あの女に叩かれて切ったの」

二回頬を殴打され足を蹴られたのだと言うつむぎの返事に、凪は露骨に顔をしかめ、壮絶な怒りを目に灯した。

「……倉庫戻ってええか？　あの馬鹿女、五、六発ぶん殴ってくるわ。俺のつむぎになにしてくれんねん」

真顔でそんなことを言うんだから、凪の本気度が窺い知れる。

でも、あんな女に時間を割くのはもったいない。もっと凪と触れ合っていたい。凪は自分の男だと実感したい。

つむぎは凪の腕にしなだれかかり、ちょっぴり甘えた口調で彼の耳元で囁いた。

「やだ。帰ろ？　帰りたいよ……凪くん……抱っこして？」

「……つむがそう言うなら帰る」

ぶっきらぼうながらもちゃんと返事をしてくれる凪が可愛い。

信号が青になり、凪が車を発進させる。つむぎが身を乗り出したまま、運転する凪の横顔を見つめていると、彼はふとつむぎのほうを見て優しく頬にキスしてくれた。

「よう見たらほっぺ赤くなってるやん。ったく、ほんまムカつくわ」

マンションに戻ってくるなり、つむぎはベッドに座った凪の膝の上に乗せられた。彼は痛ましそうな表情(かお)をしながらも、ちゃっかり服を脱がせてくる。

「シャワー浴びたい」

「ええよ？　俺が連れてったる。もうちょいあとでな」

そう言いながらつむぎの上着をキャミソールごと脱がせ、ブラジャーに持ち上げられた微乳が作る谷間に顔を押し付けてくるんだから始末におえない。凪はつむぎのスカートも取り去って、ブラジャーとショーツだけにした。自分も服を脱いで上半身裸になる。

「まだ痛いか？　口の中、ちょっと見せてみ？」

「ん、あーん」

言われた通りに口を開ける。頬に手を添え、口内を覗いてきた凪は「一カ所切れてるわ」と言ってペロリと傷口を舐(な)めてきた。とろみを帯びた肉厚の舌が、傷付いて敏感になった粘膜を柔らかくなぞってくる。そんなことをされるとは思っていなかっただけに、身体の芯がゾクッと震え、じわじわと顔が熱くなってきた。

「もぉ……びっくりした……」

視線を下げてもじつく。そんなつむぎの顎(あご)をクイッと持ち上げ、凪はまた唇を合わせてきた。

「舐(な)めたらはよう治るやろ」

「んもぅ……なにそれ」

キスをしながらゆっくりとベッドに寝かされる。凪は片手で鮮やかにブラジャーのホックを外すと、まろび出た乳房を口に含んだ。

「ん、あんっ」

乳房の膨らみごと乳首を口に入れ、丁寧に揉みながら舐めてくる凪の頭を掻き抱く。自分にだけ甘くて優しい男。この特別な男に愛される歓びに浸って、ますます夢中になる。

「ごめんなぁ……ごめんなぁ……つむちゃん……ひとりにして悪かった」

そう繰り返しながら、凪はつむぎの存在を確かめるように触って、舐めて、吸ってくる。そんな彼の髪に指を通し、ぎゅっと抱き締めた。

「凪くん、助けてくれてありがと」

「ん……」

また唇を合わせ、舌を絡め合って吸う。尖らせた舌先で口蓋をなぞられると気持ちいい。凪の舌を舐めて唾液を呑み込むと、薄く開いた彼の目に囚われる。

優しいのに熱くて、甘いのに鋭い。相対するものが両立した彼の眼差しは、庇護と情欲をも一緒にしてつむぎに注がれる。

「ああいうんはもうないからな。約束するわ。だから安心してええよ」

「うん……」

怖くない。自分には凪がいるから。つむぎが凪の額に口付けると、彼はいっそう強く抱き締めてきて、肌に舌を這わせた。

「つむぎ……好きや……」

普段より色っぽい掠れた声がつむぎの鼓膜を擽り、身体を奥から甘く揺さぶる。この声はいけない。低くて、重くて、甘い声に、子宮がじんわりと痺れて、蜜をこぼしはじめる。湿り気を帯びた脚の間を隠すようにつむぎが脚を寄せようとすると、その気配を察知した凪がすーっと太腿を撫でてきた。

「脚、開いてくれ。俺のために……」

首筋にキスしながらそんなことを言うんだからズルい。まるで、羞恥心よりも、凪の求めに応じたい気持ちのほうが勝ってしまうのをわかっているみたいだ。

求められたい。受け入れたい。愛されたい――それもこれも全部、彼のことを愛しているが故に生まれる気持ち。

この人はつむぎの気持ちを知りながら、更なる証しを求めてくる。それに応えたい……

つむぎがゆっくりと脚を開くと、凪の指先がショーツのクロッチを優しく撫でてきた。

「ああ、もう濡れとうやんか……」

耳元で囁きながら、クロッチ越しに淫溝をなぞられて、布が湿ってしまい羞恥心に火がつく。

ぽっと顔を赤らめたつむぎに、凪は悪戯な目を向けてクロッチの横からぬるんと指を入れてきた。

「とろとろやな。かわええ」

「〜〜〜っ！」

愛液を滴らせる蜜口を撫で上げるようにして擽り、花弁の間に息づく蕾をちょんっと突かれる。

そうされるだけで、お腹の奥がじゅんっと疼いた。

彼が欲しい。ものすごく欲しい。この人に愛されていることなんかもうわかりきっているのに、もっともっと深く愛されたい。

「もう入りそうやんか。挿れてええか？」

「……ん……」

頬を染めながらつむぎが頷くと、凪はショーツを片脚だけ脱がせ、脚を折り上げた。ぬるぬるの蜜口を何度か撫で上げ浅く指を沈めながら、まるで水遊びをするかのように、ちゃぷちゃぷと音を立てる。そうしてベルトを外し、その大きな体格同様、大きな漲りを取り出すのだ。硬く聳え勃つそれは青筋立っていて、凪の臍を越えて反り返っている。いつ見ても圧倒される存在感だが、これが自分を愛してくれるのだとわかっているから怖くない。

「凪くん……」

甘えるように両手を広げると、凪が頬を触らせてくれる。頭を抱き寄せ、額に、瞼にとキスしていると、蜜口に押し充てられた彼の物がゆっくりと中に入ってきた。

ズズズズズ……と、漲りと媚肉が強く擦れる。神経を優しく撫でられるような感覚が身体の内側から広がって、つむぎを快感に誘う。

つむぎは「はぁ……んっ」と、ため息に似た息を吐きながら、ぶるっと小さく震えた。

トンッと子宮の入り口に凪の漲りの先が充たる。そこがつむぎの奥なのに、そこから更にじわじわと押し上げられていくのだ。

「は……はぁう……うん……あ……」

つむぎの口から呻き声が漏れる。苦しいはずなのに、擦れるのと奥を刺激されるのが気持ちよくて、蜜口がヒクヒクする。慣らされた身体はますます濡れて、つむぎは凪にしがみついた。狭い穴を内側から広げられていくことに抵抗するように、隘路が自然と狭まってくる。まるで身体が自分から凪の物に絡み付いていているようだ。

「ん、んぁ……なぎ、くん……だめ……いきなり、ぜんぶは……はいらな……」

(もお、奥まできてるぅのにぃ……これ以上はだめ、なのに……)

「そうか？　でももうちょいで全部入りそうやで？」

ゆっくり、ゆっくり……凪が入ってくる。腰を引いて弾みを付けることはしない。ただ奥に奥にと入ってきて、子宮の入り口を押し上げていく。逃げ場もなく、ジリジリと追い詰めるようにして漲りが迫って――

「……ああ……だめ……んっ、アアッ！」

凪は息を荒くするつむぎの唇を丁寧に舐めて、舌を絡めてきた。

「つむぎ……好きやで……」

「っ！」

優しい声に呼ばれてゾクゾクする。凪の両手が包み込むようにつむぎを抱き締めてきた。逞しい腕はつむぎを絶対に潰さない。でも同時に逃げることも許さない。大事に大事に囲いながらもあの凶器で容赦なくつむぎを貫くのだ。時間をかけて……

(あ……も……だめ、いきそう……)

身体が、奥の奥から小刻みに痙攣して、浮き上がるような感覚に目を剥く。

ただ挿れられただけで、奥処を押し上げられているだけで、つむぎの頭をおかしくするなにかがどんどん分泌されるんだろう。言いようもない快感に翻弄され、脳髄が痺れていく。

一度昇り詰めてしまったら最後、もう戻れないのに。きっとめちゃくちゃに犯されてしまう。あんなおっきな物を入れられるだけじゃなく、抵抗できないように押さえ付けられて、力尽くで出し挿れされて、奥処を虐められて……この間みたいにまた中に出されてしまうかも……

「いく……いく……や、なぎくん……なぎくん、なぎくん……」

彼の腕の中で震えながら仰け反ったとき、腰が押し付けられて、根元まで挿れられたのがわかった。

「はぁはぁ……はぁはぁ……んあっ！」

「ああ……完全に全部入るようになったな」

凪はぐったりしたつむぎの頬に口付けながら、トントンと弾みを付けて腰を打ち付けはじめた。

突然はじまった容赦ないピストンに、揺さぶられた子宮が泣き出して大量に愛液を滴らせる。

「やっ、やぁ！　あんっ！　はぁあんっ！」

ぱちゅん！　ぱちゅんっ！　と肉を打ちながら体重を掛けられ、腰を逃がすことすらできない。

「入らん、入らんって言いよっても、入るやろ？」

腰やお腹をちょっと触れられただけでも悩ましい声が漏れる。まるで全身が性感帯になったように、どこを触られても子宮が震えている気がする。

「自分から吸い付いてきよる。奥まで俺の形や。こんなん興奮するわ」

凪はつむぎの膝裏を押さえ付けると、真上から伸し掛かるようにして抽送を速めてきた。滑らかな腰遣いでつむぎの中を掻き回し、好い処を雁首でゴシゴシと抉ってくる。

「アアッ！　なぎくんっ！　それらめぇ！　いくの、い、いっちゃう、や、あ、あん、だめ……ああっ、なぎくんっ」

気持ちよすぎて、頭の中が真っ白になる。なのに身体は凪の漲りにしゃぶり付いて、ぎゅうぎゅうと締め上げ、射精を促す淫らな蠕動を繰り返す。

今まで何度も彼に抱かれてきたのに、抱かれるたびに快感が増して、自分がはしたない雌に成り下がっていくように感じる。それが恥ずかしいのに、凪の物に貫かれると、取り繕えない。自分を曝け出して、情けないくらいに感じて快感に溺れてしまう。

「気持ちええか？　身体の相性ってな、ずーっとヤリまくってたらようなるんやで？　おまえの身体が俺のん覚えたみたいにな？」

どちゅっ！　と奥処を貫かれ、ビュッ！　と快液が吹き上がる。

「おお？　今日は早いな？」

凪が笑っている声が遠くで聞こえる。

脱力したつむぎがとろんとした目で見上げると、凪が優しくキスしてくれた。

「かわええな……こっち来いや……」

ぐったりとした身体を起こされる。つむぎは、ベッドに座った凪の上に跨がった状態で抱き締められた。あの雄々しい物で貫かれたまま……

「どうや？　上乗んの、初めてやんなぁ？」

「ひゃぁあっ⁉」

　腰をグイグイッと力尽くで前後に動かされ、感じ入った声を上げる。とても身体を起こせない。隆々(りゅうりゅう)と上を向く凪の物が、子宮を押し上げる。下から貫かれるのは、自重が加わるせいかいつもより深く入っているようで、つむぎを弱い女にした。

　凪の胸に縋(すが)り付き、ぷるぷると震える。すると、雄々(おお)しい昇り龍の腕が身体に絡まり付いて、背中をツーッと撫でた。

「イッてもええよ？」

　甘い囁(ささや)きと共に容赦なく突き上げられる。つむぎは凪にしがみ付き逃げるように腰を浮かせた。が、両手でガッチリと腰を掴まれ、思いっきり上下に動かされてしまい、巨大な肉棒を小さな穴で強制的に扱(しご)かされる。

「アアッ！」

　つむぎは仰(の)け反(ぞ)って目を剥(む)いた。小さなつむぎの身体を、女の手首ほどの太さのある物が、にゅるん！　にゅるん！　と滑りながら出入りする。腰を持ち上げられても、長さがあるからまったく抜けない。それどころか、張り出した雁首(かりくび)と、浮き出た血管でゴリゴリと媚肉を擦られてしまう。

　徹底的に犯される被虐感(ひぎゃくかん)と、身体の奥まで開かれる快感。愛する男を全部受け入れる歓(よろこ)びが、つむぎをどろどろに溶かして、声もなく啼(な)かせる。

「～～～っ！」

凪は掴んだつむぎの腰を上下だけではなく、前後左右にも動かし、自分の物を扱かせた。

「おら、ここやろ」

好い処を的確に突き上げられ、悦んだはしたない雌穴からダラダラと愛液と快液が垂れてくる。汗まみれの身体は火傷したように熱くて、心臓が壊れそうなくらいに昂って苦しい。こんなに苦しいのに、揺さぶられるたびに快感が走って、しまいには絶頂しながら自分から腰を振っていた。

「なぎくんっ、なぎくんっ、なぎくん!」

「スイッチ入ったな。好きに腰振ってええぞ」

初めての体位なのに、本能に突き動かされるまま一生懸命腰を振る。髪を振り乱し、乳房を揺すり、蜜口いっぱいに男の物を頬張って出し挿れする。凪は嬉しそうに目を細めると、突然つむぎをベッドに押し倒した。

「かわええつむちゃん。俺にもヤラして」

今度は凪のリズムで犯される。上に乗ってきた凪が奥処に腰を叩き込むように、抽送を烈しくした。

「ああっ、ああん、なぎ、なぎくん、そこきもちいいっ」

「奥ヤラれんの好きやな?　うお、締まる締まる、もう、搾り取られそうや」

喰い締めて離さないのが自分でもわかる。隙間なくピッチリと吸い付いて、凪を自分の奥に奥にと誘う。突然、胸を吸われ、今までとは違う刺激に悦んだつむぎの身体が大きくうねり、凪の物を扱き上げる。そうしたら今度はお返しとばかりに、凪の指先が蕾を捻り上げ、指全体で嬲ってきた。

「アアッ！　いく！　ああっ、あっ、ああっ、いっ、ああっ〜〜！」

昇り詰めたつむぎを見て凪は薄く微笑むと、更に腰を進めてきた。

「イクの何回目や？　子宮たっぷり突いたるから集中しぃ」

どちゅっ、どちゅっ、どちゅっ、どちゅっ！　——強く鋭く最奥を押し上げられて、腰がくねる。

揺さぶられた子宮がうねりにうねり、子宮が彼の物を求めて自分から下りていく……

「んんぅ〜ああっ……きもちいい……なぎくん……はぁあんっ……はぁはぁはぁ……あ、いい……いい……すごくいいっ、そこぉ……」

「俺もや……今日も中に出したるかんな」

「だして、して、おねがいっ、なぎくんっ」

「ええ子や」

抱き締めて、抱き締められて。キスしてお互いの指を絡めて手を握る。つむぎの一番奥、子宮口に充てがわれた鈴口から大量の熱が注がれるのを感じた。愛し愛される幸せに、ふたりともどろどろに溶けて混ざり合う。もうなにも考えられない。

繋がった処から、愛液と射液が混ざった淫らな艶汁が逆流して滴って、お尻からシーツに垂れた。

「はぁはぁ……はぁはぁはぁはぁはぁ……」

「……つむぎ、俺の子産み。な？」

凪の囁きに、つむぎは頷いて手を握り返した。

◆　◇　◆

一年後の春。吉日――

黒田會総本山で、凪は羽織なしの紋付き袴で座し、畳に拳を突いていた。

白い敷天を挟んだ斜め上座には黒田會総裁、黒田朋親が紋付き羽織袴で白扇子を前に置いて座している。

床の間には三段の祭壇が作られ、正面中央には神道の至尊至高の神、天照大神。右手には八幡大菩薩。左手には春日大明神の掛け軸が掲げられている。その様相はさながら結婚式だ。

ただし、ここに花嫁はいない。あるのは海千山千のむさ苦しい御歴々の姿だ。そして三方の壁に力強い書体の書き上げがずらりと並んでいる。

「永らくお待たせ致しました。御列席御一統様に申し上げます。ただ今より、本席おめでたき〝親子結縁盃の儀式〟、執り行わせていただきます」

そう口上を述べるのは安西だ。

この儀式の取持人は黒田會総裁、黒田朋親の実弟である黒田會会長。特別検分役には黒田會の古参舎弟。そして媒酌人は、黒田會本部総裁付で、会長の養子でもある安西というそうそうたる顔ぶれだ。

この親子結縁盃の儀式――親子盃を以て、凪は黒田會の幹部として名を連ねることになる。

会長の養子である安西が凪の儀式の媒酌人を引き受けたことは、黒田會の古株に激震を与えた。黒田會の中には、安西を未来の総裁にと推す声も少なくなく、つむぎが連れてきた凪にいい顔をしない連中もちらほらいたのだ。凪が総裁と会長に認められていたとしても、所詮は余所者という色眼鏡は消えなかった。もちろん、受け入れてくれる者もいたが。

安西を擁立する者と、凪を擁立する者。ふたつに分かれて一枚岩だった黒田會に亀裂が――とならなかったのは、安西が自ら進んで凪の下に付いたからだ。

『つむぎお嬢さんが選ぶだけはある。なかなかの器量ですよ、凪の兄貴は』

五厘下がりの義兄弟盃を受けるとまで言ってくれ、完全に凪を立ててくれている。今回の媒酌人もふたつ返事で引き受けてくれた。

十歳も年上の男に〝兄貴〟と呼ばれるのはどうにも落ち着かないのだが、黒田會でやっていくと決めたからには、慣れるしかないだろう。

「――本席、親子結縁盃の儀式、万端遺漏なく相済ませ、お手を拝借のひと声がかかりますまで、何卒、よろしく御検分賜りますよう、伏してお願い申し上げます。――それでは、ただ今から盃事に入らせていただきます」

安西のひと声で儀式がはじまった。

彼は扇子を腰に差して立ち上がり、介添人と共に敷天の端をすり足で祭壇の前まで進む。

この儀式の実質的な執行人は、媒酌人である安西だ。儀式の段取り、細かな作法すべてに精通し、組織内での人望もなくてはならない。口上ひとつ取っても声の張り方や抑揚で威厳が決まる。

つまり、凪の黒田會入りの儀式がうまくいくか下手で終わるかは、彼の手腕にかかっているのだ。なんでもこの安西という男は、つむぎの母親に懸想していて、つむぎのことを娘のように思っているというのだから驚くしかない。

年上好きなのはいいとして、十歳しか違わないつむぎを〝娘のように〟と言われても釈然としないものがある。が、本人は至って大真面目に『つむちゃんを大事にしてくれる男なら大歓迎だよ。つむちゃんは春美さんの大事な娘だし、春美さんの娘ということは俺の娘も同然だからね、裏切ったら殺すけどね。俺、全然負ける気しないし』と、笑うのだ。

本当につむぎのことは〝娘〟としか思っていないらしい。その娘が連れてきた凪がどうにも気に入らず、だったら自分と結婚したほうが幸せにしてやれるのでは？　と、わりと本気で思ったと言うのだから、その思考回路は常人の凪には計り知れない。一応、つむぎを助けに来た凪が放った啖呵をきっかけに認めてくれる気になったらしいが。

（いや、未だにわからんわ……安西のおっさん……つむぎを娘やと思ってんねんやろ？　ならなんで、俺があかんからって、つむぎと自分が結婚したほうがええちゅう発想になんねん？　わけわからんわ……）

凪の思考を余所に儀式は進み、御神酒の造り込みから毒見、そして親となる黒田會総裁、黒田朋親が盃を三口で飲み干す。

「――御列席御一統様に申し上げます。この盃――業界先輩、諸賢各位、御注目の通り、破格の盃です。黒田會一門、先達の辛苦の跡を、とくと味わっていただき、子となられます方に立派な男となっていただくために、継ぎ足しをさせていただきます」

媒酌人である安西が、介添人の手を借りて御神酒を継ぎ足す。

凪が顔を上げずに視線だけで安西を見ると、目が合った彼はニヤリと笑った。その笑みに軽く悪寒がする。継ぎ足しの分量は八分目と相場が決まっているのだが、九分目どころかあふれんばかりになみなみと注がれているんだから、これはもういやがらせだろう。

（なんやねん、こいつ……。つむぎに近付けんとこ……）

『安西さんって、悪い人じゃないんだけど、うちのお母さんに相手にされないからって、うちに来るのだいぶキモい……』

そうつむぎがぼやいていたのも頷ける。

自分が懸想する女の娘との結婚を真面目に考えたという男に薄気味悪いものを感じずにはおれないのだが、悪い奴ではないのだろう。たぶん、ちょっと拗らせているだけで。

ただ、どうにも不信感が拭えないのは、つむぎを意中の女の〝代わり〟にしようとしたのではないかという疑いが残るからだ。つむぎと彼女の母親は、見た目がだいぶ似ているから。

ともあれ、安西の助けもあって、凪が黒田會に迎え入れられることになったのは間違いない。手土産は八代目汪仁会である。

雛――武藤の娘のやらかしが発覚してから、汪仁会はあっと言う間に空中分解した。

首謀者の武藤の娘は安西に確保されているし、彼女に一〇〇万で雇われた闇バイトの三人組はペラペラと喋るしで、雛がつむぎになにをしたのか、なにをしようとしたのか、娘の所業を聞いたときには、すでに証拠隠滅も言い逃れもできる状況になく、武藤は頭を抱えるしかなかった。

驚くことに武藤はなにも把握していなかったのだ。蓋を開けてみれば完全に雛ひとりの暴走だったのだが、黒田會にそんな言い訳は通用しない。

『おう、おまえどういうつもりや。今からそっち行くから首洗って待っとけや！』

つむぎが攫われたと安西から報告を受けた黒田會総裁、黒田朋親の怒りの電話で、全面戦争が確定。しかも汪仁会に完全に非があるという状態。

凪が間に入ればどうにかなったかもしれないが、凪は武藤との友好盃を断った。

『ハァ？　自分の女に手ェ出されて俺が黙ってるわけないっしょ。喧嘩上等っすよ。俺ァ黒田會に付くんで。友好盃？　できるわけないでしょうが』

ただでさえ抗争中で五団体しかいない組織は「黒田會との喧嘩なんてとんでもない！　ついていけない！」と、その日のうちに離反者が続出。

凪を説得するのに武藤の頼みの綱だった凪の親父——椎塚組組長もついには匙を投げた。

『あの子はうちの息子の嫁さん……つまりは俺の未来の娘なんですわ……当代……俺も家族に手を出されちゃあ庇えんですわ……』

実行犯の男たちは安西が集めた黒田會の面々にフクロにされ、山に自分らの墓穴を掘る羽目になった。雛を監督できなかった武藤は指詰めの上、慰謝料を支払うことでなんとか全面戦争は免れたが、八代目汪仁会は解散。武藤もヤクザを引退して借金まみれとなった。

凪の親父は汪仁会を抜けて、黒田會の傘下に入ることを選んだ。ただし、凪のように総裁、朋親からの親子盃ではなく、二次団体から盃をもらった。朋親からの盃はそう安くはないらしい。

肝心の雛の処遇はというと、つむぎの口添えもあり海外に働きに出ることで収まった。国内にいたんじゃ、また逆恨みしてつむぎに手を出す懸念があったからだ。

ただし、その働き口というのが黒田會の末端組織の息が掛かっている海外の場末ホテルだというのだから、朋親に許すつもりも逃がすつもりもないことは明らかだ。まぁ、どんな仕事なのかはお察しである。

口添えしたつむぎには、雛がどんな仕事をさせられるのかまでは知らされていない。つむぎが聞いたところで、朋親が本当のことを言うことはないのだろう。

「お取持人になり代わりまして、媒酌人より盃の副え言葉を述べさせていただきます。その盃を飲み干されるのと同時に、あなたは黒田會総裁、黒田朋親殿の子分となられます。既にお覚悟も十二分にお有りのことでしょうが、任侠の世界は厳しい掟がございます。いかなる修行にも耐え抜いて、一家のため、親分のために立派な男となる決意が固まりましたら、その盃を三口半に飲み干し、懐中深くお納めください」

(まぁええ。これが黒田會での第一歩や……)

あふれんばかりになみなみと注がれた盃を三宝から取り出した凪は、盃をひと口、ふた口、三口で飲み干し、四回目は盃を口に付けたまま、盃を垂直に起こしつつ真上を向き、一滴も残していないことを見せ付けた。そうして空になった盃を奉納紙に包み、自分の懐に仕舞ったのだった。

「頑張れよ」

「ありがとうございます。これからどうぞよろしくお願い申し上げます」

「期待してるぞ、若いの」

「ありがとうございます。不肖の身ではありますが、精一杯努めさせていただきます」

儀式が終わって、参列してくれた見届人のひとりひとりの見送りが終わったところで、片付けのはじまった座敷につむぎがぴょっこりと顔を出した。

「ねぇ、終わった？」

これから少しの休憩を挟んで、宴会が行われることになっている。その宴会用だろう。つむぎは、いつもは着ない着物を着ていた。

「終わったで――うわ、着物！」

めかし込んだつむぎの格好に驚いた凪は、片付けの指示出しもそこそこに彼女に駆け寄った。

上品な白地に黒のぼかしと波紋を加え、華麗な枝垂桜と豪華な花丸紋が描かれた色留袖は、晴れの日に相応しい。髪も綺麗に結い上げて、可愛らしさと落ち着きを兼ね備えている。とっても似合っているのだが、つむぎの着物姿に凪の眉間に皺が寄った。

「おまえ大丈夫なんか？　着物なんか――」

「おっ、つむちゃん、凪を迎えに来たのかい？　着物可愛いねぇ、似合ってるよ」

つむぎと話そうとしていたのに、片付けのために座敷に残っていた安西が、凪の後ろからヌッと割り込んでくるものだから胸中で毒づく。

（いや、俺がつむぎと話しとるやんか。なんで来るねん！）

「安西さんもお疲れ様です。凪のために媒酌人（ばいしゃくにん）を引き受けてくれてありがとうございました」

「いいよ。つむちゃんが喜んでくれるならお安い御用だよ」

安西を警戒しながらも律義にお礼を言うつむぎがいじらしい。でも、つむぎに安西を近付けたくない。いや、媒酌人（ばいしゃくにん）を引き受けてくれたのは感謝しているが。

「すんません。ちょっとつむぎと話すことあるんで、席外します」

「はいはい、ごゆっくり。こっちはやっときますよ」

背を向けて安西はヒラヒラと手を振った。

凪はつむぎの手を取って庭に出る。幹の太い桜の一本木は、満開の花を付けている。凪はゆっくりと歩きながら、つむぎの帯に手を当てた。

「着物なんか着て、しんどないか？」

「大丈夫だよ。ゆったり着付けにしてもらったから。全然苦しくないよ。今日は凪くんの大事な日だからおめかししちゃった」

「そうか。ならええねんけど。可愛ええけど、しんどなったらすぐに脱ぎや。部屋で横なったらええから。我慢したらあかんで」

つむぎは現在、妊娠五ヶ月。元が小柄だからか、お腹がぽこっと膨らんでいるのが目立つ。

汪仁会との諸々が終わり、つむぎは予定通り病院を辞めた。関東への引っ越しと、凪の組の立ち上げ、そして結婚式の用意をしている最中に彼女の妊娠が発覚。あまりのつわりのひどさに、結婚式を断念したという経緯がある。

式は子供が生まれてから改めてということになっているが、入籍だけは先に終えていた。凪が黒田に婿入りする形だ。つまり、凪はもう、黒田凪なのだ。凪とつむぎの左手の薬指には、揃いのプラチナリングがある。つむぎが最初の結婚指輪に選んだのは、比較的シンプルなデザインだった。それだけではなんなので、持参金代わりに関東に億ションのひと部屋をプレゼントした。今はふたりで、その部屋に住んでいる。

つむぎの妊娠は全方向から大歓迎された。なにせ絶滅危惧種の黒田會の跡取りだ。男でも女でもどっちが生まれてもいい。とにかく無事に生まれさえすればいい。ついでに黒田會を背負ってくれたらもっといい――

特につむぎの祖父、朋親の喜びようはとんでもなく。既に母屋に子供部屋が作られているから気合の入りようが違う。

その朋親ときたら、まだひとり目も生まれていないのに、「子供は多いほうがいい。ふたり、いや三人、四人……頼む！」だなんて凪に言うのだ。自分の子は娘ひとりのくせに。期待がとんでもなく重い。そんなだから娘に逃げられるんだと言いたいくらいだ。

まぁでも、黒田の跡取り云々は置いておいて、凪もつむぎもひとりっ子だから、きょうだいに憧れのようなものがあって、子供はふたり以上欲しいと思っている。

黒田會を継ぐかどうかは、子供らの意思に任せたい。無理に継がなくてもいいだけの土台は、自分が作るつもりだ。

凪は結い上げたつむぎのうなじをそっと撫でた。首に細身のプラチナチェーンが見えて、凪が最初のクリスマスにプレゼントしたネックレスを、未だにしてくれていることがわかった。

「それにしても、着物ええな。むっちゃ似合うとる。なぁなぁ、結婚式、着物でしよか。ドレスもええけどな。こうやって見たら着物も着てほしいなーって思ったわ。あかん？」

そんな凪のリクエストに、つむぎはぽっと顔を赤らめてもじもじしながら凪の着物の袖を握ってきた。その仕草が可愛い。あざといのに可愛い。

「いいよ？　凪くんも着物似合ってるしね」

にぱっと、つむぎの笑顔が花咲く。この笑顔のためなら自分は馬鹿みたいになんだってするんだろう。つむぎとお腹の子のためなら……

凪はつむぎの両手を取ってじっと彼女を見つめた。

「今日で正式に黒田會にゲソつけたわけやけど、ほんまは組に命預けて、組のために働かないかんのはわかってる。でも俺は、おまえとおるために黒田になった男やから、俺の命はおまえに預ける。組にやない、おまえにや。だから俺の側におってくれ。どこも行かんと、ずっと――」

黒田になった理由、黒田會に入った理由、今ここにいる理由は全部同じだ。

――つむぎが欲しい。

そして手に入れた。手に入れたが最後、もう絶対に離すつもりはない。

凪がつむぎの手をぎゅっと握ると、彼女も同じように握り返してくれた。

「うん！　ずっと一緒にいる！　どこにも行かない！」

眩しい笑顔でそう言い切るつむぎを思わず抱き締める。この女になら、命を賭けられる。

「結婚式、楽しみにしとき。おまえがやりたいこと全部叶えたるから」

「うん。着物もドレスも両方着るね！」

「――おまえがいっちゃん好きや！　俺が絶対に幸せにしたる！」

腕の中の小さな彼女は、自分にとって無限大の幸せ……

その想いのまま、凪はつむぎの可憐な唇に口付けた。

参考文献

『任侠・盃事のすべて　上・下』　村上和彦　道出版

恋愛小説「エタニティブックス」の人気作を漫画化!
EC
Eternity COMICS
…てことで
どんと行かせてもらおうかな
ちゅっ
こんな…急に激しく…っ
ちゅく
1〜3
ドS 御曹司の花嫁候補
Do S Onzoushi no Hanayome Kouho
漫画
柚和 杏
Anzu Yuwa
原作
槇原まき
Maki Makihara
大手化粧品メーカーで研究員として働く華子(はなこ)。研究一筋の充実した毎日を送っていたものの、将来を案じた母親から結婚の催促をされてしまう。かくして、結婚相談所に登録したところ――マッチングしたお相手は、なんと勤務先の社長子息である透真(とうま)! どういうわけか彼はすぐさま華子を気に入り、独占欲剥き出しで捕獲作戦に乗り出して!? 百戦錬磨のCSOとカタブツ理系女子のまさかの求愛攻防戦!
B6判 各定価:704円(10%税込)
天然理系女子 × 百戦錬磨のCSO
独占欲全開の彼に甘く愛されて――…
描き下ろし番外編 16P収録
異色の初恋ラブストーリー♥堂々の完結!!

この愛以外、何もいらない――

エタニティ文庫・赤

エタニティ文庫・赤

悪女
～愛のためなら悪女にもなれる～

槙原まき　　装丁イラスト／北沢きょう

文庫本／定価 704 円（10％税込）

初恋の人・巧（たくみ）への想いを秘めたまま政略結婚した白花（きよか）を待っていたのは、夫とその愛人にいびられる屈辱的な毎日だった。すると、絶望の淵に立たされた白花に、巧が救いの手を差し伸べて……抗いがたい激情に溺れた二人は、後ろ指をさされても、この愛を貫くと誓う――

※エタニティブックスは大人の女性のための恋愛小説レーベルです。ロゴマークの色で性描写の有無を判断することができます（赤・一定以上の性描写あり、ロゼ・性描写あり、白・性描写なし）。

詳しくは公式サイトにてご確認ください。
https://eternity.alphapolis.co.jp/

愛され乱される、オトナの恋。溺愛主義の恋愛レーベル

Eternity BOOKS

今度こそ君の手を離さない

君に何度も恋をする

井上美珠（いのうえみじゅ）

装丁イラスト／篁ふみ

出版社で校正者として働く二十九歳の珠莉（じゅり）。ある事情で結婚を考え始めた矢先、元カレの玲（れい）と再会する。珠莉にとって、彼は未だ忘れられない特別な人。けれど、玲の海外赴任が決まった時、自ら別れを選んだ珠莉に、彼ともう一度なんて選択肢はなかった。それなのに、必死に閉じ込めようとする恋心を、玲は優しく甘く揺さぶってきて……？　極上イケメンと始める二度目の溺愛ロマンス！

詳しくは公式サイトにてご確認ください。
https://eternity.alphapolis.co.jp/

恋愛小説「エタニティブックス」の人気作を漫画化!
EC
Eternity COMICS
僧侶さまの恋わずらい
原作◆加地アヤメ
漫画◆権田原
貴女はこんなにお綺麗なのに
平凡な日常をこよなく愛する二十九歳の花乃は、のんびり独身生活を満喫中。そんなある日、法事に訪れた美貌の僧侶・支倉にいきなり求婚され、日常が一転する。どんなに完璧だろうと、出会ったばかりの人と結婚なんて絶対無理…!!　驚いてプロポーズを断る花乃だったが、麗しい笑みを浮かべた支倉に諦める気配は一切ない。それどころか、甘く強引なアプローチは加速して——!?
B6判　定価：704円（10%税込）　ISBN 978-4-434-28511-0

この作品に対する皆様のご意見・ご感想をお待ちしております。
おハガキ・お手紙は以下の宛先にお送りください。

【宛先】
〒150-6019 東京都渋谷区恵比寿 4-20-3 恵比寿ｶﾞｰﾃﾞﾝﾌﾟﾚｲｽﾀﾜｰ 19F
（株）アルファポリス　書籍感想係

メールフォームでのご意見・ご感想は右のＱＲコードから、
あるいは以下のワードで検索をかけてください。

アルファポリス　書籍の感想

ご感想はこちらから

おっきい彼氏とちっちゃい彼女
絶倫ヤクザと極甘過激な恋人生活

槇原まき（まきはら まき）

2024年 10月 31日初版発行

編集－本山由美・大木 瞳
編集長－倉持真理
発行者－梶本雄介
発行所－株式会社アルファポリス
〒150-6019 東京都渋谷区恵比寿4-20-3 恵比寿ｶﾞｰﾃﾞﾝﾌﾟﾚｲｽﾀﾜｰ19F
TEL 03-6277-1601（営業） 03-6277-1602（編集）
URL https://www.alphapolis.co.jp/
発売元－株式会社星雲社（共同出版社・流通責任出版社）
〒112-0005 東京都文京区水道1-3-30
TEL 03-3868-3275
装丁イラスト－権田原
装丁デザイン－AFTERGLOW
（レーベルフォーマットデザイン－hive&co.,ltd.）
印刷－中央精版印刷株式会社

価格はカバーに表示されてあります。
落丁乱丁の場合はアルファポリスまでご連絡ください。
送料は小社負担でお取り替えします。

ISBN978-4-434-34655-2 C0093